Ausgerechnet Sylt

Hannah Lambert ermittelt 1

Thomas Herzberg

Verlag:
Elaria
Sonnenstraße 23
80331 München
Deutschland

ISBN 978-3-96465-114-3

Umschlaggestaltung: Chris Gilcher – http://buchcoverdesign.de
Bildmaterialien: stock.adobe.com/de/images/leuchtturm-in-list-auf-sylt-am-ellenbogen/81245439: Benno Hoff;
pixabay.com/de/strand-nordsee-meer-sonnenuntergang-2179624: Kordi Vahle;
Designed by Freepik.com, freepik
Satz: André Piotrowski

AUSGERECHNET
SYLT

HANNAH LAMBERT ERMITTELT 1

Friesenkrimi

Thomas Herzberg

Die Geschichte ist frei erfunden. Alle Ähnlichkeiten mit lebenden oder verstorbenen Personen und/oder realen Handlungen sind rein zufällig. Sämtliche Äußerungen, insbesondere in Teilen der wörtlichen Rede, dienen lediglich der glaubhaften und realistischen Darstellung des Geschehens. Ich verurteile jegliche Art von politischem oder sonstigem Extremismus, der Gewalt verherrlicht, zu selbiger auffordert oder auch nur dazu ermuntert!

Ein großes Dankeschön geht an:
Meine lieben Testleserinnen Lia und Birgit

1

»Ich hab langsam echt die Schnauze voll! Da steht man extra mitten in der Nacht auf und trotzdem stundenlang hier vor dem Autozug in der Schlange. Wenn es nicht gleich weitergeht, dann ...«

»Hör bitte auf, Jörg!« Martina Weinhold starrte zwar weiter aus dem Seitenfenster, doch ihre Stimme verhieß Kampfbereitschaft. »Die Kinder und ich schwitzen genauso – und wir meckern nicht die ganze Zeit rum.«

»Nächstes Jahr sparen wir uns Sylt einfach!« Jörg Weinhold wollte offensichtlich nicht einlenken, sondern feierte seine spontane Idee mit begeisterter Stimme. »Wenn der Urlaub so anfängt, kann man ihn doch gleich komplett vergessen. Da hock ich lieber zwei Wochen jeden Tag am Baggersee und nachts lieg ich in meinem eigenen Bett. Perfekt!«

»Willst du, Papa?« Die vierjährige Maja lehnte sich zwischen den Sitzen nach vorne und hielt ihrem Vater eine Saftflasche entgegen. »Du magst doch Trauben«, erklärte sie mit kindlichem Charme.

Doch der unverändert aufgebrachte Familienvater schob seine Tochter samt Flasche zurück auf die Sitzbank. »Ich hab doch gesagt, ihr sollt da hinten angeschnallt bleiben! Red ich Chinesisch oder was?«

»Was soll den Kindern denn passieren? Wir haben uns seit zwei Stunden keinen Zentimeter bewegt.« Martina

Weinhold zeigte nacheinander in sämtliche Richtungen. »Überall stehen Autos … wenn überhaupt, müsste ein Hubschrauber auf unser Autodach stürzen.«

Ihr Mann wollte etwas erwidern, als am Wagen vor ihm plötzlich die Bremsleuchten aufflammten. Ein klares Anzeichen für unverhoffte Entspannung.

»Es geht weiter!«, jubelte die kleine Maja passend dazu auf der Rückbank.

»Siehst du …« Martina Weinhold tätschelte ihrem Mann von der Seite die Schulter. »… spätestens in ’ner Stunde fahren wir in Westerland vom Zug runter und liegen nachmittags schon am FFK-Strand in Rantum. Das nenne ich perfekt!«

»Und vielleicht ist es doch ein bisschen schöner als am Baggersee«, lenkte Jörg Weinhold mit leiser Stimme ein. »Ich hab trotzdem das Gefühl, es wird jedes Jahr schlimmer.«

Seine Frau zuckte mit den Schultern und zeigte durch die Frontscheibe nach vorne. »Am besten fährst du einfach«, forderte sie ihn lachend auf. »Erst stehen wir stundenlang und dann kommst du nicht in die Gänge.«

Zehn Minuten später war die Autoverladung abgeschlossen. Ein Bahnmitarbeiter, der offensichtlich alle Zeit der Welt hatte, verriegelte hier noch eine Absperrung oder prüfte dort in aller Seelenruhe einen Verschluss. Kurz darauf setzte sich der Zug ruckelnd in Bewegung.

»So ’ne Karre fährt man auch nur, wenn man nicht mehr weiß, wohin mit seinem Geld«, schimpfte Jörg Weinhold und zeigte nach vorne. Direkt vor dem Minivan der Familie stand ein riesiger SUV. Schwarz, und auch die Scheiben waren getönt, sodass vom Innenraum kaum etwas zu erkennen war. »Hast du den Typen gesehen, der drinhockt? Der war doch vorhin zum Pinkeln und hat uns …«

»Ich kann gar nichts sehen«, fuhr seine Frau genervt dazwischen. »Für mich sieht das Teil wie ein Sarg auf Rädern aus. Ich frage mich, ob man durch solche Scheiben wenigstens nach draußen gucken kann – was für ein Auto ist das überhaupt?«

»Keine Ahnung. Wohl irgendein Ami ...«

»Ist mir auch völlig schnuppe«, stöhnte seine Frau. Danach ließ sie sich gegen die Rückenlehne fallen. »Jetzt fängt der Urlaub an«, stellte sie erleichtert fest und ließ neben sich das Seitenfenster herunter. Der Zug hatte ein wenig Fahrt aufgenommen, ihre Haare flatterten im Wind.

»Es zieht, Mama!«, erklang sofort Majas Protest von der Rückbank.

»Ich glaube, es ist ein Yukon, von General Motors«, erklärte der Familienvater, nachdem er eine Weile auf seinem Handy herumgewischt hatte. »Oder es ist ...«

»... mir immer noch völlig wurscht«, unterbrach ihn seine Frau. Sie drehte sich nach hinten zur Rückbank. Neben der vierjährigen Maja saß dort im Kindersitz deren kleine Schwester: Emma, auf den Tag genau elf Monate alt. »Ich glaube, sie hat die Windel voll«, beschwerte sich die Mutter mit gerümpfter Nase. »Am besten verpass ich ihr schnell 'ne neue, bevor wir in Westerland ankommen.«

»Bloß nicht!«, keuchte Jörg Weinhold. »Wenn wir hinterher nicht mal die Fenster aufreißen können, dann überleb ich die Aktion nicht.«

»Stell dich doch nicht so an.« Seine Frau hatte bereits den Sicherheitsverschluss am Kindersitz entriegelt und verfrachtete die winzige Emma direkt auf ihren Schoß. »Ich brauch die Wickeltasche, Maja!«

Auch dieses Utensil wanderte nach vorne. Nachdem sämtliche Reißverschlüsse geöffnet waren, führte das zur logischen Beschwerde. »Wo sind denn die ganzen Feuchttücher geblieben?«

Maja wedelte zwar mit einer durchsichtigen Plastiktüte, sah dabei jedoch aus, als wäre sie den Tränen nahe.

Grund genug für den Familienvater, sich ebenfalls nach hinten umzudrehen. »Das gibt's doch gar nicht: Sie hat den ganzen Sitz mit ihrem Traubensaft vollgesaut. Die Feuchttücher hat sie benutzt, um die Schweinerei ...«

Majas herzzerreißendes Schluchzen unterbrach diese Feststellung.

Ihre Mutter hatte weiter vorne zwei Klettverschlüsse kurzerhand wieder verschlossen und drückte ihrem Mann die kleine Emma in die Hände. Die gluckste zufällig gerade, schien sich über irgendwas zu freuen. »Ihre Windel hält auch noch bis Westerland«, erklärte Martina Weinhold. »Wir stoppen zuerst vor 'nem Drogeriemarkt, damit sie nicht wieder tagelang schreit, weil ihr Popo wund ist.«

Ein mittlerweile frustrierter Ehemann lieferte sein Fazit mit einiger Verzweiflung in der Stimme: »Weißt du noch damals: unsere ersten Jahre ... ohne Kinder?«

»Als du jedes Wochenende zwei Tage auf dem Fußballplatz gestanden und mich mit den Frauen von deinen dämlichen Kumpels alleingelassen hast? Klar! Davon hab ich heute noch Albträume.«

Jörg Weinhold winkte ab. Er zeigte durch die Windschutzscheibe. »Da vorne fängt der Hindenburgdamm an.«

Maja lehnte sich wieder zwischen den Sitzen hindurch und hatte schon die nächste Beschwerde: »Papa hat gesagt, Sylt wäre eine Insel.«

»Sie hat recht«, stöhnte ausnahmsweise die Mutter. »Früher war hier links und rechts noch Wasser zu sehen. Heute hat man gar nicht mehr das Gefühl, als würde man wirklich auf 'ne Insel fahren.«

Nach einer weiteren Viertelstunde mit Zankerei, Gestank und Versöhnung – vorbei an den Orten Morsum, Keitum und Tinnum – erreichte der Autozug den Bahnhof von Westerland. Hier ging alles deutlich schneller. Die Absperrungen waren bereits geöffnet, als der Zug ruckelnd zum Stehen kam.

»Endlich!« Jörg Weinhold klang, als könnte er es gar nicht glauben. »Wir fahren direkt zu unserer Ferienwohnung, laden aus und dann geht's ab an den Strand. Das nenne ich Urlaub, Kinder!«

Neben ihm wedelte seine Frau mit der leeren Verpackung der Feuchttücher.

»Ach ja.« Es folgte ein Lachen, das trotz eines erforderlichen Umwegs unverändert erleichtert klang. »Vorher sorgen wir noch für 'nen sauberen Pöscher und dann geht's an den Strand.« Der Familienvater fing die Blicke seiner Familie nacheinander ein. »Alle einverstanden?«

Gemeinschaftliches Nicken.

»Was ist denn mit dem da vorne los?«, beschwerte sich Martina Weinhold. »Vor dem sind alle längst vom Zug runter.« Passend zu dieser Feststellung erklangen bereits mehrere unterschiedliche Hupen von weiter hinten.

An diesem Konzert beteiligte sich jetzt auch Jörg Weinhold. »Wieso fährt der Idiot denn nicht?«

Im schwarzen SUV machte niemand Anstalten, wenigstens den Motor zu starten. Im VW-Bus hinter dem Familien-Van stand offensichtlich jemand auf der Hupe oder die klemmte.

Jörg Weinhold gestikulierte wütend und steckte seinen linken Arm aus dem offenen Seitenfenster, um seinem Hintermann einen freundlichen Gruß mit ausgestrecktem Mittelfinger zu schicken. »Ich steig mal aus und sehe nach, was da vorne los ist.«

»Das lässt du schön bleiben!« Seine Frau hatte ihn an der Schulter gepackt und hielt ihn fest. »Wenn du das zu regeln versuchst, kann ich wahrscheinlich die erste Woche hier auf Sylt alleine mit den Kindern rumhocken. Und das, während irgendein Anwalt versucht, dich aus dem Knast zu holen. Ich erledige das!«, sprach sie und hatte bereits den Türöffner in der Hand.

»Wo willst du denn hin, Mama?« Die kleine Maja klang ängstlich. Ihre kindlichen Instinkte signalisierten offensichtlich Gefahr. »Warte, ich komme mit.«

»Das lässt du schön bleiben!«, fluchte ihr Vater nach hinten. Sein wütender Blick ließ eine Vierjährige glatt erstarren.

Weiter vorne hatte Martina Weinhold bereits die Beifahrerseite des SUV erreicht. Sie schüttelte den Kopf, weil sie durch die getönten Seitenscheiben offensichtlich keinen Blick ins Wageninnere werfen konnte. Also schob sie sich auf dem Bahnwaggon zentimeterweise weiter nach vorne, denn durch die Frontscheibe dürfte wohl mehr zu sehen sein.

»Hoffentlich kommt der Kerl gleich in die Gänge!«, pöbelte Jörg Weinhold wütender als je zuvor. »Wenn deine Mutter das nicht schnell regelt, dann fahr ich die Scheißkiste selbst vom Zug runter.«

»Du sollst doch nicht fluchen, Papa.«

»Jetzt kann Mama anscheinend was sehen«, erklärte der Vater ein wenig kleinlauter. »Wird Zeit, dass wir …« Jörg Weinhold verstummte für einen Moment. Was daran lag, dass seine Frau mit offenem Mund und kreidebleichem Gesicht vor dem SUV stand. Ihr war anzusehen, dass sie mit einer Ohnmacht kämpfte. Sie hielt sich an einer gewaltigen Motorhaube fest, sackte aber trotzdem mit jedem Atemzug weiter in sich zusammen.

Ihr Mann wirbelte zur Rückbank herum und zeigte mit dem Finger auf die kleine Maja. »Egal, was passiert: Du bleibst sitzen! Ist das klar?«

Die Vierjährige nickte vorsichtig. »Und du?«

»Ich schaue, was mit Mama los ist.« Jörg Weinhold hatte sich zurückgedreht, von seiner Frau war nichts mehr zu sehen. »Was ist denn da vorne los?«

2

Hannah Lambert kam sich an diesem Montagmorgen im Gebäude der Landespolizei-Schleswig-Holstein wie verloren vor. Wie immer! Die endlosen Gänge glichen einem Labyrinth. Überall Türen, doch aus keinem der Räume drang ein Geräusch bis auf den Flur. Hinter den meisten davon saßen hoch bezahlte Beamte, die das Leben eines richtigen Polizisten auf der Straße längst vergessen oder nie erlebt hatten.

Selbst in der obersten Etage war die Atmosphäre mit der in einem Bestattungsunternehmen vergleichbar. Dort saß Hannah mittlerweile seit zwanzig Minuten auf einem Stuhl und wartete darauf, dass sich vor ihr eine Tür öffnete. Dahinter saß die Sekretärin des Leiters der Landespolizei.

Während Hannah noch überlegte, wie lange ihr letzter Besuch hier in Kiel zurücklag, öffnete sich die Tür vor ihr im Zeitlupentempo. Eine grauhaarige Endfünfzigerin steckte den Kopf auf den Flur. »Herr Hoffmann hätte jetzt Zeit für Sie.«

Hannah fragte sich noch, was der wohl vorher getan hatte. Schließlich hatte niemand den Raum verlassen und auf dem Flur herrschte Totenstille, seitdem sie hier saß. Doch solche Angelegenheiten gehörten wohl zu den letzten großen Rätseln der Menschheit, die geduldig auf ihre Lösung warteten.

Hannah marschierte schnurstracks an der Sekretärin vorbei und bog nach links ab. Schließlich wusste sie ganz genau, wo der Chef der Landespolizei saß. Schon als kleines Kind hatte sie in dessen Büro gehockt – damals noch zwei Etagen tiefer – und hatte mit Autos gespielt, während ihr Vater und Gerd Hoffmann über völlig uninteressantes Zeug redeten.

Die Tür stand offen. »Da ist ja mein Krümel!«, jubelte der Polizeichef und schoss hinter seinem Schreibtisch empor. Diesen Spitznamen, der auf Hannahs nicht gerade stattliche Körpergröße zurückzuführen war, hatten zeitlebens nur zwei Menschen verwendet: Ihr Vater, Rainer Lambert und sein ältester und bester Freund, der ihr in diesem Moment lächelnd gegenüberstand. Erfreulicherweise, denn solche Kosenamen entwickelten sich mit zunehmendem Alter immer mehr zu einer Belastung.

»Gut siehst du aus«, schwärmte Gerd Hoffmann.

Dieses Kompliment konnte nicht ernst gemeint sein. Hannah hatte zwei Nächte kaum geschlafen. Hinzu kamen Hunger und schlechte Laune, denn dieser Besuch in Kiel sollte den Beginn einer neuen Etappe markieren, vor der sie sich schon seit Jahren hartnäckig drückte.

Der Polizeichef wirkte mittlerweile ein wenig verunsichert. »Hast du gut hergefunden?« In seiner Not umschloss er Hannah mit beiden Armen.

Die lachte zum ersten Mal und schaffte es, sich aus der albernen Umklammerung zu befreien. Sie fiel in einen von zwei Besuchersesseln vor dem Schreibtisch und schlug die Beine demonstrativ übereinander. »In Kiel kann man sich gar nicht verfahren«, erklärte sie und zeigte mit Blicken auf die andere Schreibtischseite. Das war zwar unhöflich, aber zumindest eine klare Ansage in Sachen weiterer Liebkosungen, auf die sie lieber verzichten wollte.

Gerd Hoffmann hatte diesen Wink verstanden und fiel kurz darauf in seinen eigenen Chefsessel. Seine fröhliche

Miene und sein Lächeln hatten jedoch keinen Deut nachgelassen. »Erzähl schon ... wie geht's dir?«

Hannah winkte ab. Damit schaffte sie es, im Gesicht ihres Gegenübers zum ersten Mal für einen Schatten zu sorgen.

»Ich meine erst mal nur gesundheitlich«, erklärte Hoffmann übereilt. »Bist du ...?«

»Mir geht's gut!«, fuhr Hannah genervt dazwischen. Sie zeigte auf einen Terminkalender, der aufgeklappt auf dem Schreibtisch lag. »Du hast mich zu einem Gespräch eingeladen. Willst du mir auch verraten, warum? Oder wollen wir lieber über Dinge reden, die man sowieso nicht ändern kann?«

Gerd Hoffmann hatte sich noch immer voll im Griff. Selbst die Antwort auf diese letzte – nicht besonders freundliche – Frage präsentierte er lächelnd: »Wie wäre es mit 'nem neuen Job?«

Hannah nickte und versuchte krampfhaft, so interessiert wie möglich auszusehen. Tatsächlich hätte sie am liebsten sofort die Flucht ergriffen. Und das nur, um sich in ihrem neuen Zuhause – einer Zweizimmerwohnung in Hattstedt, nahe Husum – wieder unter ihrer Bettdecke zu verkrümeln. Nichts hören, nichts sehen und am besten kein Wort reden. Genau so, wie sie es in den letzten zwei Monaten seit ihrer Rückkehr aus München getan hatte.

Passend dazu fuhr Gerd Hoffmann fort: »Hab gehört, auf deiner letzten Dienststelle gab's Ärger.« Diesen Umstand wischte er mit einer Handbewegung vorerst beiseite. »Kann ich verstehen: Was ein richtiger Fischkopp ist, der kann sich südlich vom Weißwurst-Äquator gar nicht wohlfühlen. Eine wie du ist nur an der Nordseeküste richtig aufgehoben. Da gehörst du hin!«

In Hannahs Gesicht war mit viel Fantasie ein Lächeln zu erkennen. Aber auch nur, weil der Mann vor ihr als Letzter auf dieser Welt ihren Zorn verdient hatte.

Als ihre Zähne endlich bereit waren, ihre Unterlippe loszulassen, war sie wenigstens zu einer Frage imstande: »Hab ich dir meine Beförderung zur Hauptkommissarin zu verdanken – trotz der Probleme in München?«

Hoffmann schwieg, aber das war bereits Antwort genug.

»Ich brauche deine Hilfe nicht, um bei der Kripo Karriere zu ma…«

»Und ob du meine Hilfe brauchst!« Zum ersten Mal verfinsterte sich Gerd Hoffmanns Miene. »Du willst es wahrscheinlich nicht wahrhaben, aber mir fällt auf Anhieb keine Dienststelle mehr ein, die dich noch freiwillig nimmt. Und vielleicht hast du's vergessen: Da unten in München musste ich dir seinerzeit auch in den Sattel helfen – kein Problem, hab ich gern gemacht.«

Hannah hob den Kopf und schaute ihrem großen Gönner direkt in die Augen. Ihr war nach Heulen zumute, aber dafür war dies weder der richtige Ort noch der richtige Zeitpunkt. Ihr Mund öffnete sich millimeterweise. »Hast du mich eingeladen, um mir das alles zu erzählen?«

Hoffmann schüttelte energisch den Kopf. »Ich will dir einfach nur einen neuen Job anbieten. Hast du Interesse?«

Hannah wollte schon antworten, als die Tür zum Büro aufflog. Zwei Atemzüge später stand die graue Vorzimmerdame neben ihr und schaute mit gekräuselter Nase zu ihr hinunter. Auch die Erklärung dafür ließ nicht lange auf sich warten: »Ihre Vermieterin hat alle hier verrückt gemacht.«

Auf beiden Seiten des Schreibtischs sorgte schon dieser erste Satz für entsprechende Verwunderung.

Hannah fischte ihr Handy aus der Hosentasche und fand vier entgangene Anrufe, die sie bei unterdrücktem Klingelton natürlich nicht mitbekommen hatte. Alle stammten von ihrer neuen Vermieterin: Erna Hansen, die schon ihr ganzes Leben lang in Hattstedt wohnte und nach dem Tod ihres Mannes viel zu viel Platz in ihrem riesigen

Bauernhaus hatte. Als Polizistin musste Hannah vor zwei Monaten nicht mal eine Verdienstbescheinigung vorlegen, um einen Mietvertrag zu bekommen.

»Was wollte die Vermieterin denn?«, erkundigte sich Gerd Hoffmann. Ihm war anzusehen, dass er mit einem Grinsen kämpfte. »Brennt's irgendwo?«

Die Sekretärin tat einen hörbaren Atemzug. »Frau Lambert hat ihre Tür wohl nicht richtig verschlossen. Das hat dafür gesorgt, dass ihre Katze ausbrechen konnte.«

»Was ist mit meinem Joschi?«, fragte Hannah panisch nach. Dabei schoss sie aus ihrem Sessel empor. Doch sie kam nicht mehr zu einer weiteren Nachfrage.

»Ein Nachbar hat sie eingefangen«, erklärte die graue Vorzimmerdame unterkühlt. »Sie sollen das Tier heute Abend bei Benno abholen.«

»Bei Bruno«, korrigierte Hannah lachend. Sie klang erleichtert und fiel zurück in ihren Sessel. »Danke!«

Gerd Hoffmann sorgte mit einer Geste dafür, dass dieses Gespräch wieder unter vier Augen stattfinden konnte. Nachdem sich die Tür zu seinem Büro geschlossen hatte, fuhr er fort: »Ich will nicht lange um den heißen Brei herumreden: Dieser neue Job ist wohl deine letzte Chance, um überhaupt noch irgendwo richtig Fuß fassen zu können.« Hannahs Mund öffnete sich bereits für eine Antwort, aber davon ließ sich der Polizeichef nicht abhalten. »Deine Personalakte ist ein einziges Chaos. Seit der Geschichte mit deinem Sohn reiht sich ein Chaos ans andere und ...«

»Darüber will ich nicht reden!«, fuhr Hannah wütend dazwischen. »Alles, was damals passiert ist, gehört für mich ab sofort zur Vergangenheit. Klar?«

»Natürlich ... wenn du es dieses Mal wirklich ernst meinst.«

»Was bleibt mir denn anderes übrig?« Die Tränen, die Hannah lange Zeit hatte unterdrücken können, liefen plötzlich ihre Wangen hinunter. »Ich hab zehn Jahre lang nach seinem Vater gesucht ...«

»... und ihn nicht gefunden«, vervollständigte Hoffmann der Form halber. »Glaub mir: Ich hab auch nichts unversucht gelassen, um ...«

Hannah winkte ab und sorgte damit für Ruhe. Es wurde höchste Zeit, das Thema zu wechseln. »Was ist das für ein Job? Sucht ihr einen neuen Pförtner?«

»So ein Posten wird's beim nächsten Mal«, erwiderte Hoffmann lachend. Dieser Themenwechsel sorgte auch bei ihm für Erleichterung. Er langte nach einer Mappe auf seinem Schreibtisch und schlug die auf. »Wir strukturieren um«, begann er, angesichts dieser Feststellung, sichtlich frustriert. »Wieder mal!«

»Und irgendwann kommt ihr dort an, wo ihr angefangen habt«, erklang die dazu passende Antwort.

»Sei's drum!« Hannahs Chef wollte sich diesbezüglich ganz offensichtlich nicht auf Diskussionen einlassen. »Ich brauche jemanden für Nordfriesland ...«

»Für ganz Nordfriesland? Worum geht's denn dabei?«

»Um Mord!« Hoffmann warf die Mappe vor sich auf den Schreibtisch. »Wie gesagt: Wir strukturieren um – deine paar einsatzbereiten Kollegen von der Kripo dort haben mit anderen Verbrechen schon alle Hände voll zu tun.«

Hannah schwieg und wartete geduldig auf die Fortsetzung.

Die folgte mit leicht gequälter Miene: »Du bist für alles zwischen St. Peter-Ording und ...«

»... Westerland zuständig«, beendete sie kopfschüttelnd. »Hast du eigentlich 'ne Ahnung, was das für mich bedeutet?«

Hoffmann nickte zwar, doch sein Mund blieb fest verschlossen.

»Wie lange hab ich Zeit, um darüber nachzudenken?« Hannahs Kopf flog hin und her. Irgendetwas behagte ihr ganz und gar nicht. »Und wann soll's überhaupt losgehen?«

»Gestern!«

Hannahs Kopf kam nicht zur Ruhe. Ihr nächstes Fazit lieferte sie mit wütendem Gesicht. »Weil bereits mein erster Fall auf mich wartet: Die Sache auf dem Autozug, richtig?«

Hoffmann heuchelte Verwunderung. »Du hast davon gehört?«

»Davon hat jeder gehört, der seit letztem Freitag das Radio eingeschaltet hat.« Hannah lachte, aber das hatte nichts mit Freude zu tun. »Ich glaube, es gibt niemanden in Schleswig-Holstein, der nicht davon weiß.«

Gerd Hoffmann war mit den Unterlagen auf seinem Schreibtisch beschäftigt, schob die hin und her. Sein Gehabe machte klar, dass er auf eine Entscheidung wartete.

»Wem wäre ich denn unterstellt?«, wollte Hannah wissen. Wobei ihre Stimme kein sonderlich großes Interesse an einer Antwort verhieß.

»Dem Chef der Polizeidirektion in Flensburg und mir. Ansonsten hast du – wenn es um Mord geht – vor Ort das Sagen und kannst auch auf alle Ressourcen hier beim Landeskriminalamt zurückgreifen.«

Hannah nickte und sah zum ersten Mal halbwegs zufrieden aus. »Willst du mir das wirklich antun – ausgerechnet Sylt?«

Hoffmann wich ihrem Blick aus, lieferte aber trotzdem eine Antwort: »Vielleicht ist das deine Chance, endgültig mit der Vergangenheit abzuschließen.« Für seine nächste Frage holte er tief Luft. »Wie lange hast du Felix nicht mehr gesehen?«

»Ich war Weihnachten zuletzt da. Wieso fragst du?«

Das Gesicht des Polizeichefs verzog sich gequält. »Gab's wieder Streit mit deiner Mutter?«

»Was denn sonst?« Hannah klang verbittert. »Sie hat nicht mehr gelacht, seitdem Paps tot ist – nicht mal gelächelt.«

Hoffmanns Blick wanderte in Richtung Fensterfront und verlor sich im Nichts. Trotzdem lieferte er mit leiser Stimme eine Feststellung: »Wenn dein Vater noch leben würde, dann säße er jetzt hier auf meinem Stuhl – wäre kurz vor der Pensionierung. Ist dir das klar?«

»Wenn!« Hannahs Augen brannten, auch wenn ihre Tränen längst versiegt waren. »Wenn er noch leben würde, wäre alles anders.«

Nach dieser letzten Feststellung herrschte einige Zeit Schweigen. Gerd Hoffmann erhob sich ganz vorsichtig hinter seinem Schreibtisch und stützte sich darauf ab. Seine Rechte fuhr zentimeterweise nach vorne. »Dann sind wir uns also einig, Krümel?«

Hannah hatte sich ebenfalls erhoben und langte zaghaft nach dem Angebot in Form von vier Fingern und einem Daumen. »Können wir Sylt auch ausklammern? Alles andere wäre okay, aber Sylt ...«

»Können wir nicht!« Hoffmann hielt ihre Hand fest und schüttelte sie lachend. »Glaub mir: Wenn du dich wirklich auf die Zukunft konzentrieren willst, dann musst du mit deiner Vergangenheit endlich abschließen. Daran änderst du ohnehin nichts.«

Hannah befreite ihre Hand aus der Umklammerung und machte zwei Schritte nach hinten. »Wer ist bisher für die Sache auf Sylt verantwortlich?«

»Die Kollegen in Niebüll – dort herrscht seit Freitag ziemliches Chaos. Aber du triffst dich heute noch mit ...« Hoffmann musste ein weiteres Mal die Aktenmappe zur Hand nehmen. »... Kriminalkommissar Sven-Ole Friedrichsen. Netter Kerl, jung und unverbraucht.«

»Und unerfahren!«, fügte Hannah nüchtern hinzu. »Ich

weiß jetzt schon, was mich erwartet. Chaos ist wahrscheinlich noch harmlos ausgedrückt. Da muss wahrscheinlich erst mal einer gründlich aufräumen.«

»Eine!«, betonte Hoffmann Buchstabe für Buchstabe. Er sah aus, als wolle er sich selbst die Schulter klopfen. »Und die Beste dafür bist du – eine Hauptkommissarin, die schon seit ihrem ersten Tag bei der Kripo fast nur mit Mord zu tun hat.« Er lächelte verschmitzt. »Ansonsten hätte selbst ich eine solche Entscheidung nicht rechtfertigen können – wie auch?«

»Und was jetzt?« Hannah stand ihrem Chef und – zugegeben, seit einigen Jahren auch – Vaterersatz gegenüber und zuckte mit den Schultern.

Hoffmann tat es ihr gleich. Aber der hatte auch schnell einen Vorschlag parat: »Am besten holst du dir dein neues Auto beim Fahrdienst ab und machst dich auf den Rückweg an die Nordsee. Ich hab dich nämlich spätestens für Mittag in Niebüll angekündigt.«

»Dann warst du dir deiner Sache also sicher?«

»So sicher, wie man sich sein kann«, erklang es mit schüchternem Lachen. Das wollte zu einem gestandenen Mann und Polizeichef von sechzig Jahren überhaupt nicht passen. »Du bist und bleibst mein Krümel – so lange ich lebe.«

Hannah beschloss, einen akrobatischen Satz über ihren eigenen Schatten zu vollführen. Nach der symbolischen Landung umarmte sie Gerd Hoffmann und hauchte ihm »danke« ins Ohr.

»Lass dich nicht unterkriegen«, sagte der, als Hannah bereits die Klinke in der Hand hatte. »Wenn du dich ein bisschen eingelebt hast, wage ich mal den Sprung und besuche euch auf der Insel ...«

»Euch?«

Hoffmann winkte ab. »Sieh zu, dass du loskommst!«

3

Als Hannah ihren Dienstwagen – einen nicht ganz taufrischen 3er BMW, den vorher ein Kollege vom Zoll gefahren hatte – gute zwei Stunden später vor dem Revier in Niebüll parkte, machte sich gleich ein mulmiges Gefühl in ihren Eingeweiden breit. Bis vor etwa zehn Jahren hatte sie häufig genau hier Dienst geschoben und beinahe jeden Polizisten gekannt, der in Nordfriesland unterwegs war. Mit Ende zwanzig hatte sie geheiratet und ein paar Tage vor ihrem dreißigsten Geburtstag ihren Sohn Felix zur Welt gebracht. Das Glück schien komplett zu sein – hätte nicht größer sein können. Auch wenn ihre Mutter und ihr damals bereits kranker Vater sie oft genug vor einem italienischen Heißsporn namens Gianni Lorenzo gewarnt hatten. Der hatte, für seine frischgebackene Ehefrau und den Traum einer kleinen Familie, ein Großteil seines Temperaments an die Kette gelegt.

Dachte Hannah zumindest. Denn wie sich herausstellte, hielt diese Kette nur vorübergehend.

Heute – mit einundvierzig und Narben auf der Seele, die niemals wieder verschwinden würden – fluchte sie oft genug über sich selbst und darüber, dass sie damals nicht wenigstens auf ihren Vater gehört hatte.

Lieber nichts überstürzen! Ein Ratschlag, den Rainer Lambert seinerzeit gebetsmühlenartig heruntergeleiert hatte. Doch auch das half nicht.

Hannah starrte auf ihre Hände. Die umklammerten das Lenkrad mit weißen Knöcheln, obwohl sie längst stand. Die altbekannte Verbitterung war im Begriff, vollständig von ihr Besitz zu ergreifen. Seit beinahe zehn Jahren gab es keinen Tag in ihrem Leben, an dem sie Gianni Lorenzo nicht verfluchte. Das was er getan und noch viel mehr das, was er gelassen hatte.

Sie schüttelte den Kopf, um diese schmerzhaften Gedanken loszuwerden.

Beim Blick in den Rückspiegel erschrak sie vor sich selbst. Sollte sie mit diesem Gesicht die Wache betreten, würden die Kollegen dort vermutlich spontan Reißaus nehmen.

* * *

»Sie hat zugesagt.« Gerd Hoffmann klang vorsichtig, doch es war am Telefon auch ein wenig Genugtuung herauszuhören. »Schätze, es wird nicht lange dauern, bis sie euch zwei besucht – hoffe ich wenigstens.«

Gertrud Lambert lachte verbittert. »Meine Tochter kommt schon seit Jahren nur dann, wenn sie es absolut nicht verhindern kann.« Hannahs Mutter holte hörbar Luft. »Aber trotzdem danke für deine Hilfe; glaub mir: Rainer wäre stolz auf dich.«

»Kann ich sonst noch irgendwas für euch tun?«, erkundigte sich Hoffmann. Ihm war jedoch anzuhören, dass er auf das Gegenteil hoffte. Und er lieferte auch gleich eine Erklärung dafür: »Bei uns hier ist nichts mehr, wie es mal war. Wenn Rainer das miterlebt hätte, der wäre schreiend im Kreis gelaufen.«

Gertrud Lambert schwieg eine Weile. Erst als ihr Gesprächspartner sich räusperte, fand sie ihre Stimme wieder. »Glaubst du, Hannah schafft das wirklich?«

Auch Hoffmann ließ sich mit seiner Antwort Zeit. »Unser Krümel ist auf der Flucht vor sich selbst – das kann nicht funktionieren. Falls sie es endlich vollbringt, mit ihrer Vergangenheit und diesem verfluchten Italiener abzuschließen, dann hat sie vielleicht 'ne Chance. Ganz egal, was sie beruflich macht.«

»Und du glaubst, ausgerechnet Mord und Totschlag helfen ihr dabei, mit ihren eigenen Problemen klarzukommen?«

»Ich habe keine Ahnung, Gertrud?« Zum ersten Mal im Verlaufe dieser Unterhaltung hatte Gerd Hoffmann seine Stimme nicht mehr im Griff. »Aber was ich weiß, ist, dass deine Tochter 'ne Menge Erfahrung mitbringt, was das Geschäft mit Toten betrifft. Oder hast du etwa einen anderen Vorschlag? Soll ich sie aus der Schusslinie ziehen und ihr genug Akten auf den Schreibtisch packen, damit sie bis zur Pensionierung zu tun hat?«

Erneut herrschte lange Zeit Stille. Dieses Telefongespräch war längst beendet, es fehlten im Prinzip nur noch die üblichen Floskeln zum Abschied.

Aber Gertrud Lambert fiel doch noch eine Frage ein: »Weißt du, wann sie zum ersten Mal nach Sylt rüberkommt?«

»Ich hoffe, heute! Bei euch da drüben wartet Arbeit auf sie.«

»Der Tote vom Autozug?«

»Lass gut sein«, mahnte Hoffmann. »Und falls ich doch irgendwas für dich tun kann, dann ruf einfach an. Irgendwie bekomme ich das schon hin.«

»Wieso tust du das eigentlich alles für uns? Alles, weil Rainer ...?«

»... der beste Freund und nebenbei auch der beste Chef war, den ich je hatte! Einer, den am Ende wohl nur der Krebs besiegen konnte.«

* * *

»Sie sind bestimmt Hannah, richtig?«

Die sah sich im Polizeirevier von Niebüll gleich einem jungen Mann von mindestens ein Meter neunzig gegenüber. Ein gut aussehender Bursche mit hellwachen Augen, der vor ihr stand und grinste. Trotzdem wurde es wohl Zeit für eine klare Ansage: »Hannah Lambert, Hauptkommissarin, wenn's recht ist!«

Diese Zurechtweisung sorgte bei ihrem zukünftigen Kollegen für einen halben Schritt nach hinten. Trotzdem wanderte ihr eine Hand entgegen. »Sven-Ole Friedrichsen ... angenehm, Frau Lambert.«

Hannah fluchte innerlich. Sie hatte gleich die erste Chance vertan, hier zumindest halbwegs sympathisch rüberzukommen. In der Stadt war es anders, aber hier in der Provinz duzte sich so gut wie jeder mit jedem.

Kriminalkommissar Friedrichsen stand vor ihr und lächelte gequält. Der Großteil seiner Unbekümmertheit war von einem Moment zum nächsten verflogen.

»Hannah ist schon in Ordnung«, platzte es übereilt aus ihr heraus. Und auch die Hand vor sich schüttelte sie vielleicht ein bisschen zu energisch. »Freut mich, Sven-Ole!«

»Ole allein reicht ... auf dich warten unser Büro und 'ne funktionierende Kaffeemaschine.« Der junge Kollege wirkte immer noch ein wenig verunsichert, zeigte jedoch einen langen Gang hinunter. »Wir sitzen ganz am Ende, mit Aussicht auf den Revierparkplatz.«

»Perfekt!« Hannah klatschte in die Hände, um Tatendrang zu versprühen. Danach kam sie sich selten dämlich vor, es musste also eilig eine halbwegs vernünftige Frage her: »Was macht denn unser erster gemeinsamer Fall? Sitzt der Täter schon hinter Schloss und Riegel?«

»Hab erst mal alles gesammelt und auf Ihren Schreibti… also, auf deinen Schreibtisch gepackt.« Ole stand noch immer mit hängenden Schultern vor seiner neuen Chefin. »Auf Sylt werden wir übrigens schon erwartet. Der Kollege von der Kripo in Westerland läuft mittlerweile Amok.«

»Das soll er lieber lassen«, erwiderte Hannah staubtrocken. »Wir haben mit einer Leiche erst mal genug zu tun.«

Kurz darauf standen die beiden mitten in ihrer zukünftigen Wirkungsstätte. Die bestand aus einem Raum von fünf mal fünf Metern, zwei Schreibtischen mit Drehstühlen, ein paar unansehnlichen Regalen und einem Kaktus, der in der Fensterbank offensichtlich schon seit Jahren ums nackte Überleben kämpfte.

»Kennst du dich mit Mord aus?«, fragte Ole, der sich auf der Kante von einem der Schreibtische niedergelassen hatte. »Ich meine, so richtig?«

»Ich hab noch niemanden umgebracht«, erklärte Hannah und klimperte dazu albern mit den Augen. »Aber ich hab schon ein paar Mörder ins Gefängnis gebracht … falls du das wissen wolltest.«

Ole zeigte zum anderen Schreibtisch hinüber, auf dem sich lose Blätter und Mappen stapelten. »Ich musste am Freitag zwei, drei Entscheidungen treffen …«

»Und zwar?« Hannah schüttelte den Kopf und plumpste hinter den zweiten Schreibtisch. »Tu mir bitte einen Gefallen: Fang ganz vorne an! Alles was ich bis jetzt weiß, hab ich aus dem Radio.« Sie machte eine Geste, mit der sie ihr fragwürdiges Halbwissen über die Schulter warf. »Ich muss alles erfahren, jede Kleinigkeit!«

Oles Gesicht verzog sich nachdenklich. Mit beiden Händen gleichzeitig wühlte er in seinem beneidenswert dichten und strohblonden Haarschopf. »Der Autozug ist letzten Freitag in Niebüll kurz vor Mittag losgefahren«, begann er dann verhältnismäßig fröhlich. »Wenn man so will, ist bis Westerland nichts Besonderes passiert ...«

»Wenn man mal davon absieht, dass in einem SUV oben drauf ein Mann saß, dem bei der Ankunft dort angeblich der halbe Kopf fehlte. Stimmt das?«

Ole nickte und entschuldigte sich mit schüchternem Lächeln. »Schätze, das war ein spezielles Geschoss. Erste Bilder von der Leiche findest du in der Mappe ganz oben.« Er zeigte auf einen der Stapel, die sich vor seiner Chefin erhoben. »Präziser Kopfschuss. Die Streifenkollegen vor Ort wussten nicht, was sie tun sollten und ...«

»Wundert mich nicht!«, fuhr Hannah erneut dazwischen. »Wo steht denn der beschlagnahmte Zug?«

»Wieso ›beschlagnahmt‹?«

Hannahs Mund stand offen. Ihre nächste Frage brachte sie nur stammelnd hervor: »Heißt das, ihr habt den Zug ...«

»... wieder fahren lassen, nachdem ein Abschlepper den SUV runtergezogen hat.« Ole gestikulierte aufgeregt. »Im Auto hat niemand was angefasst, Ehrenwort! Nur der Notarzt und die Rettungssanitäter, als sie die Leiche rausgeholt haben.«

»Rausgeholt?«, wiederholte Hannah. Ihr war anzuhören, dass sie es gar nicht glauben konnte. »Die Kollegen lassen einen Mann aus dem Wagen ziehen, dem der halbe Kopf fehlt? Ist das dein Ernst?«

Ole kaute auf seiner Unterlippe herum und nickte nach einigem Zögern.

»Wer hat das angeordnet? Dafür muss doch irgendjemand verantwortlich sein!«

»Woher hätte ich denn wissen sollen, dass man eine Leiche nicht ...«

Hannah winkte ab und sorgte damit auf Seiten ihres Kollegen zunächst für Ruhe. »Wo ist sie jetzt?«

»Wer?«

»Na, die Leiche!«

»Ach so! Man hat sie ins Krankenhaus von Westerland gebracht.« Oles Stimme klang nach neuem Mut. »Dort hat ein Arzt den Totenschein unterschrieben und ich schätze ...«

»Mir reicht's erst mal«, keuchte Hannah und sank in ihren Drehstuhl zurück. Sie starrte zur Decke. Über ihr hingen ebenfalls haufenweise Leichen: Zerquetschte Fliegen, die jemand zwar erlegt, aber danach nicht beseitigt hatte. Direkt über ihrem Kopf klebte ein fetter Brummer, dessen Augen sie sogar zu erkennen glaubte.

Bei ihrer nächsten Frage klang sie weit mehr als nur genervt: »Ist seitdem irgendwas passiert?«

Ole lächelte gequält. »Ich glaube, der Mörder wusste ganz genau, was ab Freitagmittag bei uns los ist. Ich hab kaum mehr jemanden erreicht, nicht mal beim LKA – ist Ferienzeit! Aber ich kann mal bei der Bahn anrufen und fragen, ob die den Zug irgendwo parken können.«

Hannah nickte und tat anerkennend. »Nachdem der seit Freitag wahrscheinlich fünfzig Mal die Strecke Westerland/Niebüll und umgekehrt hinter sich hat? Klasse Idee!«

»Und was dann?«

»Wir fahren rüber!« Hannah hatte sich mühevoll aus ihrem Stuhl hochgestemmt und stand mittlerweile neben ihrem Schreibtisch. »Bevor noch jemand auf die Idee kommt und unsere Leiche verbrennen lässt, weil die der nächsten im Wege ist.«

»Hast du einen Dienstwagen? Meiner ist zur Inspektion.«

Mittlerweile bereute es Hannah, sich mit dem jungen Kollegen gleich auf das ›Du‹ eingelassen zu haben. Einen Untergebenen ›per Sie‹ zu falten, fiel deutlich leichter.

»Wir sind mitten in der Saison«, erklärte Ole unaufgefordert. »Ich wette, bei der Bahnverladung ist die Hölle los.«

Hannah zückte ihren Dienstausweis und hielt ihn empor. »Mit der Fahrkarte fahren wir einfach ganz nach vorne … lass mich mal machen.«

4

Am Verladebahnhof in Niebüll nahm Hannah die Spur, die Bahnmitarbeitern vorbehalten war und musste vor einem davon beinahe eine Vollbremsung hinlegen, weil der wütend gestikulierte. Sie ließ die Scheibe herunter und hielt sofort ihren Dienstausweis aus dem Fenster. »Ich bin Hauptkommissarin Lambert und das ist mein Kollege Friedrichsen«, erklärte sie mit einem Fingerzeig zum Beifahrersitz ungefragt. »Wir müssen auf den ersten Autozug, der abfährt. Und bevor Sie fragen: Es geht um den Toten von Freitag. Wir ermitteln in der Sache.«

Der Mann von der Bahn – ein Vollbartträger, der vermutlich unmittelbar vor der Rente stand – sah relativ unbeeindruckt aus. »Das kann trotzdem dauern«, erwiderte der verkappte Barbarossa. »Seit 'ner Stunde geht nix mehr ... die Rampe ist im Arsch.«

»Da gehört sie ja auch nicht hin«, witzelte Ole über seine Chefin gelehnt und fing sich dafür gleich zwei giftige Blicke ein.

Doch es half nichts. Hannah stellte den Motor ab und ließ auch das Fenster auf der Beifahrerseite herunter. Der August zeigte sich selbst im hohen Norden von seiner wärmsten Seite und brachte jedes Auto – besser gesagt: dessen Insassen – nach kürzester Zeit zum Kochen.

»Ich frage mich, wann sie den Mist hier endlich in den Griff bekommen«, fluchte Hannah, nachdem die beiden schon ein paar Minuten wortlos vor einer geschlossenen Schranke warteten. Nicht weit entfernt herrschte reges Treiben. Mittlerweile hatte sich ein halbes Dutzend Bahnmitarbeiter vor der Rampe versammelt. In erster Linie waren ratlose Gesichter zu erkennen. »Bist du häufiger auf Sylt?«, fragte sie ihren neuen Kollegen, um mit ihm ein Gespräch anzufangen. Der Beginn des gegenseitigen Kennenlernens war alles andere als positiv verlaufen.

»Ich fahre mindestens zweimal in der Woche rüber«, erklärte Ole. »An Wochenenden sowieso, um mich mit meinen Leuten zu treffen.« Er sah sich einem fragenden Blick gegenüber und lieferte bereitwillig die Erklärung: »Wir feiern zusammen und ...«

»... seid immer auf der Suche nach dem großen Glück mit Reetdach«, vervollständigte seine neue Chefin. »Aber das haben auf Sylt die wenigsten gefunden«, schob sie verbittert hinterher. »Wenn man bei den Schönen und Reichen einen Blick hinter die Fassade wirft, dann wird einem nur angst und bange.«

»Sprichst du da aus eigener Erfahrung?«

Hannah gab keine Antwort. Sie nickte zwar, schüttelte aber auch gleichzeitig den Kopf.

»Ich bin gerade erst fünfundzwanzig geworden«, rechtfertigte sich Ole grinsend. Dabei präsentierte er ein beneidenswert weißes und makelloses Gebiss. »Wenn ich jetzt nicht lebe, wann denn dann?«

»Die Rampe bewegt sich!«, jubelte Hannah. Weiter vorne schienen auch die Bahnmitarbeiter ihren Erfolg ausgelassen zu feiern. Einer reckte beide Daumen empor und klopfte danach seinem bärtigen Kollegen auf die Schulter, der wohl für diesen Überraschungserfolg verantwortlich zeichnete.

Vor dem BMW öffnete sich die Schranke. Rechts hupte der Fahrer eines Mercedes und gestikulierte wütend.

»Was will der denn?«, erkundigte sich Ole lachend. »Wenn hier einer Vorfahrt hat, dann wir!«

Hannah war bereits losgefahren und hupte ebenfalls. Ein Stück weiter ging es die Rampe empor auf das Oberdeck des Autozugs. An dessen Ende wartete auch ein Bahnmitarbeiter, der aussah, als wäre er gerade erst aus dem Winterschlaf erwacht.

»Motor abstellen und warten«, erklärte Ole. Plötzlich verzog sich sein Gesicht sorgenvoll. »Was ist denn, wenn wieder jemand auf den Zug schießt? Dann stehen ausgerechnet wir ganz vorne!«

»Wäre ein komischer Zufall«, erwiderte Hannah völlig unbekümmert.

»Aber mal ernsthaft: Was, wenn ...?«

»Dann fängst du lieber gleich mit deinem Nachruf an. Den sehe ich schon vor mir: *Partylöwe mit Polizeimarke und Loch im Kopf.*«

»Das ist nicht witzig!«, protestierte Ole. »Woher wissen wir denn, ob nicht ausgerechnet jetzt irgendwo einer lauert, der es auf seine nächste Trophäe abgesehen hat?«

»Das weiß niemand«, erwiderte Hannah unverändert gelassen. Sie zeigte auf die Ermittlungsakte, die im Schoß ihres Kollegen lag. »Am besten nutzt du die Zeit bis nach Westerland, um mir alles über den Toten zu erzählen.«

Oles Gesicht sah zwar immer noch etwas verkrampft aus, aber der Wunsch seiner Chefin sorgte wohl für willkommene Ablenkung. »Der sichergestellte SUV ist auf einen gewissen Doktor Jakob Rubin aus Hamburg zugelassen. Ein Notar – der wäre nächsten Monat siebzig geworden. Im Jackett des Toten haben die Kollegen aus Westerland eine Brieftasche gefunden, in der ein gleichlautender Ausweis steckte. Das Foto darauf und der Rest von einem Gesicht sehen sich wohl ziemlich ähnlich.«

Erneut stand Hannahs Mund offen. »Und es ist nicht

zufällig einer auf die Idee gekommen, jemanden von der Spurensicherung hinzuzurufen? Könnte ja sein, dass sich an solchen Utensilien Spuren verbergen, die ein Polizeimeister, der den halben Tag am Strand liegt, bei einem Blick durch sein verstaubtes Brennglas übersieht.«

»Die Kollegen hab ich heute Morgen alarmiert«, verteidigte sich Ole. »Ich kann aber nicht sagen, ob die schon auf der Insel sind.«

»Und wieso nicht?«

»Weil ich nicht nachgehakt hab?«, erklang es leise.

Hannah erwiderte nichts mehr und wischte stattdessen auf ihrem Handy herum. Es klingelte mindestens zehnmal, bevor sich ein Mann mit atemloser Stimme meldete.

»Ja?«

»Doktor Ja?«

Der Mann am anderen Ende zögerte kurz. »Bist du das, Krümel?«

In diesem Moment fiel Hannah ein, dass es noch jemanden gab, der diesen dämlichen Kosenamen kannte. Doch es wurde Zeit für eine Reaktion: »In voller Lebensgröße und gerade auf dem Weg nach Sylt, falls es dich interessiert.«

»Aber sicherlich nicht, um dort Urlaub zu machen«, protestierte Doktor Stefan Eickhoff, der Leiter der Kieler Rechtsmedizin. »Lass mich raten: Hat das was mit dem Toten auf dem Autozug zu tun?«

»Auf den wartest du doch bestimmt schon. Oder etwa nicht?«

»Wir haben uns an das Chaos bei den Kollegen an der Nordseeküste langsam gewöhnt. Soll dein Anruf bedeuten, du bist wieder ...?«

»... im Dienst und an vorderster Front, wenn es irgendwo 'ne Leiche zu entdecken gibt«, vervollständigte Hannah und schickte ein freudloses Lachen hinterher. »Jemand muss den Scheißjob ja machen.«

»Auf jeden Fall wird es dann wieder besser«, erwiderte Doktor Eickhoff erleichtert. »Weißt du schon was Genaueres über die Leiche?«

»Wir stehen auf dem Zug und sind gerade erst in Niebüll losgefahren. Wahrscheinlich weißt du mehr als ich.«

Kurzes Zögern am anderen Ende der Leitung. »Du rufst doch nicht nur an, um Hallo zu sagen? Ich kenne dich viel zu lange Krümel – das würde nicht zu dir passen.«

Hannah erklärte ihrem Kollegen mit knappen Sätzen, was bisher passiert war. Diese Zusammenfassung endete mit einem vernichtenden Urteil: »Sämtliche Spuren im Auto sind vermutlich ruiniert und so wie's aussieht, hat an der Leiche auch schon jemand hantiert.«

»Und trotzdem erwartet man von uns, dass wir das Haar in der Suppe finden, das uns bis übermorgen zum Täter führt«, fügte der Rechtsmediziner mit passender Verbitterung hinzu. »Aber noch mal: Was willst du von mir, Krümel?«

»Kannst du rüberkommen?« Hannah klang plötzlich wie ein kleines Mädchen, das seine Mutter an der Supermarktkasse nach einem Lutscher fragt. »Wenn der Leichnam zu dir nach Kiel gebracht wird, dann fürchte ich, dass davon nicht mehr viel übrig ist, was uns hilft.«

»Weißt du, wann ich zuletzt auf Sylt war? Und insbesondere, mit wem?«

Hannah brauchte nicht lange zu überlegen. »Mit mir? Dann ist das mindestens fünfzehn Jahre her, eher zwanzig.«

»Dein Vater hat mich angesehen, als wollte er mich am liebsten jeden Moment erschießen. Erinnerst du dich noch?«

»Du warst damals Student! Mediziner ... die konnte er am wenigsten leiden.«

»Wie geht's dir? Hab lange nichts von dir gehört.«

Hannah nahm allen Mut zusammen. »Können wir das nicht hier auf Sylt besprechen? Ehrlich, Stefan: Wir brauchen einen wie dich, ansonsten wird mein erster Mordfall gleich ein gewaltiger Schlag ins Wasser.«

»Ich schaffe es aber nicht vor morgen früh!«, erwiderte der Rechtsmediziner. »Und vorher muss ich noch die Arbeit von zwei Tagen an einem halben erledigen.«

»Kein Problem. Ich sorge dafür, dass man deinen neuen Kunden bis dahin im Kühlschrank liegen lässt.«

5

»Ist das normal?«, erkundigte sich Ole, nachdem dieses Telefonat beendet war. »Ich meine: Man braucht bestimmt ein dickes Fell, klar – aber so über einen Toten zu reden.«

»Doch nur intern!«, hielt Hannah mit leicht genervtem Unterton gegen. »Wenn man sich jeden Mord zu Herzen nimmt, dann hält man nicht lange durch. Glaub mir!«

»Und die Angehörigen? Was ist mit denen?«

Hannah schaute zur Seite und schüttelte den Kopf. »Meinst du etwa, denen erzähle ich, dass ihr Vater, Ehemann – oder was auch immer – in 'nem Kühlschrank liegt und darauf wartet, aufgeschlitzt zu werden?«

Ole fiel in das Kopfschütteln mit ein und schlug die Akte in seinem Schoß erneut auf. »Dieser Jakob Rubin hat noch als Notar praktiziert. Auf seiner Homepage steht allerdings, dass die Kanzlei in Kürze geschlossen wird.«

»Ist doch logisch!« Hannahs Hände lagen auf dem Lenkrad, als müsste sie auch auf dem Autozug noch lenken. »Du hast doch selbst gesagt, dass der Mann nächsten Monat siebzig wird.«

»Und was hat das damit zu tun?«

»Ganz einfach: Mit siebzig ist für einen Notar Schluss.«

Ole nickte bewundernd. »Woher weißt du so was?«

Die erste Antwort war ein ratloses Gesicht, doch es folgte auch eine vermeintliche Erklärung: »Keine Ahnung – vielleicht Allgemeinbildung?«

»Auf jeden Fall war dieser Notar wohl häufiger auf Sylt«, fuhr Ole hektisch fort. »In seiner Brieftasche wurde 'ne Zehnerkarte für den Autozug gefunden. Ich hab bei der Bahn schon nachgefragt. Wir müssen schließlich wissen, wann und wie oft er die benutzt hat.«

»Nicht schlecht«, lobte Hannah ihren Kollegen. Eine Premiere! »Wenn du beim nächsten Mal den Zug beschlagnahmen und eine Leiche unangerührt lässt, dann könnten wir uns auf Dauer ganz gut verstehen.«

»Jeder fängt doch irgendwann mal an«, rechtfertigte sich Ole. »Außerdem sind die in Westerland völlig ausgeflippt, weil das Chaos dort ohnehin für stundenlange Verspätungen gesorgt hat.«

»Dafür reicht auch ein krummes Gleis oder 'ne Lok, die nicht mehr will.« Hannah zeigte nach vorne. »Wir sind gleich da. Ab sofort versuchen wir, keine weiteren Fehler zu machen. Einverstanden?«

»Und was ist mit denen, die schon passiert sind?« Ole hörte sich wie ein Schuljunge an, der etwas ausgefressen und Angst vor einem blauen Brief hatte. »Gibst du das nach oben weiter?«

Hannah schüttelte bereits den Kopf. Sie drehte sich erneut zur Seite. »Wir wollen zusammen und nicht gegeneinander arbeiten. Das merkst du dir lieber ... alles andere macht nämlich von vornherein keinen Sinn.«

Eine halbe Stunde später war die Entladung in Westerland abgeschlossen. Die meisten Autos bogen in Richtung Zentrum ab, Hannah raste in die entgegengesetzte Richtung, als wollte sie Sylt am liebsten gleich wieder fluchtartig verlassen.

»Wenn du die Nächste links reinfährst, dann sind wir schneller bei der Werkstatt«, erklärte Ole.

Doch Hannah schien ihn gar nicht zu hören. Mit fest

zusammengepressten Lippen raste sie weiter an den Bahngleisen entlang und hätte am Ende beinahe einen Transporter gerammt, der rückwärts aus einer Ausfahrt rollte.

»Kann es sein, dass du mit Sylt und allem hier ein Problem hast?«, erkundigte sich Ole vorsichtig. »Soll ich vielleicht lieber fahren?«

»Ich habe kein Problem mit Sylt!«, fauchte Hannah Silbe für Silbe zurück. Sie zeigte mit hochrotem Kopf nach vorne auf den Transporter, der immer noch im Schneckentempo nach hinten rollte. »Nur mit Idioten, die nicht wissen, wo sie hinwollen.«

Von diesem Moment an herrschte zunächst Schweigen.

Ein paar wortlose Minuten später erreichten sie die Werkstatt, in der man am Freitagabend den sichergestellten SUV geparkt hatte. Hannah hatte ihren BMW direkt vorm Tor abgestellt und war ohne ein Wort ausgestiegen. Ole überlegte noch kurz, folgte seiner Chefin dann aber mit langen Schritten und blieb neben ihr mitten im Werkstatttor stehen.

»Sag mir bitte, dass das nicht unser Wagen ist«, flüsterte Hannah in unheilvollem Ton. Dabei zeigte sie auf einen ursprünglich schwarzen SUV, der vor lauter Schleifstaub einen beinahe hellgrauen Farbton angenommen hatte. Die Seitenscheiben standen offen, es war also davon auszugehen, dass sich der Staub auch im Inneren des Wagens großflächig verteilt hatte.

»Hamburger Kennzeichen – das wird er wohl sein«, erklärte Ole mit Grabesstimme. »Ich kann nichts dafür, ehrlich!«

Hannah hatte das Reden erneut eingestellt. Sie marschierte quer durch die Werkstatt, umrundete den SUV und blieb vor dessen Motorhaube stehen um das Einschussloch in der Windschutzscheibe näher zu betrachten. Den genauen Eintrittswinkel des Projektils würden die Kollegen von der Kriminaltechnik ermitteln. Ansonsten dürfte sich der Wagen vermutlich als nächste Sackgasse erweisen.

Rechts von Hannah waren zwei Männer noch immer am Schleifen. Die beiden trugen weiße Arbeitsanzüge, ihre Gesichter wurden zum größten Teil von Staubmasken verdeckt.

Ole hatte die Zeichen der Zeit erkannt und brüllte gegen die Maschinen und ein plärrendes Radio an: »Könnt ihr bitte mal für'n Moment aufhören?«

Zwei Excenter-Schleifer verstummten beinahe zeitgleich. Einer der Männer zog die Staubmaske hoch und platzierte sie auf der Stirn. Darunter war seine eigentliche, recht gesunde Gesichtsfarbe zu erkennen. »Was ist denn?« Der Mann zeigte auf den Wagen, an dem er und sein Kollege arbeiteten. »Der soll heute noch in den Ofen und lackiert werden.«

Hannah hatte offensichtlich schon genug von diesem verstaubten Affentheater und verließ die Werkstatt beinahe fluchtartig.

Ole war stehen geblieben und sah einen der beiden Arbeiter auf sich zukommen.

Der holte gleich zu einer fragwürdigen Begrüßung aus: »Pass mal auf, Meister ... hier wird gearbeitet! Wenn ihr Zeitungsfritzen was wollt, müsst ihr das mit dem Chef bequatschen.« Der Mann im weißen Overall war direkt vor Ole angekommen und wollte noch fortfahren.

Doch der hatte seinen Dienstausweis gezückt, um damit eine Fortsetzung dieser freundlichen Ansprache zu verhindern. »Der Meister ist von der Polizei«, schickte er grinsend zurück. Danach zeigte er auf den SUV. »Hättet ihr das Teil nicht wenigstens abdecken können?«

»Wenn du dich beschweren willst, machst du das am besten im Büro.« Ein Fingerzeig wies eine Etage höher. »Der Boss hockt da oben und qualmt den ganzen Tag.«

Ole hatte ebenfalls genug gehört. Seine Chefin stand vor dem Werkstatttor und telefonierte. Er näherte sich ihr mit vorsichtigen Schritten und trat dann mit einem letzten entschlossenen in ihr Blickfeld.

»Der Wagen wird heute noch abgeholt und nach Kiel zur KTU gebracht«, erklärte Hannah, nachdem das Telefonat beendet war. »Die Kollegen von der Spurensicherung konnte ich erreichen, bevor sie in Niebüll auf den Autozug gefahren sind. Die drehen gleich um und versuchen herauszufinden, auf welchem Zug der SUV mitgefahren ist. Vielleicht findet sich darauf noch was – aber wenn überhaupt, dann nur durch Zufall.«

Ole nickte und zeigte durch das Werkstatttor nach oben. »Heißt das, du willst mit dem Chef von dem Laden hier nicht mehr reden?«

Hannah beschränkte sich auf ein Kopfschütteln.

»Und was jetzt? Fahren wir zuerst ins Krankenhaus oder wollen wir mit den Leuten reden, die auf dem Autozug hinter dem SUV gestanden haben?« Ole hörte sich erneut wie ein schüchterner Junge an. »Vielleicht haben die mehr gesehen und ...«

»Einverstanden!«

»Womit jetzt?«

»Mit den Leuten.« Hannah brachte ein verbittertes Lachen zustande. »Um das Krankenhaus hat sich hoffentlich schon mein Freund Stefan gekümmert.«

»Ist das der von der Rechtsmedizin, aus Kiel?«

Hannah war bereits auf dem Rückweg zu ihrem Dienstwagen, blieb jedoch vor der Fahrertür stehen und nahm ihren Kollegen übers Wagendach mit Blicken ins Visier. Bei ihrer Größe ein Kunststück auf Zehenspitzen. »Er leitet den Laden und ist der beste Leichenschänder, den ich je kennengelernt habe.«

Ole erinnerte sich an das Telefonat zwischen seiner

Chefin und diesem Wunderdoktor. »War da mal was mit euch – also, mit dir und diesem Stefan?«

Hannahs Miene verfinsterte sich. Ihr Mund klappte bereits auf.

Doch Ole kam ihr eilig zuvor: »Vergiss es! Tu einfach so, als hätte ich nicht gefragt.«

6

»Wir kommen aus Gelsenkirchen und fahren jedes Jahr für zwei Wochen auf die Insel«, erklärte Martina Weinhold mit schwärmerischer Stimme. »Um mal richtig Luft zu schnappen. Jeden Tag Strand und abends was Leckeres essen, während man der Sonne beim Untergehen zusehen kann.« Sie zeigte auf ihren Mann, der bisher kaum ein Wort gesagt hatte. Im selben Moment verflog ein wenig von ihrem Frohsinn. »Jörg schimpft zwar ständig über das Zug-Chaos, aber ...«

»Kann ich verstehen«, unterbrach Hannah. Der Ehemann bekam sogar ein Lächeln als Lohn.

Das hielt dessen Ehefrau jedoch nicht von einer gut gelaunten Fortsetzung ab: »Wenn wir erst mal am Strand liegen, ist alles vergessen.«

»Bis zum nächsten Jahr«, fügte Ole lachend hinzu. Im Gegensatz zu seiner Chefin hatte er das Angebot angenommen und sich auf dem einzigen Sofa der kleinen Ferienwohnung niedergelassen. Neben ihm stand ein Maxi-Cosi, in dem ein Säugling vor sich hin brabbelte.

»Sie sind doch bestimmt nicht gekommen, um mit uns über das alljährliche Urlaubs-Chaos zu reden, oder?« Diese Frage stammte von Jörg Weinhold. »Wir haben Ihren Kollegen eigentlich schon alles erzählt. Am Freitag, auf dem Bahnhof, nachdem ...«

»Am meisten interessiert mich immer dieses ›Eigentlich‹«, unterbrach Hannah. Das Lächeln hatte sich aus ihrem Gesicht längst verabschiedet. »Fangen wir am besten ganz vorne an: mit dem SUV. Haben Sie dessen Fahrer gesehen, als er vor Ihnen auf den Zug raufgefahren ist?«

»Ich von der Seite und nur ganz kurz«, erklärte Frau Weinhold. »Wir haben uns noch gefragt, was das für'n Auto ist. Jörg hat's gegoogelt.«

»Und als wir gewartet haben, war der Typ zum Pinkeln«, fügte ihr Mann hinzu. »Sah ganz normal aus. Schon älter und ...«

»Halten wir also fest, dass Ihnen am Fahrer nichts Besonderes aufgefallen ist«, unterbrach Hannah erneut mit ungeduldiger Stimme. Sie überlegte kurz. »Könnte es sein, dass ursprünglich mehr als eine Person im Wagen gesessen hat?«

»Wo sollte die denn geblieben sein?«, fragte der Familienvater. Seine Miene machte klar, was er von einer solchen Frage hielt. »Soll sich da jemand in Luft aufgelöst haben?«

Hannahs Mund öffnete sich bereits für eine Antwort – sicherlich keine Freundlichkeit –, doch Ole kam ihr zuvor: »Können Sie mit absoluter Sicherheit sagen, dass da niemand sonst war?«

Die Eheleute wechselten Blicke und nickten danach energisch. »Hundertprozentig!«, schickte Martina Weinhold noch hinterher.

»Dann kommen wir mal zu der Fahrt in Richtung Westerland«, fuhr Hannah fort. »Ist Ihnen auf dem Weg hierher irgendwas aufgefallen?« Sie holte tief Luft, um sich für eine längere Erklärung vorzubereiten. »Der Mann wurde ...« Sie verstummte kurz und warf einen Blick zur kleinen Maja. Aber die war gerade erst auf den Balkon der Ferienwohnung spaziert und ordnete dort ihre sandigen Strandspielzeuge. Auf die winzige Emma musste man in Sachen Details wohl noch keine Rücksicht nehmen. »... so, wie's aussieht, aus einiger Entfernung mit einem Präzisionsgewehr erschossen. Haben Sie vielleicht irgendwo ein Mündungsfeuer aufblitzen sehen. Oder ist Ihnen sonst etwas aufgefallen. Jemand, der kurz aufgetaucht und danach wieder verschwunden ist? Ein Heckenschütze ist meistens unsichtbar, aber es gibt auch welche, die Fehler machen.«

Die Eheleute wechselten erneut Blicke, die mündeten in ein gemeinsames Kopfschütteln. Dieses Mal lieferte Jörg Weinhold noch eine Erklärung obendrauf: »Es kann doch eigentlich nur in Klanxbüll oder hier auf Sylt passiert sein.« Er lachte leise. »Ansonsten ist doch alles so platt, dass man morgens schon sehen kann, wer abends zum Essen kommt.«

Ole schaute zu seiner Chefin empor, die neben der Balkontür am Fensterbrett lehnte. »Da hat er recht«, war sein Kommentar, der jedoch eine Reaktion vermissen ließ.

»Wir haben in den letzten Nächten beide kaum geschlafen«, erklärte Martina Weinhold. »Die haben mich zwar nach zwei Stunden aus dem Krankenhaus entlassen, aber ich konnte am Freitag kein Auge mehr zutun. Hab immer wieder überlegt, warum jemand so etwas Schreckliches tut.« Das Gesicht der Frau verzog sich, wirkte längst nicht mehr so unbekümmert wie noch kurz zuvor. »Das Ganze ist ein paar Meter vor uns passiert – ich bin nur froh, dass die Kinder nichts davon mitbekommen haben.«

»Hätte jemand in der Nähe geschossen, dann hätten wir's doch gesehen oder gehört«, fügte ihr Mann energisch hinzu. »Ich hab erst kapiert, was passiert ist, als meine Frau vor dem SUV zusammengebrochen ist.«

Hannahs Aufmerksamkeit gehörte plötzlich der winzigen Emma, die mit ihren speckigen Armen ruderte, weil sie offensichtlich aus dem Maxi-Cosi befreit werden wollte. Noch sang sie ein – für Säuglingsverhältnisse – fröhliches Lied. Aber das dürfte sich schnell ändern, wenn nicht gleich jemand ihrer gekrähten Bitte Folge leistete.

»Ich denke, wir lassen Sie jetzt lieber allein«, erklärte Hannah. Ihre Miene hatte sich dramatisch verändert, sie sah beinahe panisch aus. »Wie lange sind Sie noch auf Sylt?«

»Diese und nächste Woche«, erwiderte Frau Weinhold. »Falls Sie uns brauchen, wissen Sie ja, wo Sie uns erreichen.«

»Schönen Urlaub noch.« Mit diesen Worten verabschiedete sich Ole und reichte den Eheleuten nacheinander die Hand. Hannah hatte längst die Tür erreicht und winkte nur auf seltsame Weise zum Abschied.

»Geht es Ihrer Chefin gut?«, erkundigte sich Jörg Weinhold, nachdem die sich bereits auf den Flur vor der Tür verabschiedet hatte.

Ole zuckte zunächst nur mit den Schultern, aber es musste wohl eine Erklärung her. »Der Fall nimmt uns alle ziemlich mit. Ich hoffe …«

»Das hoffen wir auch!«, fuhr ihm Martina Weinhold ins Wort. »Finden Sie den Mörder, damit man wenigstens mit 'nem guten Gefühl am Strand liegen kann. Wer weiß denn, was hier auf Sylt noch passiert und …?«

»Machen Sie sich bitte keine Sorgen«, wiegelte Ole ab. »Wir tun, was wir können!«

Als er kurz darauf die Ferienwohnung verließ und den langen Flur davor in Richtung Fahrstuhl marschierte, war von seiner Chefin nichts mehr zu sehen. Er bog nach links ab und horchte ins Treppenhaus. Ebenfalls Totenstille.

Und weil sein Kreislauf eine Aufmunterung gut gebrauchen konnte, entschied er sich dafür, die vier Stockwerke nach unten zu Fuß zu absolvieren. Dort angekommen saß Hannah bereits hinterm Steuer ihres Dienstwagens.

Ole fiel auf den Beifahrersitz neben ihr und schwieg zunächst. Seine Chefin umklammerte das Lenkrad auf übliche Weise. Aus ihren Fingerknöcheln hatte sich jegliches Blut verabschiedet.

»Was war denn das da oben eben?«, fragte er vorsichtig, bekam jedoch keine Antwort. Also unternahm er einen weiteren Versuch, vielleicht sogar einen gewagten Vorstoß: »Du hast doch gesagt, dass wir zusammenarbeiten wollen. Ist das für dich …?«

Hannahs Rechte löste sich vom Lenkrad und sorgte für Ruhe. Ihr Mund bewegte sich kaum, als sie zu reden anfing. »Du erfährst es ja ohnehin irgendwann …«

7

Margarete Bruhn hatte schlecht geschlafen, beinahe gar nicht. Eigentlich wollte sie schon morgens bei der Polizei anrufen, weil in ihr ein schrecklicher Verdacht von Stunde zu Stunde wuchs. Dann hatte sie beschlossen, doch zu warten. Schließlich fuhren die Züge vom Festland derart unregelmäßig, dass mögliche Pläne oder Verabredungen jederzeit an der nächsten Fahrplanänderung scheitern konnten.

Aber wenn das der Fall gewesen wäre, dann hätte Doktor Rubin sie doch angerufen, um sich zu entschuldigen oder seinen Besuch auf einen der nächsten Tage zu verschieben. Für Freitag hatte er sich angemeldet, seither waren drei Tage vergangen.

Mit diesen Gedanken hatte sich Margarete Bruhn schon seit dem Aufstehen geplagt. Mittlerweile war es Nachmittag und nicht mal die einzige Zigarette des Tages, die sie – zusammen mit einer Tasse frisch gebrühtem Kaffee und einem Stück Torte – seit vierzig Jahren genoss, wollte ihr schmecken.

Vierzig Jahre, ging es ihr durch den Kopf. Etwa genauso lange schlug sie sich mit Sorgen herum, die ausgerechnet am heutigen Tag ihren vorläufigen Zenit erreichten. Und sie wollte sich auch nichts vormachen: Diese Sorgen würden sie erst mit ihrem letzten Atemzug endgültig loslassen. So viel war sicher.

Und dabei war Margarete Bruhn all die Jahre nie mehr als ein kleines Rad im Getriebe gewesen; eine einfache Schreibkraft. Zumindest hatte sie sich diesen Umstand immer wieder eingeredet, bis sie selbst irgendwann daran glaubte.

Die Männer, für die sie gearbeitet hatte, hatten doch auch Gutes getan?

Nicht nur, das war klar.

Aber es war auch Gutes dabei gewesen. Da war sie sich sicher und dieser Umstand schaffte es von Zeit zu Zeit, für Beruhigung zu sorgen.

Margarete Bruhn stemmte sich mühsam aus ihrem Sessel empor. Ihr Telefon stand auf einer kleinen Kommode neben der Wohnungstür und brüllte sogar von dort deutlich hörbare Aufforderungen. Sie schaute zum Tisch hinunter. Ihr Tortenstück hatte sie nicht mal angerührt, vom Kaffee war noch mehr als die Hälfte übrig und ihre heilige Zigarette verglühte schon seit Minuten im Aschenbecher.

Sie wankte in Richtung Wohnungsflur. Nach dem Aufstehen brauchte ihr Kreislauf grundsätzlich eine Weile, bis der halbwegs Bereitschaft signalisierte. Doch für eine beinahe Achtzigjährige durfte sich Margarete Bruhn wohl kaum beschweren. Sie schaffte noch all ihre Einkäufe allein und konnte mit dem Fahrrad – zumindest an guten Tagen – von Rantum bis nach Wenningstedt radeln, um sich dort bei Gosch mit einem köstlichen Fischbrötchen für die Rückfahrt zu stärken.

Morgens hatte sie das Radio eingeschaltet. Eigentlich nur, um zu hören, wie das Wetter werden sollte. Dort war noch immer von einem vermeintlichen Todesschützen die Rede und davon, dass wohl ein älterer Mann auf dem Autozug nach Sylt ums Leben gekommen sei. Genauere Hinweise gäbe es noch nicht. Man stünde jedoch mit der Polizei in engem Kontakt, um wenigstens eventuelle Gefahren für den Rest der Bevölkerung ausschließen zu können.

Nach diesem weiteren geführten Schlag in die Magengrube hatte Margarete Bruhn zum Telefonhörer gegriffen. Doch dann kam sie sich plötzlich albern vor und verfluchte sich selbst für all die Krimis, bei denen sie sich abends immer häufiger die Wolldecke über den Kopf ziehen musste.

Solche verrückten Geschichten passierten im richtigen Leben nicht!

In diesem Moment stand die alte Frau erneut vor ihrer Kommode und starrte auf das Telefon vor sich. Erst als das alte mit Wählscheibe nicht mehr wollte, hatte sie sich von ihrem Nachbarn überreden lassen, eines mit Tasten zu kaufen. Dieses Luxusteil stand auch schon seit über zwanzig Jahren neben der Eingangstür und klingelte nur noch ganz selten.

Ihre Finger zitterten, als sie nach dem Hörer griff. Während sie noch überlegte, ob sie in solchen Fällen einfach die ›110‹ wählen sollte, erlöste sie ihre Türklingel von der Notwendigkeit weiterer Gedanken.

Weit hatte sie es ja nicht; musste nur zwei Schritte zur Seite machen und hielt sich dabei am Rand der Kommode fest, weil ihr Kreislauf ausgerechnet in diesem Moment für Sterne vor den Augen sorgte. Sie drückte die Klinke herunter und zog bedenkenlos ihre Wohnungstür nach innen auf. Wer sollte es schon sein? Vielleicht der neue Nachbar oder ein Paketbote, der mal wieder was für die junge Frau von oben abgeben wollte.

Ja, Margarete Bruhn hatte mit einigen Dingen gerechnet, aber nicht damit.

Dementsprechend fiel ihr Kommentar aus: »Was wollen Sie denn hier? Falls Sie mit dem Doktor reden wollen, muss ich Sie enttäuschen. Er ist noch nicht …« Sie brachte den Satz nicht zu Ende. Und das lag nicht etwa an ihrem sensiblen Kreislauf, sondern daran, dass zwei kraftvolle Hände ihre dürren Arme gepackt und sie wie eine Puppe gegen die

Wand in ihrem Wohnungsflur geschleudert hatten. Noch war sie bei Bewusstsein, aber ihr Verstand meldete sich bereits häppchenweise ab. Vor ihr fiel die Tür ins Schloss. Sie war nur noch halb bei Sinnen und sah über sich einen gewaltigen Schatten. Der war wohl noch nicht fertig mit ihr …

* * *

»Was erfahre ich ohnehin irgendwann?«, fragte Ole und zwinkerte seiner Chefin dabei aufmunternd zu. »Nur mal so viel: Es gab schon Frauen, die meinten, ich sei ein ganz guter Zuhörer.«

»Das kann ich mir vorstellen!«

»Also, was erfahre ich?«

Nach einem tiefen Atemzug drehte sich Hannahs Kopf, bis sie ihrem Kollegen direkt in die Augen blicken konnte. »Willst du die ganze Geschichte oder lieber nur die Kurzfassung?«

»Fang erst mal an«, erwiderte Ole lachend. »Falls es mir zu viel wird, beschwere ich mich schon.«

»Ich war nicht immer so«, begann Hannah mit ihrer Erklärung, die sich bereits wie eine Bankrotterklärung anhörte. »Ich war ganz zufrieden mit meinem Job und hab es sogar geschafft – trotz ständiger Überstunden und dem üblichen Stress –, einen Mann kennenzulernen. Einen fürs Leben – hab ich wenigstens gedacht.«

»Aber das war doch nicht der Fall?«, fragte Ole, weil es zunächst nicht weiterging.

»Ein paar Tage vor meinem Dreißigsten, hab ich meinen Sohn zur Welt gebracht: Felix.« Sie machte eine Pause und zog dabei die Nase hoch. »Er war damals mein ganzes Glück … als es passiert ist, etwa so alt wie die Lütte von eben.«

»Als was passiert ist?«

»Mein Mann war Italiener, ein waschechter«, fügte Hannah mit verbittertem Lachen hinzu. »Ich war damals ständig auf Schulungen – wollte Karriere machen.«

»Heißt das, er war mit eurem Sohn allein und hat sich nicht um ihn gekümmert?«

»Kommt drauf an, was du mit ›gekümmert‹ meinst.« Hannah schüttelte den Kopf und fuhr einfach fort: »Felix war kurz vor seinem ersten Geburtstag und ich auf 'ner Schulung in Wiesbaden. An einem Dienstagabend hab ich zu Hause angerufen, wollte Bescheid sagen, dass ich schon am Donnerstag im Zug nach Norden sitze, um mit meinen beiden Männern ein langes Wochenende zu genießen.«

»Und?«

»Ist niemand rangegangen. Später hab ich erfahren, dass mein lieber Ehemann bei einem Italiener in Itzehoe gefeiert und sich volllaufen lassen hat.«

»Und wer hat sich in der Zeit um euren Sohn gekümmert?«

Hannah war anzumerken, dass sie alle Kraft benötigte, um weiterzureden. »Als ich am Donnerstag nach Hause kam, hat es in unserer Wohnung fürchterlich gestunken. Unsere Kollegen von der Kripo haben später herausgefunden, dass Gianni Lorenzo wohl zuletzt am Montagabend zu Hause war.«

»Das konnte euer Sohn gar nicht überleben«, flüsterte Ole. »Jetzt verstehe ich ...«

»Er hat überlebt!« Hannah klang zutiefst verbittert. »Weil mein sagenhafter Mann vor seinem Abgang noch zwei Nuckelflaschen in Felix' Bettchen gestellt hat. Irgendwie hat der Lütte es wohl geschafft, danach zu greifen. Und klar: Drei Tage später war er völlig dehydriert, beinahe tot, aber ...« Sie verstummte für einen Moment. »Heute gibt es Tage, an denen ich mir wünsche, ich wäre doch erst am Freitag nach Hause gekommen.«

»Ist euer Sohn seitdem behindert?«, erkundigte sich Ole flüsternd.

»Das ist mein Sohn!«, fauchte Hannah zurück. »Seit diesem Tag ist Felix nur noch mein Sohn und nicht …«

»Schon gut! Tut mir leid, ich wollte nicht …«

»Mir tut's leid«, entschuldigte sich Hannah. »Bei diesem Thema kann ich einfach nicht ruhig bleiben.«

»Hat man deinen Mann wenigstens zur Rechenschaft gezogen?«

»Exmann!« Hannah schüttelte energisch den Kopf. »Ich versuche seit zehn Jahren, das Schwein zu finden. Aber er ist seitdem wie vom Erdboden verschluckt.«

»Und dein Sohn?«

»Lebt bei meiner Mutter. Die Zeit danach war … kompliziert.« Hannah lachte, nur ein weiterer Ausdruck von Verbitterung. »Mein ach so toller Therapeut hat dafür gesorgt, dass man mich irgendwann komplett aus dem Verkehr gezogen hat. Angeblich wäre ich 'ne Gefahr für andere, hieß es damals.«

»Vielleicht war das auch besser so«, erwiderte Ole mit aller gebotenen Vorsicht. »Und ich kann mir nicht vorstellen, dass dein Therapeut es böse gemeint hat … oder schuld daran war.«

»Ist er auch nicht! Aber es tut gut, über ihn zu lästern.«

Nach diesem letzten Satz mussten beide lachen. Die gedrückte Stimmung hatte sich zum größten Teil verflüchtigt. Das nahm Hannah zum Anlass, sinnbildlich ins Horn zu stoßen: »Lass uns zum Krankenhaus rüberfahren. Mal sehen, was die von unserem Kunden übriggelassen haben.«

8

Margarete Bruhn kam nach und nach wieder zu Bewusstsein. Sie nahm seltsame Geräusche wahr, konnte die jedoch nicht gleich zuordnen. Als sie es endlich schaffte, ihre Augen halb zu öffnen, half ihr auch das nicht, denn jemand hantierte hinter ihr an irgendetwas herum. Ihre Handgelenke schmerzten, weiter unten ihre Knöchel genauso. Ihr ungebetener Besucher hatte sie an ihren Lieblingsstuhl gefesselt und dafür die dicken Kordeln der Vorhänge missbraucht. Sie ärgerte sich über die Verwüstungen und verfluchte sich gleich selbst, denn das war im Moment wohl ihre kleinste Sorge. Neue Vorhänge gab es zuhauf, ein neues Leben konnte man nirgends kaufen.

In ihrem Kopf wuchsen die schlimmsten Befürchtungen im Sekundentakt. Plötzlich ergab alles einen Sinn. Sie wusste ganz genau, worauf es der Kerl abgesehen hatte. Nur dass er bei ihr an der falschen Adresse war. Aber das konnte sie ihm nicht entgegenbrüllen, denn zu allem Überfluss war sie geknebelt.

Sie hörte jemanden atmen. Und während sie ihren Verstand unverändert marterte – schließlich wollte ihr der Name ihres ungebetenen Besuchers nicht einfallen –, trat der Mann in ihr Blickfeld. Gleich seine ersten Worte klangen alles andere als freundlich: »Wo bewahrt ihr die Papiere auf? Hier bei dir?«

Margarete Bruhn brachte mit aller Mühe ein Kopfschütteln zustande. Doch schon diese leise Bewegung sorgte für höllische Schmerzen in ihrem Nacken. Deshalb hielt sie inne und schaute in das Gesicht über sich.

Das verzog sich zu einer hasserfüllten Fratze. »Wo sollten sie denn sonst sein, du dämliche alte Schachtel?«

Margarete zuckte ganz vorsichtig mit den Schultern. Das sorgte für weniger schmerzhafte Konsequenzen.

»Du lügst!«, stellte der Mann einfach fest und wartete dieses Mal auch keine Reaktion ab. Seine Rechte – noch zur flachen Hand ausgestreckt – klatschte in ihr Gesicht und sorgte dort für eine regelrechte Explosion, die in ihrem Kopf widerhallte. Auch die Linke, ein mit Sicherheit ebenso kraftvolles Exemplar, fuhr bereits empor. Nach kurzem Überlegen sank sie wieder hinunter.

Margarete fluchte innerlich. In erster Linie, weil ihr der Name ihres Peinigers nicht einfallen wollte. Falls sie Gelegenheit dazu bekäme, könnte sie der Polizei ...

Zwei Pranken, die sich von vorne um ihren Hals legten und sofort zudrückten, unterbrachen sogar ihre Gedanken. Es dauerte nicht lange, da wurde ihr schwarz vor Augen. Und sie sah sich schon der nächsten Ohnmacht gegenüber, als die Hände ihren Hals abrupt losließen.

Gierig sog sie den Sauerstoff in ihre Lungen. Aber das nur, um im nächsten Moment wieder in die hasserfüllte Fratze des bisher Namenlosen zu blicken. »Sag mir, wo die Scheiß-Papiere sind. Mach das Maul auf ... vielleicht überlebst du die Sache dann sogar.«

Ihr Gesicht lieferte wohl eine halbe Erklärung. Doch wie sollte sie die andere Hälfte herausbringen?

Schon zupften zwei Finger am Knebel. Nachdem der Vergangenheit war, erkannte sie vor sich ihr winziges besticktes Tischtuch, das an normalen Tagen einer Geranie in der Fensterbank als Untersatz diente.

Sie schluckte trocken. Noch hatte sich nicht genug Speichel in ihrem Mund gesammelt, um reden zu können.

Das übernahm ohnehin ein anderer: »Wenn du schreist, dann beende ich es gleich jetzt und hier«, erklang es eiskalt. »Sag mir endlich, wo die Papiere sind.«

»Ich weiß es nicht«, krächzte Margarete Bruhn an Trockenheit und Halsschmerzen vorbei. »Warum sollten die denn ausgerechnet hier bei mir sein?«

Der Mann über ihr sagte nichts mehr, sondern ließ erneut Taten sprechen: Seine Linke fuhr langsam empor, ballte sich zur Faust und schlug mit aller Kraft in ihrer rechten Gesichtshälfte ein.

Für Margarete Bruhn kam die gnädige Ohnmacht ganz plötzlich. Doch bevor sie von diesem Strudel endgültig verschluckt wurde, meldete sich ihr Verstand leise zu Wort: *Du hättest wenigstens die Zigarette rauchen sollen. Deine letzte, wenn du mich fragst …*

* * *

»Wissen Sie, was hier bei uns in der Saison los ist?« Eine blutjunge Ärztin hatte die beiden Polizisten im Krankenhaus von Westerland am Empfang abgeholt und – um neugierige Ohren auszusperren – in eines der Behandlungszimmer bugsiert. Dort lag noch blutiges Verbandsmaterial vom letzten Notfall herum. Die meisten Schränke an den Wänden standen offen, ein EKG-Gerät beschwerte sich piepend darüber, dass ihm sein Patient abhandengekommen war. »Wir wissen gar nicht, was wir zuerst machen sollen«, erklärte die Ärztin weiter.

Hannah erwiderte das gequälte Lächeln eins zu eins. »Wissen Sie, was bei uns los ist, wenn jemand meint, einen anderen erschießen zu müssen?« Ihre Stimme wanderte eine Oktave nach oben. »Es geht um einen Mordfall! Und wir benötigen morgen früh einen möglichst sterilen Raum, in dem mein Kollege von der Rechtsmedizin seine erste Leichenschau vornehmen kann. Ist das angekommen?«

»Reden Sie von einem OP?« Der jungen Ärztin war ihre Fassungslosigkeit anzusehen. »Wie stellen Sie sich das vor?«

Hannah zuckte mit den Schultern. »Haben Sie ansonsten vielleicht 'ne sterile Teeküche?«

Ole musste ein Lachen herunterschlucken. Um sich abzulenken, starrte er auf die blutigen Verbände.

»Darüber muss ich mit meinem Chef reden. Vielleicht können wir um die Mittagszeit was freischaufeln. Wie lange dauert denn so eine Leichenschau?«

»Bis sie vorbei ist«, erklärte Hannah mit beiläufiger Stimme. »Ist Ihr Chef auch derjenige, der den Totenschein unterschrieben hat?«

Die Ärztin nickte vorsichtig. Ihr war anzusehen, dass sie sich ernsthafte Sorgen machte, vermutlich, einen Anschiss betreffend. »Wieso fragen Sie?«

»Weil hier alles falsch gelaufen ist, was falsch laufen kann.« Hannah stieß Ole von der Seite an, denn der träumte mit offenem Mund und sah dabei nicht gerade wie eine Intelligenzbestie aus. »Gewisse Abläufe sollten mittlerweile auch hier auf Sylt angekommen sein. Und ich frage mich langsam, ob es uns jemand mit Absicht so schwer macht.«

»Was soll das denn bedeuten?«

»Erst mal gar nichts. Wo finde ich Ihren Chef?«

Die Ärztin zückte ihr Handy und wischte eine Weile darauf herum. Ein Grinsen huschte um ihre Mundwinkel, als sie die Antwort wusste: »Der hat bereits Feierabend gemacht und ist wahrscheinlich auf dem Golfplatz.«

Hannah wollte schon reagieren, als auf dem Flur hinter der Tür zum Behandlungsraum Stimmen immer lauter wurden.

»Klingt nach einem Notfall«, übersetzte die Ärztin das aufgeregte Wortgemenge. Sie zeigte mit fragendem Blick zur Tür. »Haben Sie was dagegen?«

Hannah winkte ab. »Ich stehe morgen früh Punkt neun wieder vor Ihrer Information. Richten Sie Ihrem Chef aus, dass er seine Golfschläger vergessen soll, bis ich mit ihm geredet habe. Ist das klar?«

9

Margarete Bruhn spürte einen stechenden Geruch in der Nase, der mit rasenden Kopfschmerzen einherging. Die hatten sich großflächig verteilt und waren nicht mal mehr genau zu lokalisieren.

Der Mann, an dessen Namen sie sich immer noch nicht erinnern konnte, stand wieder vor ihr und schaute zu ihr hinunter. Er nickte zufrieden und schleuderte eine winzige Ampulle einfach über die Schulter. Das Teil landete vor einem alten Sekretär, dessen Schubladen allesamt offenstanden. Sämtliche Gegenstände und Unterlagen, die sich bisher darin befunden hatten, lagen bunt verstreut auf dem Teppich davor. Ein Umstand, der dafür sprach, dass ihre Ohnmacht von einiger Dauer gewesen war.

»Hast du's dir überlegt? Ist dir endlich eingefallen, wo die Papiere sein könnten?«

Margarete Bruhn merkte erst jetzt, dass der behelfsmäßige Knebel in ihrem Schoß lag. Sie konnte also reden. Aber was sollte sie sagen? In Ermangelung einer wirklichen Idee langte sie nach ihrem ersten Einfall: »Haben Sie Doktor Rubin gefragt?«

»Gefragt ist gut«, kam es mit bösem Lachen zurück. »Wenn ich von dem 'ne vernünftige Antwort bekommen hätte, wäre ich wohl nicht hier, oder?«

Margarete erinnerte sich an das Angebot: Falls Sie etwas

Werthaltiges über den Verbleib der Papiere sagen könnte, dann würde der Kerl sie vielleicht verschonen.

Das glaubst du doch selbst nicht!, brüllte eine gehässige Stimme in ihrem Hinterkopf.

Eine andere, die aus ihrem Mund kam, versuchte es mit einer weiteren Rechtfertigung: »Ich wusste nie besonders viel?« Ihre Stimme klang plötzlich kräftiger. »Und egal, was Sie mit mir anstellen: Ich weiß nicht, wo die Papiere geblieben sind.« Sie schluckte und holte Luft, um fortzufahren: »Außerdem wären das Berge – wo sollte ich die denn aufbewahren?«

Der Mann vor ihr sah genervt aus. Margarete Bruhn glaubte schon, sie würde ein weiteres Mal Bekanntschaft mit einer Faust machen, als der Kerl überraschend herumwirbelte und aus dem Raum stapfte.

Im Flur hatte er wohl sein Handy gezückt, zumindest hörte sie es leise tuten.

»Die Alte weiß angeblich nichts«, erklang es eiskalt, als am anderen Ende offensichtlich jemand rangegangen war.

Margarete lauschte. Vom weiteren Gespräch kamen nicht mal mehr Wortfetzen bei ihr an. Sie ärgerte sich, weil ihre Hörgeräte schon seit Jahren ungenutzt in einer Schublade herumlagen und dort verstaubten.

»Was soll ich denn jetzt machen?«, beschwerte sich ihr Peiniger bei seinem Gesprächspartner. »Die alte Krähe hat mich gesehen und kann …« Eine kurze Pause folgte. »Einverstanden! Und falls sie tatsächlich nichts weiß, kann ich sie dann …?« Erneut eine Pause. Kürzer. Und trotzdem handelte es sich wohl um einen Moment, der den Unterschied zwischen Leben und Tod ausmachte. »Ist okay Ich melde mich noch mal.«

Das war offensichtlich die ganze Verabschiedung, denn Margarete hörte schon wieder Schritte. Sie überlegte noch, ob sie es doch mit Schreien probieren sollte, aber das ohnehin wütende Gesicht vor ihr machte klar, dass es sich dabei um keine gute Idee handelte.

»Ich frag dich ein letztes Mal: Weißt du, wo die Papiere sind, oder hast wenigstens 'ne Ahnung, wo der Doktor sie gelassen hat?«

In ihrem Hals kratzte es, der wirkte wie zugeschnürt. Ihr Mund öffnete sich, doch es wollte kein Wort herauskommen. Aber welchen Unterschied machte das denn überhaupt noch? Ihr Schicksal stand fest. Und es ging wohl nur noch darum, wie sie sich aus dem Diesseits ins Jenseits verabschieden würde.

Der Mann hatte sie umrundet. Völlig unvermittelt nahm er sie von hinten in den Schwitzkasten. »Mach das Maul auf, damit der Knebel reinpasst!«

Margarete gehorchte. Was blieb ihr auch anderes übrig? Im nächsten Moment schmeckte sie Wäschestärke, die von der kleinen Tischdecke stammte. Danach war sie auf ihre Ohren angewiesen. Ihr Verstand war benebelt und nicht in der Lage, einzelne Geräusche zu isolieren, geschweige denn, die zuzuordnen.

Erst als der Kerl wieder vor ihr auftauchte und ihr beinahe neues Dampfbügeleisen in der Hand hielt, wurde ihr klar, was die Stunde geschlagen hatte. Dieses dampfende Wunderwerk der Technik hatte sie sich selbst zu Weihnachten geschenkt. Dessen Vorgänger hatte vor seiner Ausmusterung beinahe vier Jahrzehnte auf dem Buckel gehabt und funktionierte nur noch, wenn man das Kabel in die eine oder andere Richtung verbog und es umständlich festhielt.

Jedes Jahr zu Weihnachten fand Margarete Bruhn einen Scheck aus Hamburg in ihrem Briefkasten. Dazu eine Karte, mit dem Computer gedruckt und nicht mal unterschrieben. Über diese mangelnde Herzlichkeit ärgerte sie sich schon längst nicht mehr. Das Geld konnte sie gut gebrauchen;

einen Teil davon hatte sie gleich in dieses neue Bügeleisen investiert. In diesem Moment wünschte sie sich, sie hätte es gelassen.

Eine beinahe glühende Oberfläche mit Anti-Haft-Beschichtung verharrte einen Moment lang in der Luft über ihrer Stirn und näherte sich danach millimeterweise. »Wo sind die Papiere?«, erklang es erneut.

Die altbekannte Frage. Doch selbst wenn der Kerl Margarete den Knebel entnommen und sie zu Wort hätte kommen lassen – sie wusste doch nicht mal, um welche Papiere genau es ging, und erst recht nicht, wo die sich befanden.

Mittlerweile konnte sie die Hitze des Bügeleisens spüren. Bisher hatte sie nicht daran geglaubt, dass ihr Peiniger wirklich ernst machen würde. Trotz der Fesseln versuchte sie, sich abwechselnd nach links und nach rechts zu werfen. Ihr Überlebenswille sorgte für ungeahnte Kräfte. Doch als dann eine eiserne Klaue beinahe ihren ganzen Hals umschloss, wurde ihr plötzlich klar, dass es für Gegenwehr längst zu spät war.

* * *

Hannah und Ole saßen wieder in ihrem Wagen vor dem Krankenhaus in Westerland. Ein Stück entfernt hielt ein Passat. Der Fahrer, ein hochgewachsener Mann von Anfang dreißig, umrundete sein Gefährt mit panischer Miene und riss auf der Beifahrerseite die hintere Tür auf. Er beugte sich in den Wagen hinein und kehrte mit einem kleinen Kind in den Armen zurück.

»Das Leben kann echt beschissen sein«, stellte Ole mit leiser Stimme fest. »Eine meiner Schwestern arbeitet in Flensburg auf 'ner Intensivstation. Mein Gott! Wenn die zu erzählen anfängt, dann stockt einem der Atem.«

Hannah nickte und drehte am Zündschlüssel. »Schon nach sechs. Für heute machen wir Feierabend – ohne Unterstützung bewegen wir hier auf der Insel ohnehin nichts mehr.«

»Vielleicht bleib ich über Nacht auf Sylt«, erklärte Ole. Er fischte sein Handy aus der Hosentasche und wischte bereits darauf herum. »Vorhin hat mich ein Kumpel angeschrieben. Der trifft sich mit zwei Frauen gegen acht in der Sansibar.«

»Wo auch sonst?«, erwiderte Hannah im dazu passenden Ton. »Obwohl: Früher, als ich noch ein Leben hatte, hab ich auch oft in der Sansibar gehockt – Stefan und ich haben uns damals dort kennengelernt. Er war Medizin-Student und hat sich in den Semesterferien die kleinen Extras dazuverdient.«

»Hast du damals auf Sylt gelebt?«

Hannah nickte zwar, wechselte aber gleich mehr oder weniger geschickt das Thema: »Ihr trefft euch also mit zwei Frauen. Wie alt?«

»Keine Ahnung – Mitte, Ende vierzig. Woher soll ich das denn wissen?«

Nach dieser Einschätzung konnte sich Hannah ein Lachen nicht verkneifen. »Und die warten auf dich und deinen Kumpel, um euch – nach lecker Essen und Schampus – zum Nachtisch mit nach Hause zu nehmen. So in etwa?«

»Lass gut sein, Chefin!« Ole rutschte mittlerweile auf dem Beifahrersitz herum. »Wäre klasse, wenn wir bald losfahren. Dann könnte ich bei meinem Kumpel noch duschen, bevor wir …«

»Das reicht, danke!« Hannah zog am Wählhebel der Automatik und rollte langsam nach vorne. Der Passat-Fahrer kam gerade aus dem Krankenhaus herausgestürmt, wohl, um seinen Wagen beiseite zu fahren.

Ole ließ das Seitenfenster herunter, als sie auf Höhe des Mannes ankamen. »Alles in Ordnung mit Ihrem Kind?«

Der Mann schaute zuerst fragend, nickte dann aber erleichtert und brachte sogar ein halbes Lächeln zustande. »Meine Lütte hat wohl nur zu lange in der Sonne gelegen. Aber das wird wieder, meint die Ärztin.«

»Die ist doch für was gut«, erklärte Ole, als Hannah ihren Dienstwagen vom Krankenhaus-Parkplatz in Richtung Bahnhof lenkte. »Vielleicht schafft sie es ja auch, morgen ihren Chef vom Golfen abzuhalten.«

Ein paar Minuten später erreichten die beiden die Autoverladung in Richtung Niebüll. Dort herrschte Ausnahmezustand. Hannah umfuhr die endlosen Warteschlangen und nutzte dabei erneut die Spur für Bahnmitarbeiter. Vor dem Terminal hielt sie neben einem Mann, der die typische rotweiße Weste trug.

»Was ist denn jetzt wieder los?«, fragte sie, noch bevor der Wagen richtig stand. Um eventuellen Erklärungen aus dem Weg zu gehen, hielt sie bereits ihren Dienstausweis aus dem Fenster. »Wir sind dienstlich unterwegs, haben's eilig.«

Der Mann – dieses Mal eine jüngere Ausführung, aber ebenfalls mit Vollbart – starrte eine ganze Weile auf den Ausweis und nickte am Ende nachdenklich. Er hob den Kopf und schaute die Gleise entlang. Auch eine Erklärung ließ nicht mehr länger auf sich warten: »Da geht heute voraussichtlich gar nichts mehr.«

»Und warum nicht?«, wollte Ole wissen. Der hatte sich für diese Frage quer über seine Chefin gelehnt, um aus dem Fenster sehen zu können. »Ist auf dem Festland Krieg ausgebrochen oder warum?«

Der Mann schüttelte den Kopf. Dabei geriet sein Bart in Bewegung. Er lehnte sich ein Stück in den Wagen hinein, vermutlich, damit dessen Insassen seine mehrfach gepiercten Augenbrauen besser bewundern konnten. »Zwischen

Morsum und Klanxbüll hat 'ne Lok den Geist aufgegeben.« Er zwinkerte auf seltsame Weise. »Von mir wisst ihr das nicht: Sieht so aus, als wenn sie die frühestens in fünf oder sechs Stunden wieder flottkriegen.«

Hannah zeigte wortlos in die Runde. Schließlich stapelten sich die Autos mittlerweile beinahe vor der Autoverladung in Richtung Festland.

»Daran kann ich auch nichts ändern«, erwiderte der Bartträger. »Außerdem ...« Er warf einen Blick auf seine Kollegen, die ein Stück entfernt an einer der geschlossenen Schranken lehnten. »... wann wir Feierabend haben, steht auch in den Sternen.«

10

Margarete Bruhn war mittlerweile um eine Erfahrung reicher. Wobei sie auf die herzlich gern verzichtet hätte: Ihre Ohren waren – zumindest anfangs – schneller als die Nerven ihrer Haut. Denn sie hörte es zuerst Zischen und erst einen Wimpernschlag später spürte sie die verheerenden Auswirkungen: Unfassbare Schmerzen, bei denen sich wenigstens ihr Verstand gleich zum größten Teil in eine andere Welt verabschiedete.

Als der Kerl endlich von ihr abließ und das Bügeleisen zunächst einen Platz auf dem kleinen Tisch neben ihr fand, war sie kaum mehr bei Bewusstsein. Auch die Schmerzen konnte sie nicht mal mehr richtig einordnen. Das lag daran, dass ihr Peiniger kurz zuvor auch die Ärmel ihrer dünnen Strickjacke hochgezogen und ihre spindeldürren Arme nacheinander von oben bis unten verbrannt hatte.

Ohne jedes Ergebnis. Irgendwann hatte er den Knebel entfernt, um ihr die Gelegenheit für Worte zu geben. Doch mehr als ein leises Stöhnen hatte sie nicht zustande gebracht. Nachdem dann der Knebel wieder in ihrem Mund steckte, läutete ihr Peiniger das krönende Finale ein: Das Bügeleisen fand einen ihrer Oberschenkel und sorgte auch dort, durch die dünne Hose hindurch, für unbeschreibliche Qualen.

Danach war es totenstill. Die Schmerzen waren zu einer zähen Masse verschmolzen, Margarete Bruhn spürte sie kaum mehr. Genauer gesagt: Sie spürte nichts mehr! Nicht mal mehr Angst. Selbst all die Sorgen, die sie vierzig Jahre lang gequält hatten, waren verschwunden. Dafür hatte der Kerl gesorgt und er ahnte nicht mal etwas von seiner Heldentat.

»Du weißt tatsächlich nichts«, flüsterte ihr Peiniger, nachdem das Bügeleisen wieder auf dem kleinen Tisch stand. Ein teuflisches Grinsen huschte um seine Mundwinkel. »Was das bedeutet, muss ich dir wohl nicht erklären, oder?« Er wartete keine Antwort ab, sondern zog sein Handy aus der Hosentasche. Dieses Mal verzichtete er sogar darauf, sich zum Telefonieren in den Flur zu verziehen. »Sie weiß tatsächlich nichts!«, erklang eine schlecht gelaunte Begrüßung, als die Verbindung hergestellt war. »Soll ich die Alte wirklich ...?« Es folgte eine kurze Pause. Danach ging es noch wütender weiter: »Ich hab ihr beinahe den kompletten Pelz verbrannt. Wenn die blöde Krähe was wüsste, dann ...« Erneut eine Pause. »Ist gut, ich erledige das.« Es folgte eine weitere, ganz kurze Pause. »Natürlich sofort!«

Das Gespräch war beendet. Margarete Bruhn schaffte es, aufzusehen. Sie fand direkt über sich eiskalte Augen, dahinter etwas Weiteres: Ihr Todesurteil!

Dessen Vollstrecker zog einen Totschläger aus seiner Jackentasche und starrte nachdenklich auf das Teil in seiner Hand. »Mach die Augen zu«, flüsterte er ohne jedes Mitgefühl in der Stimme. Ein böses Lachen sorgte für den Superlativ des Wahnsinns. »Obwohl: Mir ist's egal ... von mir aus kannst du auch zusehen.«

* * *

»Wolltest du nicht zu deinem Kumpel?« Hannah schaute zur Seite. Ole saß regungslos neben ihr auf dem Beifahrersitz. »Zum Duschen ... du erinnerst dich?«

»Hast du deshalb so viele Dienststellen hinter dir? Hast du versucht, deinen Ex ausfindig zu machen?«

Hannah konnte sich ein Lachen nicht verkneifen, eine Mischung aus Häme und ehrlicher Verwunderung. »Du willst doch hoffentlich keiner Frau zumuten, dich in diesem Zustand ...?«

Ole schaute ebenfalls zur Seite und sorgte damit für Schweigen. Und er lieferte auch eine Erklärung: »Du wirst es kaum glauben: Unter manchem Reetdach wartet sogar 'ne Dusche.«

Hannah nickte und warf einen Blick in die Runde. »Nicht mehr lange, dann kommt das Rote Kreuz, um Wasserflaschen und Decken zu verteilen. Ein Wunder, dass es hier vor den Schranken noch nie einen Toten gegeben hat.«

»Hast du aufgegeben oder warum bist du wieder zurückgekommen?«

»Du willst es wohl immer ganz genau wissen«, empörte sich Hannah künstlich. Doch sie sah nicht wütend aus, nicht mal genervt. »Ja, wenn du dann endlich zufrieden bist. Ich war nacheinander bei der Kripo in Hamburg, Dresden und zuletzt in München.«

»Und?« Oles Stimme war nur ein Hauch. »Hast du irgendwas erreicht? Ihn gefunden?«

»Sieht es so aus?« Hannah verzog das Gesicht. »Seit damals sind zehn Jahre vergangen und ganz ehrlich ...« Sie holte tief Luft. »... ich hab nicht die geringste Spur von ihm gefunden. Es ist, als hätte sich der Erdboden aufgetan und ihn verschluckt.«

Ole zeigte kopfschüttelnd nach vorne. Drei oder vier Autos weiter war ein Mann ausgestiegen. Der pöbelte in Richtung der Bahnmitarbeiter und sah dabei aus, als würde er jeden Moment einem Herzinfarkt zum Opfer fallen. »Gleich bekommst du deinen Toten ...«

»Und du gehst jetzt lieber duschen«, erwiderte Hannah.

Sie hielt ihrem Kollegen die Rechte entgegen. »Morgen früh um neun treffen wir uns im Krankenhaus. Pünktlich, wenn ich bitten darf!«

»Aye, Chefin!«

Hannah schaute Ole noch eine Weile hinterher, bis der zwischen all den Autos verschwunden war. Hier stand sie also: mitten in Westerland. An einem Ort, der sie auf bitterste Weise mit den schwärzesten Tagen ihrer Vergangenheit konfrontierte. Wo dieser Abend enden würde, war klar. Aber noch wollte sie nicht zu Kreuze kriechen, sondern vorher wenigstens ein bisschen Entspannung tanken. Wo, wusste sie schon ganz genau ...

Eine halbe Stunde später erreichte sie den sogenannten ›Ellenbogen‹ das nördlichste Ende von Sylt. Von hier aus kann man die dänische Nachbarinsel Rømø problemlos erkennen, schließlich ist die keine anderthalb Kilometer Luftlinie entfernt. Bei klarem Wetter ist auch das dänische Festland zu sehen.

Auf der Straße in Richtung Leuchtturm lagen haufenweise Schafe herum. Die ließen sich von Autos schon lange nicht mehr stören. Zwei Exemplare wollten sich auch nach kurzem Hupen nicht erheben. Hannah blieb also nichts anderes übrig, als auszusteigen und Überzeugungsarbeit zu leisten. Links von ihr meckerten Mütter und ihre Lämmer um die Wette. Ein winziges schwarzes sprang aus dem Stand in die Luft, vermutlich, um seinen Übermut eindrucksvoll unter Beweis zu stellen.

Hannah ließ ihren Wagen mit offener Tür und laufendem Motor einfach stehen und marschierte ein Stück, bis sie zwischen zwei Dünen einen Blick auf die Nordsee werfen konnte. Mittlerweile ging es auf acht. Der Wind blies wie fast immer kräftig und war zum Abend hin deutlich kühler geworden.

Hier auf Sylt erlebt man nur selten richtig warme Tage, doch das ändert nichts an der Aggressivität der UV-Strahlen. Viele Touristen wissen ein Lied davon zu singen. Gerade die, die sich ab dem zweiten Urlaubstag in erster Linie um ihren fürchterlichen Sonnenbrand kümmern müssen.

Hannah erinnerte sich an ihre wenigen schönen Momente hier auf der Insel. Zuerst mit Stefan, blind verliebt und beinahe von Sinnen vor Liebe. Doch sein selbsterklärter Traumjob als zukünftiger Rechtsmediziner hatte ihm und auch der Beziehung zu viel abverlangt. Irgendwann war Schluss gewesen. Danach hatten sie ein seltenes Kunststück zustande gebracht: waren tatsächlich Freunde geblieben.

Später dann mit Gianni – ebenso verliebt, aber nicht mehr ganz so blind – hatte sie, nicht weit von hier entfernt, ebenfalls einige unvergessliche Augenblicke erlebt. Als Felix damals auf dem Weg war, hatten sie oft laut darüber nachgedacht, ob der Junge sein Leben womöglich einem unüberlegten Moment zwischen zwei Dünen zu verdanken hatte. Hannah konnte bis heute keine Antwort darauf geben und alleine Gedanken daran, lösten neue Verbitterung in ihr aus. Schließlich war dessen Erzeuger auch für den Beinahe-Tod ihres Sohnes verantwortlich. Das reichte, um alle positiven Erinnerungen zu verwischen.

Sie drehte sich um und schaute zu ihrem Wagen. Rundherum hatten sich einige Schafe versammelt. Ein besonders mutiges Exemplar schnupperte an der offenen Fahrertür und nahm erst Reißaus, als sich ein menschlicher Störenfried mit lachendem Gezeter näherte.

Kurz darauf kurbelte Hannah am Lenkrad und schaffte es, auf der schmalen Straße umzudrehen. Sie hatte vorerst genug gesehen und sich durch traurige Erinnerungen mal wieder selbst auf den Boden der Tatsachen zurückverfrachtet. Vor ihr türmte sich ein Gebirge auf, selbst wenn es sich dabei nur um ein schmuckes Reetdach-Haus zwischen

Rantum und Westerland handelte. Es kam bei dieser Herausforderung nicht auf die Höhe, sondern auf deren Hüterin an. Und die hatte Haare auf den Zähnen …

11

»Hast du die Wohnung von der alten Bruhn richtig auf den Kopf gestellt?«, erkundigte sich der Anrufer. Der war hörbar um eine ruhige Stimme bemüht, scheiterte jedoch kläglich an dieser Herausforderung. »Muss ich dir noch mal erklären, was von diesen Papieren abhängt?«

»Nicht nötig«, erklang es seelenruhig als Antwort.

»Was hast du jetzt vor?«

»Was schon? Sie sagen mir, was ich zu tun habe und ich erledige die Sache. Aber ich bin nicht dafür zuständig, mir Ihren Kopf zu zerbrechen.«

»Was ist mit der Bruhn? Hast du sie ...?«

»Natürlich! Was denn sonst?«

Am anderen Ende der Leitung herrschte zunächst Schweigen. Doch es ging weiter, mit leiser Stimme: »Falls mir noch was einfällt, bist du bereit, ein weiteres Mal zu handeln?«

»Das hängt vom Preis ab. Ich erledige nicht die Drecksarbeit für Sie und hab ein paar Monate später nicht mal mehr was zum Fressen. Die Zeiten sind vorbei.«

»Mach dir keine Sorgen.« Eine kurze Pause läutete ein vermeintlich lukratives Angebot ein. »Ich habe dir gesagt, was du am Ende bekommst – Erfolg vorausgesetzt!«

»Dann machen Sie sich Gedanken, wer die Papiere noch haben könnte. Ich bin bereit!«

* * *

»Wie kommen wir denn zu der Ehre?« Hannahs Mutter stand in ihrer offenen Haustür und blinzelte in die untergehende Sonne. Das Gesicht der alten Frau hatte vorher schon offenen Spott widergespiegelt, aber es verzog sich noch weiter und wirkte danach beinahe hasserfüllt. »Hab ich was versäumt? Ist schon wieder Weihnachten?«

Hannah stand wie ein begossener Pudel vor der Tür zu ihrem Elternhaus. Am liebsten wäre sie umgedreht, wenn da nicht zwei Stimmen gewesen wären. Eine brüllte in ihrem Hinterkopf und mahnte sie mit energischer Stimme zur Besonnenheit. Die andere war die von Felix, der wohl irgendwo im Haus umhergeisterte und in regelmäßigen Abständen nach seiner Oma rief. Ein seltsames Kauderwelsch – keine richtigen Worte –, das nur jemand übersetzen konnte, der ihn länger kannte.

»Kannst du mich nicht wenigstens reinlassen und drinnen weiter runterputzen?« Hannah machte einen Schritt nach vorne, eine Art Friedensangebot. »Du hast doch sonst auch was dagegen, wenn die Nachbarn mithören.«

Ihre Mutter zog die Tür ein Stück weiter auf, machte auf dem Absatz kehrt und war bereits auf dem Weg in Richtung Küche. Im Laufen lieferte sie eine Erklärung. »Ich habe deinem Sohn Abendbrot gemacht und wenig Lust, hinterher wieder die Zutaten von den Wänden kratzen zu müssen.«

Hannahs rechter Fuß hatte ein Eigenleben entwickelt und zögerte noch, den ersten Schritt über die Schwelle zu setzen. Sie kam sich derweil wie in einem billigen Horrorfilm vor. Hinter der Sicherheitstür – einem Bollwerk mit sechs Verschlüssen und vergittertem Fenster – wartete das fleischgewordene schlechte Gewissen auf sie, auch bekannt als Gertrud Lambert.

›Noch kannst du umdrehen!‹, brüllte eine altbekannte Stimme in Hannahs Hinterkopf.

Doch wenn sie auf die hören würde, dann wären alle frommen Vorhaben umsonst gewesen. Wieder davonlaufen? Die Realität ignorieren? Stattdessen in eine Traumwelt eintauchen, die von Mal zu Mal brüchiger wurde und immer kürzer hielt?

Nein!

Außerdem: Wo sie schon mal hier war, könnte sie doch wenigstens Felix guten Tag sagen. Was ihre Mutter betraf, hatte sie schon vor langer Zeit gelernt, die notfalls gründlich zu ignorieren. Eventuelles Gezeter bahnte sich seinen Weg durchs linke und fand im rechten Ohr gleich einen Ausgang, ohne zuvor auch nur eine einzige Gehirnwindung passiert zu haben.

»Hast du auch Hunger?«, erklang es aus der Küche mit unterkühlter Stimme.

Hannah hatte den Hausflur durchquert und blieb in der offenen Tür stehen. Noch konnte sie nur ihre Mutter sehen. Felix hatte sich wohl unter die Küchenbank verkrümelt und genoss dort schmatzend sein Abendessen.

»Das macht er jeden zweiten Tag«, erklärte Gertrud Lambert völlig gelassen. »Ich darf eben nicht mit ihm schimpfen, wenn er seine Finger an der Tapete abwischt.«

Hannah nickte und ließ sich vorsichtig auf der Küchenbank nieder. Von dort konnte sie zumindest die Hände von ihrem Sohn sehen, die damit beschäftigt waren, auf dem Fliesenboden eine Brotscheibe hin und her zu manövrieren. Was Keime und eventuelle Infektionen betraf, gab man bei einem Kind wie ihm schnell jeden Widerstand auf. Und auch wenn sein geistiges Vermögen es kaum mit dem eines Dreijährigen aufnehmen konnte, so war er doch mit beneidenswerter Gesundheit und unbändiger Körperkraft gesegnet.

Die spürte Hannah aktuell an ihrem rechten Knöchel, den Felix plötzlich mit eisernem Griff umklammerte. Doch sie schwieg und ließ es über sich ergehen. Tatsächlich tat ihr die Berührung gut. Ihr Sohn ahnte wohl, dass es Gewalt brauchte, um sie an diesen Küchentisch zu fesseln und von einem Fluchtversuch abzuhalten.

»Was ist denn jetzt ... hast du auch Hunger?« Ihre Mutter klang noch kühler als zuvor. »Sonst packe ich den Aufschnitt zurück in den Kühlschrank.«

Hannah war der Appetit restlos vergangen. Sie brachte jedoch nicht mehr als ein Kopfschütteln zustande.

»Was führt dich denn zu uns?«, wollte ihre Mutter auf dem Weg zwischen Küchentisch und Kühlschrank wissen. »Hast du München jetzt auch satt?«

»Als wenn du das nicht wüsstest«, erwiderte Hannah kaltschnäuzig. Dass es sich bei ihrem neuen Job und allem drumherum um ein abgekartetes Spiel handelte, war ihr klar, seitdem sie das Gesicht ihrer Mutter an der Haustür gesehen hatte. Denn darin war nicht etwa Überraschung, sondern nur die übliche Gefühlskälte zu erkennen. »Gerd Hoffmann hat dir doch anscheinend schon alles erzählt. Oder etwa nicht?«

Ihre Mutter hatte sich wieder auf einem der Küchenstühle niedergelassen. Sie nickte, fühlte sich ansonsten aber offensichtlich zu keiner Rechtfertigung berufen.

»Ich hab vor, neu anzufangen«, erklärte Hannah. Sie fragte sich bereits, welcher Teufel auf ihren Schultern hockte. Solche offenen Worte ihrer Mutter gegenüber hatten Seltenheitswert. Und es ging weiter, ihr Mund ließ sich nicht zügeln: »Ich muss wohl endlich mit der Vergangenheit abschließen.«

»Das sind weise Worte«, flüsterte Gertrud Lambert. »Bin gespannt, ob dieses Mal auch Taten folgen ...«

»Schön, dass du es mir so leicht machst.« Hannah wäre am liebsten aufgesprungen, doch mittlerweile hatte ihr Sohn auch ihren zweiten Knöchel gefunden und übte auf den ähnliche physische Gewalt aus. »Ich komme nach Sylt, wir sitzen hier und du hast wieder nichts anderes als Vorwürfe parat. Wird das auf Dauer nicht langweilig?«

Ihre Mutter sah nachdenklich aus. Am Ende dieser Gedanken entspannten sich ihre Gesichtszüge. »Weißt du, was morgen für ein Tag ist?«

Hannah räusperte sich. Als sie zu einer Antwort anhob, klang ihre Stimme nach ehrlicher Verbitterung: »Glaubst du, ich könnte diesen Tag vergessen?«

»Willst du hier schlafen?«, fragte ihre Mutter nach langem Schweigen. »Wenn Felix erst mal im Bett liegt, könnten wir vielleicht in Ruhe reden.«

»Worüber?«

»Das kannst du dir aussuchen.«

12

»Willst du mir verraten, was passiert ist?« Ole hatte vor dem Krankenhaus in Westerland auf seine Chefin gewartet und schon ein mulmiges Gefühl bekommen, als die ihren Wagen auf den Parkplatz lenkte. Selbst aus einiger Entfernung war in ihrem Gesicht ein Veilchen zu erkennen, dass mit jedem Schritt farbenfroher leuchtete.

»Ich will darüber nicht reden!«, fluchte Hannah zur Begrüßung.

Ole zeigte zum Eingang des Krankenhauses. »Wenigstens sind wir hier gleich an der richtigen Adresse. Soll ich 'nen Eisbeutel für dich rausholen?«

Hannah schaute ihn an. »Ist dein Rasierer kaputt?«

»Der liegt zu Hause, warm und trocken.« Ein Lachen rundete diese Feststellung ab. »Ansonsten hätte ich heut Morgen 'nen Lady-Shaver benutzen müssen, um ...«

»Da hinten kommt Stefan«, unterbrach ihn Hannah rüde. »Ansonsten reden wir beizeiten noch mal darüber, wie ich mir das richtige Auftreten meiner Untergebenen vorstelle.«

»Was ist denn mit dir passiert?«, wollte auch Doktor Stefan Eickhoff sofort wissen. »Hast du dich wieder mit deiner Mutter ...?«

Hannah zeigte auf Ole, der neben ihr mit hängenden Schultern stand. »Wir müssen uns wohl noch ein bisschen zusammenraufen«, erklärte sie mit müder Stimme.

»Und was ist wirklich passiert?«, erkundigte sich Eickhoff. »Hast du zu Hause geschlafen?«

Hannah nickte widerwillig. Aber weil zwei Augenpaare sie unverändert neugierig musterten, war wohl auch eine Erklärung vonnöten. »Keine Angst, ich hab mich nicht mit meiner Mutter geprügelt.«

»Und was dann?«

»Ich hab bei Felix geschlafen. Er hatte wieder seine ganz speziellen fünf Minuten und hat um sich geschlagen …«

»… als plötzlich dein Auge im Weg war«, vollendete Eickhoff. »Soll ich mir die Sache mal genauer ansehen?«

Hannah winkte ab. »Kümmer du dich lieber um die Toten.« Sie zeigte auf ihren neuen Kollegen. »Das ist übrigens Sven-Ole Friedrichsen, mein neuer Partner.«

»Beruflich!«, fügte der eilig hinzu. »Keine Angst … nur beruflich.«

»Soll ich mir Ihr Auge mal ansehen«, bot kurz darauf auch die junge Ärztin an, die bereits hinter dem Empfang wartete.

»Was haben denn alle mit meinem Auge?«, knurrte Hannah. Danach drehte sie sich zur Seite und verfolgte mit Blicken zwei Krankenpfleger, die ein leeres Bett in den nahe gelegenen Fahrstuhl schoben. Ihre Gedanken wanderten in die Vergangenheit. Auf den Tag genau vor sechs Jahren war ihr Vater gestorben. An Lungenkrebs. Bei seinem Zigarettenkonsum kam es allerdings einem mittelgroßen Wunder gleich, dass Gevatter Tod nicht viel früher zugeschlagen hatte. Rainer Lambert kannte jeder nur mit Zigarette. Auf jedem Foto war er mit Glimmstängel zu sehen, da gab es keine Ausnahme.

»Bist du noch da?« Ole lehnte sich zur Seite und verpasste seiner Chefin einen sanften Stoß. »Die Ärztin sagt, wir können auf Wunsch sofort loslegen – unten im Keller, wo die Leichen aufbewahrt werden.«

Hannah schüttelte den Kopf und absolvierte beinahe eine komplette Drehung. »Wo ist denn Stefan geblieben?«

»Der holt seine Werkzeuge«, erklärte Ole. Sein Gesicht verzog sich angewidert. »Muss ich eigentlich dabei sein, wenn er …?«

»Bist du Polizist?«, fuhr Hannah energisch dazwischen.

»Ja.«

»Mordermittler?«

Ole nickte nur noch.

Hannah lieferte bereitwillig die Übersetzung: »Dann ist es wohl besser, wenn du dabei bist. Außerdem: Es kommt vor, dass sich an einer Leiche wertvolle Hinweise finden. Manche davon – man soll es kaum glauben – führen uns sogar zum Täter.«

»Ich wäre dann soweit.« Von hinten hatte sich Doktor Eickhoff zu den beiden gesellt. Er trug zwei typische Arztkoffer, denen plötzlich sämtliche Blicke gehörten. »Ich weiß … ist wahrscheinlich viel zu viel«, erklärte er lachend. »Aber Haben ist besser als Brauchen.«

Im Keller des Krankenhauses gab es insgesamt vier gekühlte Schubfächer, in denen bei Bedarf Leichen aufbewahrt werden konnten. Drei der Türen standen einen Spalt weit offen. Es war also logisch, wer hinter der vierten lag.

Stefan Eickhoff zog am Hebel der Verriegelung, ließ sich mit dem Öffnen jedoch noch kurz Zeit und warf einen Blick in die Runde. »Bereit?«

Hannah nickte energisch, Ole hingegen hatte sich zur Hälfte weggedreht. »Wenn's unbedingt sein muss«, jammerte er gequält.

Der Rechtsmediziner hatte die Tür geöffnet und zog die Metallpritsche, auf der ein Leichnam lag, heraus, bis sie in Endposition einrastete. »Darf ich vorstellen: Doktor Jakob Rubin.«

»Sie sollten lieber Horrorfilme drehen«, beschwerte sich Ole jetzt schon.

»Auf jeden Fall liegt er hier gut gekühlt«, lobte Eickhoff das Krankenhauspersonal. Über dem eiskalten Leichnam kondensierte die Luft und bildete einen feinen Nebel. »Dabei kann sich allerdings schon die eine oder andere Spur verflüchtigt haben – das wissen leider die wenigsten.«

»Ich hab hier die Ergebnisse der ersten Leichenschau«, erklärte Hannah und hielt ihrem Freund ein Klemmbrett entgegen. »Hat der Chefarzt vorgenommen und bei der Gelegenheit gleich den Totenschein ausgestellt.«

Eickhoff langte nach dem Klemmbrett, überflog die Aufzeichnungen und sah danach einigermaßen zufrieden aus. »Die Todesursache ist auf den ersten Blick eindeutig. Die wenigsten Menschen funktionieren mit halbem Kopf.«

Ole näherte sich zentimeterweise und beugte sich am Rechtsmediziner vorbei, um ebenfalls einen genaueren Blick auf den Leichnam werfen zu können. »Ich hatte gedacht, solche Untersuchungen würden irgendwie … professioneller ablaufen.«

»Was haben Sie denn erwartet?«, erkundigte sich der Rechtsmediziner lachend. »Machen Sie sich keine Hoffnungen: Ich werde unseren toten Doktor nicht hier aufschlitzen, um dabei gleich die letzten möglichen Spuren zu ruinieren.«

Hannah zeigte auf das Klemmbrett. »Ich hab selbst schon ein bisschen gelesen – für mich sieht alles normal aus …«

»Als er ins Krankenhaus eingeliefert wurde, dürfte er bereits drei oder vier Stunden tot gewesen sein«, begann Eickhoff, nachdem er ein weiteres Mal die Aufzeichnungen des Chefarztes überflogen hatte. »*Leichenflecken vorhanden, die konfluieren,* steht hier.«

»Konflu … was?« Diese Frage stammte logischerweise von Ole.

»Verschwimmen«, erklärte Eickhoff. »Totenflecke oder Leichenflecke treten in der Regel schon nach einer halben Stunde auf. Anfangs vereinzelt und dann beginnen sie zu ... verschwimmen. In diesem Fall ist das Blut ein Opfer der Schwerkraft und beginnt damit, sich am tiefsten Punkt der Leiche zu sammeln – meistens am Rücken.«

Hannah zeigte erneut auf das Klemmbrett. »Er schreibt auch was von Kiefergelenk-Starre. Das würde bedeuten ...«

»Hab ich doch gesagt: Dass er mindestens drei bis vier Stunden tot war, als er hier angekommen ist«, vollendete Eickhoff. Er warf einen Blick auf den Leichnam. »Ich weiß nicht, was du von mir erwartest, Krümel. Aufmachen will ich ihn hier keinesfalls und von außen ist nicht viel zu sehen, was uns helfen könnte.«

»Was kannst du über die Kopfwunde sagen?«, fragte Hannah.

Eickhoff drehte sich um, zog eine LED-Lampe aus einem seiner Koffer und beugte sich danach weit über den Leichnam. »Die halbe Stirn fehlt«, begann er, als ginge es um fehlende Kondensmilch auf einer Kaffeetafel. »Und die Eintrittswunde ist deshalb so groß, weil das Projektil vorher eine Verbundglas-Scheibe durchschlagen hat.« Er machte einen Schritt zur Seite und deutete mit freundlicher Geste auf einen bestenfalls noch zur Hälfte vorhandenen Kopf. »Den Rest müsst ihr wahrscheinlich im Auto zusammensammeln.«

Hannah winkte ab, weil sie sich an den aktuellen Zustand des SUV erinnerte. Sie wollte gerade etwas antworten, aber ihr Freund aus der Rechtsmedizin kam ihr zuvor: »Das hier könnte vielleicht interessant sein ...«

»Was?«, fragten Hannah und Ole wie aus einem Munde.

»Hier sind Farbreste«, erklärte Eickhoff und hob dabei eine der Hände hoch. Das Licht der LED-Lampe spiegelte sich in den ansonsten akkurat gepflegten Fingernägeln.

»Weiße Farbe ... unter einem der Nägel und unter zwei der Nagelbetten. Davon nehme ich, wenn er in Kiel auf meinem Tisch liegt, eine Probe und lasse sie sofort analysieren.«

»Sonst noch was?«, fragte Hannah ein paar Minuten später. »Ich meine, auf den ersten Blick?«

Doktor Eickhoff, der mittlerweile jeden Quadratzentimeter schneeweißer Haut in Augenschein genommen hatte, ließ seine Blicke ein weiteres Mal über den Leichnam wandern. »Für sein Alter gut in Schuss, würde ich sagen. Morgen schaue ich ihn mir von innen an und danach kann ich dir vielleicht schon mehr sagen.«

Ole schüttelte sich angewidert. Er hatte sich schon einige Zeit zuvor weggedreht und betrachtete einen Schrank näher, auf dessen linker Tür eine komplette Inhaltsliste zu finden war. Deren untere Ecken hatten sich abgelöst. Nach einem doppelten Daumendruck haftete das Klebeband zumindest vorübergehend wieder an der Schranktür.

Hannah stand neben ihrem Freund aus der Rechtsmedizin und hielt sich an dessen linker Schulter fest. »Ich hatte ...«

»... auf mehr gehofft, ich weiß.« Eickhoff konnte sich ein Lachen nicht verkneifen. »Geduld war noch nie deine Stärke, Krümel.«

»Nicht vor anderen«, zischte Hannah und warf einen Blick in Oles Richtung. »Aber ansonsten kann ich dir nur danken. Ich weiß – du hast viel zu tun.«

»Und wie geht es bei euch jetzt weiter«, erkundigte sich Stefan Eickhoff, als man sich eine Viertelstunde später wieder vor dem Krankenhauseingang versammelt hatte. Er nahm Hannah flüchtig in den Arm und hauchte ihr zum Abschied einen Kuss auf die Wange. »Mit dem üblichen Stress?«

»Wir kümmern uns ab sofort intensiv um diesen Doktor Rubin.«

Ole wagte einen Einwand: »Wolltest du nicht noch mit dem Chefarzt reden und …«

»Der kann uns sowieso nicht helfen«, unterbrach Hannah ihren Kollegen. »Wir haben einen Toten und wissen bisher noch so gut wie nichts über den und sein vorheriges Leben.«

»Und so, wie ich dich kenne, fängst du jetzt mit dem Graben an«, sagte Eickhoff grinsend. Er wandte sich an Ole. »Ihre Chefin ist wie ein fleißiger Maulwurf. Warten Sie ab, Sie werden sich noch wundern.«

13

»Netter Typ, dieser Doktor Eickhoff«, stellte Ole beiläufig fest. Man hatte sich eilig voneinander verabschiedet, danach saß er neben Hannah im Auto.

Die drehte sich zur Seite und verzog genervt das Gesicht. »Ja, wir waren früher mal ein Paar! Das wolltest du doch wissen, oder?«

»Und woran ist die Sache gescheitert?«

»Das geht dich überhaupt nichts an!« Hannah startete den Motor. »Hier auf Sylt erreichen wir erst mal gar nichts. Wir fahren zurück aufs Festland und fangen an.«

»Womit?«

»Mit dem Graben! Hat Stefan dir doch erklärt …«

»Und das ist also deine Spezialität?« Ole klang ein wenig skeptisch. »Wie funktioniert denn dieses ›Graben‹ überhaupt?«

Während Hannah ihren Dienstwagen vom Krankenhaus-Parkplatz lenkte, holte sie tief Luft. Das deutete auf eine längere Erklärung. »Was wissen wir bis jetzt über diesen Doktor Rubin?« Sie wartete keine Antwort ab. »So gut wie nichts! Und weil in der Vergangenheit eines Mordopfers meistens die Lösung liegt, fangen wir erst mal bei ihm mit dem Graben an.«

»Was heißt das genau?«

»Zuerst besorgen wir uns einen richterlichen Durchsuchungsbeschluss. Unsere Kollegen in Hamburg sollen seine

Privatwohnung und seine Kanzlei auf den Kopf stellen. Danach knöpfen wir uns seine Mitarbeiter, Freunde und seine Familie vor. Fest steht: Irgendjemand hatte was gegen diesen Rubin und offensichtlich die Möglichkeit, Tatsachen zu schaffen.«

»Der Mann war Notar«, erwiderte Ole. »Vielleicht war ein Kunde sauer auf ihn. Einer, der sich mit 'ner einfachen Beschwerde nicht zufriedengeben wollte. Außerdem könnte er ja auch ein zufälliges Opfer sein. Wenn einer von diesen Verrückten einen Stein von der Autobahnbrücke wirft, dann sucht der sich für diesen Wahnsinn ja auch keinen Bestimmten aus.«

»Sagst du!« Hannah stöhnte geräuschvoll. »Auf jeden Fall kommt da 'ne ganze Menge Arbeit auf uns zu. Wir bilden eine Mordkommission und greifen für die Routinearbeiten auf die Kollegen in Kiel zurück.« Sie bog in Richtung Bahnhof ab. »Und falls es bei der Autoverladung wieder Probleme gibt, dann hocke ich mich in der Lok selbst hinters Lenkrad.«

»Ich glaube, da gibt es kein Lenkrad«, hielt Ole mit vorsichtigem Lachen gegen. »Ansonsten hilft es, wenn man positiv denkt – manchmal.«

* * *

»Ich weiß nicht, was Sie von mir erwarten, Herr Pätzold.« Doktor Schöning – seines Zeichens ebenfalls Notar, mit einer Kanzlei mitten in Westerland – überflog die Dokumente über die Umschreibung einer Verwaltungsgesellschaft ein weiteres Mal. Aber das wohl nur der Form halber, denn es änderte nichts am vorherigen Ergebnis. »Herr Christiansen beruft sich auf geltende Verträge und das ist so lange richtig, bis mir etwas anderes vorliegt.«

Vor dem Schreibtisch des Notars saßen lediglich zwei

Zuhörer. Die hatten schon beim Betreten des Büros ihre Stühle möglichst weit auseinandergerückt und funkelten sich in diesem Moment gegenseitig an.

Dirk Christiansen machte den Anfang: »Endlich kommt es so, wie es eigentlich schon immer sein sollte. Wird auch Zeit!«

Sein Gegenüber, Matthias Pätzold, sah das offensichtlich ganz anders. Es kam wohl einem Wunder gleich, dass der seinem Kontrahenten nicht an die Gurgel sprang. »Du und deine ganze Bagage ... euch wird das Lachen noch vergehen, wenn Doktor Rubin für Tatsachen sorgt. Glaubst du ernsthaft, dass ihr mit euren Betrügereien durchkommt?«

»Ich frage mich nur, wo der geschätzte Kollege bleibt«, flüsterte Doktor Schöning. Dabei blätterte er mit genervter Miene in seinem Terminkalender. »Ich bin mir absolut sicher, dass wir uns für heute Morgen um zehn Uhr hier verabredet haben.« Der Notar hatte im nächsten Moment den Telefonhörer in der Hand und drückte auf Wahlwiederholung. »Wieder nur der Anrufbeantworter«, war kurz darauf das Ergebnis, von verbittertem Lachen begleitet. »Ich glaube, der Kollege Rubin ist der Einzige, der kein Handy hat.«

»Aber er hat doch bestimmt 'ne Sekretärin«, beschwerte sich Matthias Pätzold. »Doktor Rubin hat vielleicht kein Handy, aber er ist der Einzige, der für Klarheit sorgen kann. Er hat alle Verträge von damals verfasst und ...«

»Ich hoffe ja immer noch auf eine außergerichtliche Lösung«, unterbrach der Notar mit väterlichem Lächeln. Die zwei Männer vor ihm waren beide Ende zwanzig. In solchen Fällen half manchmal die Lebenserfahrung eines anderen, der schon ein paar mehr Jahre auf dem sinnbildlichen Buckel hatte. »Vielleicht denken Sie zusammen über eine Teillösung nach oder ...«

Dirk Christiansen fuhr wütend dazwischen: »Meine

Familie will nur zurück, was ihr gehört!« Er warf einen vernichtenden Blick in Richtung seines Kontrahenten. »Und du kannst dich schon mal von deinem Porsche verabschieden. Vielleicht findest du ja 'ne kleine Bude auf dem Festland – für deinen bekloppten Bruder am besten 'nen Platz in der Klapse.«

»Können Sie es bitte noch mal bei Doktor Rubin probieren?« Matthias Pätzold war anzuhören, dass er seine Stimme mit aller Gewalt im Zaum halten musste. »Sind Sie so nett?«

Der Notar nickte und schüttelte gleichzeitig den Kopf. »Wenn ich ihn jetzt in Hamburg erreiche, dann hilft es uns hier und heute sowieso nicht weiter. Aber von mir aus ...« Ein weiteres Mal nutzte der Mann die Wahlwiederholung und kam zum selben Resultat: »Anrufbeantworter.«

»Für mich sind wir hier fertig!«, erklärte Dirk Christiansen. »Ich hab dem Blödsinn sowieso nur zugestimmt, weil unsere Familie schon immer mit Doktor Rubin zusammengearbeitet hat. Der da ...« Ein überhebliches Grinsen traf Matthias Pätzold. »... kann mir mal im Mondschein begegnen.«

»Lassen Sie uns doch wenigstens bei einer angemessenen Form bleiben«, bat der Notar und klappte dabei seine Dokumentenmappe zu. »Obwohl ich im Prinzip zu einem ähnlichen Ergebnis komme: Auch von meiner Seite sind wir hier fertig.«

»Das heißt, er hat mich zu Recht aus meinem eigenen Büro geworfen?«, erkundigte sich Matthias Pätzold mit einer Mischung aus Wut und Ratlosigkeit. »Ich konnte noch nicht mal meinen Schreibtisch richtig ausräumen!«

»Du hast Glück gehabt, dass du ohne Tritt davongekommen bist«, erklärte Dirk Christiansen lachend. »Und falls du Wert auf deinen restlichen Krempel legst, dann ruf an und mach einen Termin mit dem Hausmeister.«

»Gibt es noch eine andere Möglichkeit?« Matthias Pätzold sah mittlerweile völlig verzweifelt aus. Er warf einen Hilfe suchenden Blick in Richtung Notar, der dort jedoch abzuprallen schien. »Was kann ich tun? Ich meine, juristisch?«

»Sie können die Verträge von damals selbstverständlich anfechten lassen. Dann müsste die Sache von einem Gericht geklärt werden. Aber das kann dauern und bis dahin gilt zunächst das vorliegende Vertragswerk.«

»Wie lange dauert das?«, wollte Matthias Pätzold sofort wissen.

Der Notar kaute eine Weile auf seiner Antwort herum. »Monate – vielleicht Jahre. Es geht immerhin um die Verwaltung und Erträge von mehr als dreißig Häusern und Grundstücken hier auf Sylt. Ich muss sie allerdings warnen: Der Streitwert ist astronomisch und die Honorare meiner Kollegen orientieren sich daran.«

Matthias Pätzold stand bereits vor dem Schreibtisch. Er beugte sich zu seinem Kontrahenten hinunter, seine Stimme klang nach Mordlust. »Ich weiß nicht, wie ihr es angestellt habt. Aber verlass dich drauf: Die Sache fällt euch auf die Füße. Spätestens, wenn Doktor Rubin die richtigen Verträge bringt und damit für ganz andere Tatsachen sorgt.«

Dirk Christiansen winkte ab und erhob sich ebenfalls. »Ich weiß nicht mal, wovon du sprichst. Wenn ich's mir genau überlege: Am besten buchst du mit deinem Bruder ein Doppelzimmer in der Klapse. Bei euch hat doch die ganze Familie einen …«

»Bitte, meine Herren!« Der Notar hatte sich ebenfalls erhoben und es geschafft, einer weiteren Eskalation zuvorzukommen. »Vielleicht denken Sie beide noch mal über die Dinge nach und wir verabreden uns für nächste Woche.«

Matthias Pätzold nickte. Wohl von der Hoffnung beflügelt, dass ein Doktor Rubin noch auftauchen und für Tatsachen sorgen würde.

Dirk Christiansen sah das offensichtlich ganz anders. »Ich hab für solchen Kinderkram keine Zeit mehr.« Er schickte ein gezwungenes Lächeln in Richtung Notar. »Schicken Sie mir Ihre Rechnung. Und falls es Neuigkeiten gibt, dann bitte nur noch schriftlich, ja.«

14

»Endlich wieder festen Boden unter den Füßen«, schwärmte Hannah, als sie ihr neues Büro in Niebüll betrat. »Wenn wir irgendwann Zeit haben, machen wir es uns hier ein bisschen gemütlich. Was meinst du?«

»Du tust ja gerade so, als kämen wir von einer Weltreise zurück«, erwiderte Ole lachend. »So schlimm ist es auf Sylt doch gar nicht.«

Hannah fiel hinter ihren Schreibtisch und fuchtelte mit einem Lineal, das ihr als erstes zwischen die Finger geriet. »Du kümmerst dich um die Durchsuchungsbeschlüsse für sämtliche Adressen, die mit Doktor Rubin in Verbindung stehen. Privat, geschäftlich ... und ich will eine Liste mit all seinen Verwandten.«

Ole zeigte auf den Zettelstapel, der weitgehend unangerührt auf Hannahs Schreibtisch lag. »Er war seit über zehn Jahren Witwer und hatte nur einen Bruder, der allerdings auf Gran Canaria lebt. So viel hab ich gestern Morgen schon herausgefunden, bevor du hier eingetrudelt bist.«

»Dann besorg dir seine Nummer und ruf ihn an! Oder würdest du nicht gerne wissen, wenn es deinen Bruder nicht mehr gibt.«

»Ich hab fünf davon. Da kann man notfalls auf einen ...«

»Mach endlich!«

»Du hättest zur Bundeswehr gehen sollen«, beschwerte sich Ole grinsend. »Da suchen sie bestimmt Leute, die andere herumkommandieren können.«

Hannah erklärte dieses Thema mit einer Handbewegung für beendet. »Ich rufe in Kiel an und sorge dafür, dass man uns von dort aus unterstützt. Hier in Niebüll will ich niemanden sehen – abgesehen von dir.«

»Wieso das denn nicht?«, erkundigte sich Ole vorsichtig. »Ich dachte, in so einer Mordkommission sitzt man ständig an einem großen Tisch zusammen und ...«

»... trinkt in erster Linie Kaffee!«, vollendete Hannah. »Vielleicht ist es dir noch nicht aufgefallen: Ich kann nicht besonders gut mit anderen Menschen.«

»Jetzt, wo du's sagst ...«

»Und außerdem weiß ich von solchen Treffen, dass die in erster Linie Zeit und Geld kosten, aber zu keinem Ergebnis führen. Keine Angst: Wir holen uns Hilfe, aber die muss nicht hier bei uns hocken.«

* * *

»Du wirst sehen: Die nehmen uns alles weg.«

»Tun Sie nicht!«, protestierte Matthias Pätzold. Der war nach dem Notartermin sofort zu seiner Großmutter gefahren, denn die wartete auf das Ergebnis der Verhandlungen. »Und warte ab: Doktor Rubin taucht bestimmt wieder auf.«

»Und wenn nicht?« Diese Frage stammte von seinem Bruder, der am Wohnzimmerschrank lehnte und die Arme vor der Brust verschränkt hatte. »Was ist denn, wenn dein toller Doktor nicht wieder auftaucht, du Schlauberger?«

In Ermangelung einer Antwort griff Matthias zu seiner ersten Idee: »Dann suche ich ihn eben.«

»Na klar! Mein toller Herr Bruder macht sich auf die Reise nach Hamburg und findet die Stecknadel im Heuhaufen.«

»Hört auf, euch zu streiten«, krächzte Käthe Pätzold. Sie musste sich räuspern, bevor sie fortfahren konnte: »Vielleicht schafft ihr zwei Brüder es ja zur Abwechslung mal, an einem Strang zu ziehen. Wie wär's damit?«

»Das ist an mir nie gescheitert«, erklärte Matthias und stieß verächtlich den Atem aus.

»Liegt wie immer an mir, Oma«, fügte sein Bruder Rolf lachend hinzu. »Du weißt doch: Jede Familie hat ihr schwarzes Schaf – in unserer hat man mich dazu auserkoren.«

»Und das liegt natürlich nicht an dir, sondern an den anderen«, hielt Matthias sarkastisch gegen. »Und es hat auch nichts damit zu tun, dass du – wenn du nicht gerade mit deinem komischen Verein im Ausland warst – hier in Deutschland das halbe Familienvermögen verspielt hast. Oder etwa doch?«

Rolf Pätzold winkte ab. Für ihn endeten solche Diskussionen grundsätzlich in einer Sackgasse. Dieser aktuellen wollte er sich durch spontane Flucht in die Küche entziehen. »Ich hol mir noch'n Stück von Omas Käsekuchen. Der hält wenigstens das Maul und nervt nicht.«

»Dein Bruder kommt doch schon seit Jahren an nichts mehr heran«, erklärte Käthe Pätzold flüsternd, nachdem ihr Enkel Rolf das Wohnzimmer verlassen hatte. Der zweite hatte sich auf ihrer Sessellehne niedergelassen und ließ sich bereitwillig den Kopf streicheln. »Deine Eltern wussten schon, warum sie dir die Verantwortung überlassen haben.«

»Und als Dankeschön darf ich seinen Teil verwalten«, fügte Matthias mit verbittertem Lachen hinzu. »Bis vor ein paar Monaten gab's keinen Tag, an dem mich Rolf nicht nach Geld gefragt hat. Aber neuerdings hat er ja angeblich Glück beim Pokern.«

Eine ganze Weile herrschte Schweigen.

Als Käthe Pätzold von Neuem begann, war ihre Stimme kaum mehr ein Hauch. »Was ist, wenn der Christiansen Recht bekommt? Wenn all die Häuser und Grundstücke ...?«

»Darüber will ich nicht mal nachdenken, Oma!« Matthias hatte sich von der Sessellehne hochgestemmt und wanderte kreuz und quer durchs Wohnzimmer. »Doktor Rubin hat mir am Telefon versprochen, dass er hier auf Sylt für klare Tatsachen sorgt. Und er wird ja wohl hoffentlich irgendwann wieder auftauchen und im Idealfall gleich alle notwenigen Verträge dabeihaben.«

»Hast du versucht, ihn noch mal anzurufen?«

Matthias schaute seine Großmutter an. Ihm war anzusehen, dass er den ersten Kommentar verschluckte und nur den zweiten lieferte: »Natürlich hab ich ... beinahe im Stundentakt.«

»Wenn ich bloß wüsste, wo der Vertrag von damals geblieben ist«, krächzte Käthe Pätzold. »Dein Opa und ich waren, wenn es um solche Sachen ging, nie besonders ordentlich.«

»Was du nicht sagst!«

15

»So, Butter bei die Fische!« Hannah klatschte in die Hände, um Tatendrang zu versprühen. »Ich brauche einen Status ... wie weit bist du?«

Ole zuckte hinter seinem Schreibtisch zusammen, weil er bis dahin in eine Liste vertieft war. Er schaute auf, seine Chefin direkt an. »Fische klingt lecker – ich hab Kohldampf!«

»Wir sind nicht zum Essen, sondern zum Arbeiten hier!«

Ole warf einen vorsichtigen Blick auf seine Armbanduhr. »Ich telefoniere, maile und faxe seit acht Stunden beinahe ununterbrochen. Es ist gleich sieben!«

»Daran wirst du dich gewöhnen müssen«, erklärte Hannah lachend. »Dafür gibt es andere Zeiten, in denen man ...«, sie überlegte kurz, »... auch mal 'ne ruhige Kugel schieben kann.«

»Ich sage dir, was ich erreicht hab und dann springe ich mal auf die andere Straßenseite rüber und hol uns was aus der Frittenbude. Einverstanden?«

Hannah gab zwar keine Antwort, lud ihren Kollegen aber gestenreich zum Fortfahren ein.

»Okay!«, begann Ole mit hochwichtiger Stimme. »Die Bahnmitarbeiter in Niebüll und Westerland übernehmen vier Kommissar-Anwärter aus Kiel, die offiziell unserer Mordkommission zugeteilt wurden. Die befragen vorsorglich auch ein paar andere Urlauber, die definitiv auf demselben Autozug gestanden haben.«

Hannah nickte zufrieden. »Dabei wird wahrscheinlich nichts herauskommen, aber wer nicht fragt, bekommt auch keine Antwort.«

Ole fuhr fort: »Ne halbe Stunde nachdem ein Richter die Durchsuchungsbeschlüsse unterschrieben hat, haben unsere Kollegen in Hamburg das Büro von Doktor Rubin und sein Haus in Blankenese auf den Kopf gestellt.«

»Haben die dabei jemanden angetroffen?« Hannah kritzelte schon seit einer Weile auf einem Collegeblock, in diesem Moment hing ihr Kugelschreiber in der Luft und wartete auf Arbeit.

Für eine Antwort musste Ole seine eigene Liste bemühen. »Zum Büro im Lehmweg – das ist mitten in Hamburg – mussten sich die Kollegen gewaltsam Zutritt verschaffen. In der Villa in Blankenese haben sie die Haushälterin angetroffen ...«

»Hatte die was Interessantes zu erzählen?«

»Die Frau kommt aus Polen und ist erst seit einem Jahr bei Rubin angestellt. Einer unserer Hamburger Kollegen ...«, Ole überflog seine Aufzeichnungen, »... ein Polizeimeister Karolewski, konnte sich wenigstens mit ihr unterhalten. Aber dabei ist nichts weiter rausgekommen. Und so wie's aussieht, muss sich das Hausmädchen – jetzt, wo ihr Chef tot ist – wohl 'nen neuen Job suchen.«

»Vielleicht findest du ja was für sie auf Sylt«, schlug Hannah grinsend vor. »Genug Kontakte hast du doch bestimmt.«

Ole schüttelte den Kopf und fuhr einfach fort: »Sämtliche Akten aus Hamburg hab ich – wie du wolltest – nach Kiel transportieren lassen. Die müssten dort bereits angekommen sein.«

»Die Kollegen sollen sich erst mal auf die aktuellsten Fälle stürzen. Ich will, dass jeder, der nicht älter als zwei Jahre ist, besonders gründlich unter die Lupe genommen wird. Und natürlich alles, was mit Sylt zu tun hat – da erweitern wir den Radius auf fünf Jahre.«

»Und wenn dabei nichts rauskommt?« Ole zeigte auf seine Aufzeichnungen. »Von meiner Seite war's das erst mal. Keine Ahnung, wo ich sonst noch ansetzen soll.«

»Dafür hast du ja mich!«

»Was soll das heißen?«

»Dass wir gerade erst anfangen. Was sonst?«

* * *

»Du kommst dir wohl wieder besonders schlau vor!« Rolf Pätzold hatte seinen Bruder vor der Haustür der gemeinsamen Großmutter am Arm gepackt, bevor der in seinen Porsche einsteigen konnte. »Alles wie immer: Das breite Grinsen im Gesicht und anderen in den Arsch treten. Das kannst du am besten!«

»Was willst du überhaupt von mir?«, beschwerte sich Matthias Pätzold und riss sich im selben Moment los. »Seitdem du wieder in Deutschland bist, hab ich das Gefühl, als hättest du deinen Verstand in Kundus vergessen. Oder ihr habt da drüben in Afghanistan so viel schlechtes Zeug geraucht, bis davon nichts mehr übrig war.«

»Toller Spruch! Hast du den auswendig gelernt?«

»Was willst du?« Matthias, der jüngere der beiden Brüder, lehnte auf seiner offenen Fahrertür. Aus dem Inneren seines Porsche drang der Geruch von einem Duftbäumchen heraus.

Rolf lehnte sich nach vorne und schnupperte in die Luft. »Vanille – du bist und bleibst 'ne Schwuchtel!«

»Vielleicht verrätst du der Schwuchtel endlich, was du willst. Oder vielleicht muss ich es dir noch mal erklären: Wenn Doktor Rubin sich nicht meldet und dafür sorgt, dass die alten Verträge wieder auftauchen, dann können wir uns alle von unserem Wohlstand verabschieden. Für alle Zeit!«

»Du meinst, hinterher kann ich nicht mehr bei dir betteln kommen, weil ich für meinen Wagen neue Bremsen brauche?« Rolf zeigte auf sein Fortbewegungsmittel: Einen Jeep, den er erst vor ein paar Wochen angemeldet hatte. »Bitte, bitte ...«, fuhr er höhnisch fort. »... gibst du mir noch ein bisschen? Ich bin auch ganz artig.«

»Brauchst du tatsächlich was?«, erkundigte sich Matthias etwas versöhnlicher. Er langte bereits nach seiner Brieftasche. »Ich kann dir ein paar Hunderter geben und ...«

»Die kannst du dir in den Arsch schieben!« Rolf wirbelte herum und steuerte auf seinen Jeep zu. Plötzlich blieb er stehen und schickte ein Grinsen in Richtung seines Bruders. »Bin gespannt, wem von uns beiden es leichter fällt, auf all den Luxus zu verzichten.«

Matthias stand mit hängenden Schultern vor seinem Porsche und schaute seinem Bruder hinterher, der mit durchdrehenden Reifen davonraste.

Und weil er sich selbst nicht sofort hinters Lenkrad setzen wollte – dafür war er viel zu aufgebracht –, zog er sein Handy aus der Tasche, um erneut die Nummer von Doktor Rubins Notariat in Hamburg zu wählen. Dieses Mal war etwas anders. Es knackte in der Leitung. Offensichtlich wurde das Gespräch weitergeleitet.

Nach zweimaligem Klingeln war die Stimme einer jungen Frau zu hören. »Landespolizei ... Sie sprechen mit Katharina Wirt.«

Matthias Pätzold hätte beinahe aufgelegt. Seine Zunge fühlte sich wie gelähmt an.

»Hallo? Wer ist denn da?«

»Ich wollte eigentlich mit Doktor Rubin sprechen«, stammelte er. »Ich hab mich wohl verwählt.«

»Haben Sie nicht! Die Anrufe werden seit heute Nachmittag hierher weitergeleitet. Dürfte ich erfahren, mit wem ich spreche?«

»Pätzold ... Matthias Pätzold.« In seinem Kopf nahmen die schlimmsten Befürchtungen Gestalt an.

Die bestätigten sich mehr oder weniger, als die junge Frau am anderen Ende fortfuhr: »Ich darf Ihnen am Telefon nichts erzählen. Aber ich kann Sie mit der Kollegin verbinden, die für die Ermittlungen verantwortlich ist.«

»Ermittlungen?«

»Moment bitte! Ich versuche, Sie mit Frau Lambert zu verbinden.«

16

»In den nächsten drei Tagen will ich von Essen nichts mehr hören oder sehen«, beschwerte sich Hannah, während sie sich den Bauch rieb. »Ich liebe Imbiss-Futter, aber was zu viel ist, ist zu viel.«

Ole stieß geräuschlos auf und schob die Teller zusammen. »Das waren die letzten Bestecke in der Teeküche. Ich spül die Dinger ab und danach wird's vielleicht langsam mal Zeit für Feierabend. Was meinst du?«

»Ist erst acht«, stellte Hannah nach einem Blick auf die Uhr fest. »Mein Nachbar Bruno hat versprochen, dass er sich heute noch um meinen Kater kümmert.« Sie zeigte mit Blicken zur Tür. »Du machst dich vom Acker und schläfst dich aus – ich mache weiter, bis mir die Augen zufallen.«

Auf Oles Schreibtisch klingelte das Telefon. Der hatte bereits die Teller in der Hand und schaute seine Chefin Hilfe suchend an.

»Ist gut! Geh du ruhig spülen, ich kümmere mich um die Arbeit.« Sie langte bereits zum Hörer. »Lambert, Mordkommission!«

»Ich hab hier wieder einen von der Kanzlei in Hamburg«, erklärte die Kollegin aus Kiel lachend. »Soll ich durchstellen?«

»Der Wievielte ist das?«, erkundigte sich Hannah schwer atmend.

»Von mir der Neunte oder Zehnte. Aber Claudia hat euch auch …«

»Ist schon gut, stell einfach durch.« Hannah wartete geduldig. Es knackte in der Leitung. Als die Verbindung hergestellt war, meldete sie sich vielleicht etwas zu energisch: »Mordkommission!«

»Wieso Mordkommission?«

»Mit wem spreche ich denn?«

»Matthias Pätzold … Ihre Kollegin hat mich weitergestellt. Ist Doktor Rubin …?«

»Eins nach dem anderen«, fuhr Hannah grob dazwischen. »Sind Sie ein Kunde von Doktor Rubin?«

»Ja – also, nein … mein Großvater und mein Vater waren beide Mandanten von ihm. Er hat etliche Jahre alle Verkaufsgeschäfte hier auf Sylt abgewickelt.«

»Auf Sylt«, wiederholte Hannah mit der dazu passenden Stimme. Nach etlichen Gesprächen, die aus der Kanzlei Rubin alleine in den letzten Stunden weitergeleitet wurden, war dies das erste womöglich interessante. »Was genau waren das für Geschäfte und was haben Sie damit zu tun?«

»Mein Großvater hat nach dem Krieg hier auf Sylt haufenweise Grundstücke und Häuser gekauft – zusammen mit seinem Partner.«

»Das ist lange her. Was sollte Doktor Rubin denn heute noch diesbezüglich machen?«

»Es gibt Streit mit den anderen Eigentümern«, erwiderte Matthias Pätzold nach kurzem Zögern. »Wir waren verabredet, um endlich für klare Verhältnisse zu sorgen.«

»War das am letzten Freitag?«

»Heute, aber ich glaube, er wollte schon früher nach Sylt kommen, um hier noch irgendwas zu erledigen. Wollen Sie mir verraten, was mit Doktor Rubin passiert ist?«

»Das darf ich nicht«, sagte Hannah. »Aber ich glaube, Sie können sich wohl denken, was passiert ist, wenn jemand von der Mordkommission ans Telefon geht. Oder etwa nicht?«

Am anderen Ende der Leitung herrschte Stille. Hannah wollte schon nachfragen, doch Matthias Pätzold kam ihr zuvor: »Hat das was mit der Geschichte auf dem Autozug zu tun?«

»Wie schon gesagt: Wir dürfen nur den nächsten Angehörigen Auskunft geben.«

»Sie müssen verstehen: Doktor Rubin und ich waren nicht zum Spaß verabredet. Bei dem Termin ging es um viel Geld und das wirtschaftliche Wohl meiner ganzen Familie.«

In Hannahs Kopf flammten nacheinander sämtliche Alarmleuchten auf. Geld und die damit häufig einhergehende Gier waren – neben Rachedurst, Leidenschaft und Eifersucht – die häufigsten Mordmotive. »Heute ist es zu spät«, begann sie mit nachdenklicher Stimme. »Ist es möglich, dass wir uns morgen früh irgendwo treffen?«

»Am besten im Haus meiner Großmutter. Die kann Ihnen vielleicht auch noch ein paar Dinge von früher verraten.« Matthias Pätzold leierte eine Adresse in Kampen zweimal nacheinander herunter. »Ich könnte ab acht dort sein«, bot er an.

»Sagen wir lieber neun. Wer weiß, wie es bei der Autoverladung aussieht?«

Das Gespräch war beinahe beendet, da fasste sich Matthias Pätzold hörbar ein Herz und versuchte es mit einer letzten Frage: »Wenn ich richtig informiert bin, dann müsste Herr Rubin einige Papiere bei sich gehabt haben. Die betreffen mich und meine Familie. Könnten Sie vielleicht …?«

»Moment!« Hannah durchwühlte einen Stapel Papiere und stieß auf die Inventarliste des SUV, die ihre Kollegen aus Westerland nach der Sicherstellung des Wagens erstellt hatten. Zumindest in diesem Punkt hatten sie sich an die Vorschriften gehalten. Und weil sich Hannah vom Gespräch am nächsten Morgen etwas erhoffte – vielleicht gleich den Hinweis schlechthin –, beschloss sie, genau diese Vorschriften ein wenig zu beugen. »Ich darf Ihnen nicht sagen, was sich im Auto befand.«

»Das klingt für mich nach einem ›Aber‹«, flüsterte ihr Gesprächspartner, dem die Hoffnung klar anzuhören war.

»Ich darf Ihnen einen Tipp geben, was sich nicht im Wagen befand ...«

»Und?«

»Auf jeden Fall keine Papiere.« Hannah überflog die Liste zur Sicherheit ein weiteres Mal. »Ganz normale Dinge, die vermutlich jeder für einen Trip auf die Insel mitnehmen würde: Kleidung, Zahnbürste, Rasierer ... einen Tabaksbeutel und die dazugehörende Pfeife hat man auf dem Beifahrersitz gefunden – beides noch originalverpackt. Wissen Sie zufällig, ob Herr Rubin geraucht hat?«

»Seien Sie mir nicht böse«, erwiderte Matthias Pätzold mit gereizter Stimme. »Aber darüber mache ich mir im Augenblick wirklich keine Sorgen.«

»Können Sie mir dann schon mal verraten, um welche Papiere genau es sich dabei handelt?«

»Das ist ein bisschen umfangreicher. Ich glaube, darüber sollten wir lieber morgen in Ruhe sprechen.«

Hannah überlegte kurz und beließ es dabei. In der Regel gab sie den Weg vor, aber es war spät und ihr Schädel dröhnte wie nach der Kollision mit einem Baseballschläger. Trotzdem war eine klare Ansage vonnöten: »Dann morgen ... am besten machen Sie sich ein paar Notizen.«

Kurz nachdem dieses Telefonat beendet war, platzte Ole herein. »Im Kühlschrank in der Teeküche liegt ein Stück Käse, das mit einem redet, wenn man die Tür nicht schnell genug wieder zumacht. Also pass lieber auf, falls du ...«

»Morgen heißt es früh aufstehen«, unterbrach Hannah

ihren Kollegen. »Ich hatte gerade ein interessantes Telefonat. Wir nehmen spätestens den zweiten Zug auf die Insel.«

Ole grinste bereits. »Du und Sylt – glaub mir, das wird noch was mit euch beiden. Irgendwann kannst du gar nicht mehr ohne und …«

»Wolltest du nicht Feierabend machen?«

Ole hob die Hand zum Abschied. »Bis morgen dann, Chefin!«

Ihr Kollege war gerade erst entschwunden, da langte Hannah erneut zum Hörer. Nebenbei warf sie einen Blick auf die Uhr, halb neun. Normale Menschen – sogar Polizisten, die es nicht gerade mit einer Nachtschicht zu tun hatten – lagen um diese Zeit auf dem Sofa; kümmerten sich um ihre Lieben oder wenigstens um sich selbst.

Doch das galt offensichtlich auch nicht für Doktor Stefan Eickhoff, der sich mit hellwacher Stimme meldete. »Das ist die neue Nummer von Krümel!«

»Muss das ständig sein?«, empörte sich Hannah zur Begrüßung.

»Gönn mir doch meinen Spaß.«

»Dann sag mir wenigstens, ob man dir deinen neuen Kunden schon gebracht hat.«

»Heute Nachmittag, noch vor dem obligatorischen Kaffeetrinken«, erklärte der Rechtsmediziner. »Geht es dir gut oder hast du sonst noch was auf dem Herzen, Krümel?«

»Darf ich mir Hoffnungen machen, dass du diesen albernen Spitznamen irgendwann vergisst?«

»Klar! Aber bei diesen Hoffnungen wird es auch bleiben.« Stefan Eickhoff musste ein Lachen unter Kontrolle bringen, bevor er fortfuhr: »Lass mich raten: Du willst wissen, ob ich schon was Neues über deine Leiche herausgefunden habe, richtig?«

»Ich will dir einen Tipp geben – oder nenn es von mir aus 'ne Frage …«

»Und die wäre?«

»Kannst du feststellen, ob jemand, der auf deinem Metalltisch liegt, regelmäßig Pfeife geraucht hat?«

»Natürlich! Wenn man mal von der Lunge absieht ... hast du mal die Zähne von einem Pfeifenraucher gesehen? Ich meine, von hinten?«

»Da hab ich bisher nicht so drauf geachtet«, erwiderte Hannah mit sarkastischem Unterton. »Hast du auch eine Übersetzung für dein Rätsel?«

»Warte mal!«

Sie hörte es am anderen Ende rumoren. Ein lautes Scheppern, das vermutlich von einer Blechschüssel stammte, die zu Boden gefallen war, sorgte für eine geschmackvolle Auswahl von Flüchen.

»Meine Studenten lassen auch alles rumliegen!«, fluchte Stefan Eickhoff, als er ans Telefon zurückkehrte. »Aber ich hab eine Antwort für dich: Definitiv nein.«

»Nein, heißt ...«

»... dass der liebe Doktor Rubin niemals geraucht hat. Seine Lunge liegt hier vor mir. Könnte auf den ersten Blick auch von 'nem Zwanzigjährigen stammen.«

»Sonst noch was?«

»Wir haben gerade erst angefangen!« Eickhoff musste sich hörbar zusammenreißen. »Die Proben sind wahrscheinlich noch nicht mal im Labor angekommen und du erwartest schon ein Wunder.«

»Was ist mit der Farbe an seinen Fingern?«

»Du lässt auch nie locker«, stöhnte der Rechtsmediziner. »Und falls es dich beruhigt: Die hat einer meiner Studenten sofort unter den Nägeln herausgekratzt und zu einem Freund von mir gebracht. Wenn der ein paar andere Aufträge ignoriert, kann ich dir vielleicht morgen schon was Genaueres dazu sagen.«

»Du bist ein Schatz, weißt du das?«

»Und warum hat das dann mit uns beiden nicht funktioniert, Krümelchen?«

»Keine Ahnung«, flüsterte Hannah. »Lag wohl an mir.«

* * *

»Weißt du, wie spät es ist?«

»Kurz nach zehn, wieso?« Hannah hatte kaum ihre Wohnungstür hinter sich geschlossen, da langte sie schon nach dem Mobilteil von ihrem Festnetz-Telefon. Schließlich kannte sie ihre Mutter viel zu genau und wusste, dass die bei Handynummern gar nicht erst abnahm.

Gertrud Lambert verzichtete auf eine Erklärung und übte die nächste Attacke: »Erst meldest du dich monatelang nicht und jetzt an zwei Tagen nacheinander – scheint so, als würde sich bei dir tatsächlich etwas ändern.«

»Wie geht's Felix?«

»Der liegt im Bett und fragt seit gestern ständig nach dir – auf seine Art.« Hannahs Mutter klang ein wenig sanfter als noch kurz zuvor. »Was macht dein Auge? Warst du beim Arzt und hast ...?«

»Ich hab mir Make-up gekauft, damit die lästigen Fragen endlich ein Ende haben.«

»Verrätst du mir denn auch, warum du anrufst?«

Hannah versuchte, in punkto Stimme auf Schongang umzuschalten. »Du kennst doch die meisten auf Sylt seit über fünfzig Jahren. Kannst du dich an den Namen Rubin erinnern?«

Ihre Mutter ließ sich einen Moment Zeit mit einer Antwort. Fünf Jahrzehnte, in denen ihr vermutlich scharenweise Menschen über den Weg gelaufen waren, boten einiges an Potenzial, um darin gedanklich zu wühlen. Offensichtlich erfolgreich, denn Gertrud Lambert hatte sogar ein weiteres

Detail parat: »Ein Doktor, aber kein Arzt. Ich glaube Anwalt oder …«

»… Notar«, vervollständigte Hannah. »Weißt du zufällig auch, was dieser Doktor Rubin auf Sylt so getrieben hat?«

»Der hatte sogar mal Kontakt zu deinem Vater – ist etliche Jahre her.«

»Es ist spät, Mama! Kannst du vielleicht …?«

»Dein Vater wollte damals unsere vier Wohnungen in der Strandstraße verkaufen, hinter der Sparkasse in Westerland.«

»Und was hatte der Rubin damit zu tun?«

»Der hatte ein paar Investoren, die sie kaufen wollten. Aber deren Angebot war lächerlich.«

»Und was hat Paps dazu gesagt?«

Hannahs Mutter brauchte erneut einen kleinen Moment. »Ich weiß nur, dass die beiden noch ein paar Mal telefoniert haben. Dieser feine Doktor Rubin hat alles schlecht geredet und meinte, dass die Preise auf Sylt damals schon viel zu hoch gewesen wären und irgendwann einbrechen würden.«

Hannah konnte sich ein Lachen nicht verkneifen. »In der Hinsicht lag er auf jeden Fall daneben.«

»Hast du beruflich mit diesem Rubin zu tun? Der müsste doch mindestens in meinem Alter sein und …«

»Du weißt doch, Mama: Keine Details über laufende Fälle!« Hannah gab sich erneut Mühe, möglichst unbeschwert zu klingen. »Erst mal danke … du hast mir schon sehr gut weitergeholfen.«

»Und was jetzt?«, wollte ihre Mutter wissen.

»Ich bin morgen wieder bei euch auf der Insel. Falls mein Nachbar sich noch einen Tag um meine Katze kümmert, dann könnte ich euch nach Feierabend besuchen.«

»Willst du das denn?«

»Ansonsten würde ich es wohl nicht anbieten, oder?«

»Dann bis morgen und …«

»Ja?«

»Pass auf dich auf. Dieser Rubin und die Leute, mit denen er zusammengearbeitet hat, hatten damals einen ziemlich schlechten Ruf hier auf Sylt. Ich erinnere mich noch: Irgendwann war sogar von Betrug die Rede, weil manch ein Haus zum Spottpreis den Besitzer gewechselt hat.«

»Kannst du mir davon morgen vielleicht mehr erzählen?«

»Natürlich kann ich!«

17

Das Anwesen der Pätzolds am Rande von Kampen war typisch für alteingesessene Familien, von denen die meisten ihr ganzes Leben auf Sylt verbracht hatten. Das Reetdach – dafür hatte Hannah einen sicheren Blick – war noch ziemlich hell und somit höchstens zwei oder drei Jahre alt. Um ein Haus dieser Größenordnung neu decken zu lassen, brauchte es allein schon ein Vermögen, vom Rest ganz zu schweigen.

Hannah hatte vor dem Tor gehalten und den Klingelknopf betätigt.

»Das dauert ja ewig«, beschwerte sich Ole neben ihr auf dem Beifahrersitz. »Hast du zufällig ein Brecheisen im Kofferraum?«

Kaum hatte er das letzte Wort gesprochen, da öffnete sich vor dem BMW das elektrische Tor mit leisem Surren. Hannah rollte im Standgas die Auffahrt empor, danach war das Anwesen komplett zu überblicken.

»Donnerwetter!«, schwärmte Ole. »Da hat aber jemand 'ne schöne Aussicht gebucht.«

Tatsächlich konnte man von hier aus beinahe die komplette Bucht der nördlichen windabgewandten Seite von Sylt überblicken.

»Hier kann einem keiner die Sicht verbauen.«

»Und wenn überhaupt, dann muss er dafür zwei- bis dreitausend Euro pro Quadratmeter berappen«, fügte Hannah in gehässigem Ton hinzu. »Da kostet schon ’ne winzige Laube von drei mal drei Metern ein Vermögen.«

Ole zeigte nach vorne durch die Windschutzscheibe auf einen Porsche, der direkt vor der Eingangstür stand. »Wette, der gehört diesem Matthias Pätzold. Wieder so ein verwöhnter Bengel!«

»Neidisch?«

»Nicht unbedingt. Aber ich frage mich, was ich verkehrt mache.«

»In diesen Kreisen hat man dieselben Probleme wie wir – nur größer.«

»Woher willst du das denn wissen?«, erkundigte sich Ole lachend. »Hast du auch mit solchen Luxusproblemen zu kämpfen?«

Hannah erklärte die Diskussion mit einer Handbewegung für beendet. »Wir gehen rein!«

»Was erhoffst du dir eigentlich von diesem Gespräch?«, fragte Ole auf dem Weg zur Eingangstür. Ein gewaltiges Exemplar mit Sicherheitsglas und verschiedenen Funktionen, die es im Extremfall vermutlich erlaubten, auch ein Auto bis in den Eingangsbereich dahinter zu fahren.

Hannah wollte schon klingeln, doch ihr Finger blieb in der Luft stehen. »Am besten hörst du erst mal nur aufmerksam zu und schreibst mit.«

Ole nahm Haltung an. »Jawohl, Chefin! Sonst noch was? Darf ich atmen oder muss ich ...«

»Hör mit dem Blödsinn auf!« Hannahs Finger fand den Klingelknopf. »Ich möchte, dass du möglichst unbefangen bleibst.« Hinter der Tür waren bereits Geräusche zu hören, durch die Scheiben war zu erkennen, dass sich weiter hinten, im Inneren der Villa, eine Tür geöffnet hatte. Also lieferte sie eilig die Fortsetzung: »Wenn ich dir ständig meine Meinung eintrichtere, dann bist du irgendwann nicht mehr objektiv. Logisch, oder?«

»Hab verstanden«, flüsterte Ole grinsend. Schließlich war vor den beiden schon ein Schlüssel zu hören, der sich im Schloss drehte. »Falls ich doch was sagen soll, gib mir einfach ein Zeichen.«

Das Hausmädchen, eine dunkelhäutige Schönheit von höchstens Anfang zwanzig, hatte im Salon Tee und Plätzchen serviert. In einem gigantischen Ohrensessel vor dem Fenster saß Käthe Pätzold. Eine Frau von mindestens achtzig Jahren, die sich wie eine Adelige aufführte. Auch die Einrichtung rundherum hätte es in Sachen Gegenwert vermutlich mit jedem zweiten Thronsaal aufnehmen können.

Ihr Enkel Matthias wirkte da schon deutlich normaler, sah jedoch relativ verkrampft aus, weil ihm die Geschichte vom Vorabend wohl auf dem Magen geschlagen war. Sein ansonsten braungebranntes Gesicht wies Falten auf, seine Augen wirkten müde.

Hannah bedankte sich mit einem Nicken für eine Teetasse und fand gleich einen Anfang: »Ich habe nicht ganz verstanden, warum Sie so dringend auf Doktor Rubin gewartet haben.«

Matthias Pätzold rüstete sich schon mit einem tiefen Atemzug für eine offenbar längere Antwort, doch seine Großmutter kam ihm zuvor: »Er hat seinerzeit sämtliche Käufe abgewickelt.«

»Wieso hat man dafür einen Notar aus Hamburg bemüht?«, wollte Hannah umgehend wissen. Ein bisschen Druck konnte schließlich nicht schaden. »Ich meine: Wenn es um Geschäfte auf Sylt ging, hätte man doch auch einen Notar von hier nehmen können und ...«

»Doktor Rubin war in den meisten Fällen weit mehr als nur Notar«, fuhr die alte Dame dazwischen. Danach schwieg sie. Offensichtlich hatte sie kein Interesse daran, etwas über Dumpingpreise und fragwürdige Geschäftspraktiken preiszugeben.

Dementsprechend fiel Hannahs Nachfrage aus: »Was darf ich darunter verstehen?«

Der Enkelsohn war an der Reihe: »Mein Großvater und sein Kompagnon haben in den fünfziger und sechziger Jahren haufenweise Häuser und Grundstücke hier auf der Insel gekauft. Noch lange nach Kriegsende waren die Eigentumsverhältnisse teilweise nicht geklärt und als das endlich passiert war, haben sich die beiden …«

»… die anfängliche Verwirrung zunutze gemacht, um die meisten Geschäfte zum Spottpreis abzuwickeln«, vollendete Hannah mit einem Lächeln, das alles bedeuten konnte. »So ungefähr?« Ihr Blick traf ganz bewusst die alte Frau, die sich in ihrem Ohrensessel bereits aufrichtete. »Doktor Rubin hatte nicht unbedingt einen besonders positiven Ruf. Einige Handelspartner fühlten sich hinterher sogar betrogen, munkelt man.«

»Das sind alles Geschichten«, erklang es krächzend aus dem Sessel. Die alte Dame verscheuchte das Hausmädchen mit einer abfälligen Handbewegung.

Ole, der vorher in ständigem Blickkontakt mit der Schönheit gestanden hatte, zog unbemerkt einen Schmollmund und konzentrierte sich wieder auf die anderen Gesprächsteilnehmer.

»Was meinen Sie denn mit ›Geschichten‹?«, erkundigte sich Hannah bewusst beiläufig. »Und noch mal: Was sollte Doktor Rubin denn so viele Jahrzehnte später veranlassen? Gibt es Probleme, die aus der damaligen Zeit stammen?«

Matthias Pätzold lieferte die Antwort überhastet: »Mein Großvater hat gleich zu Beginn der Geschäfte auf einen Vertrag zwischen ihm und seinem damaligen Geschäftspartner bestanden …«

»Name?« Hannah zeigte auf Ole, der mit theaterreifer Geste sein Notizbuch zückte. Fehlte nur noch eifriges Hecheln.

»Hubert Christiansen. Heute sind von seiner Familie – ähnlich, wie bei uns – nur noch er selbst und zwei Enkelkinder übrig: Dirk und Wiebke.« Es ging mit verkniffenem Gesicht weiter. »Bei uns wären es meine Großmutter, mein Bruder Rolf und meine Wenigkeit.«

Ole, der bis eben in seinem Notizbuch gekritzelt hatte, hob den Kopf und räusperte sich geräuschvoll. Danach gehörte ihm die Aufmerksamkeit aller. »Ich würde mir gerne noch die Namen der jeweiligen Eltern notieren.« Er warf Matthias Pätzold einen aufmunternden Blick zu. »Fangen wir am besten mit Ihren an ...«

»Da muss ich Sie enttäuschen – in beiden Fällen.«

»Was soll das denn heißen?«, erkundigte sich Hannah mit grenzwertiger Stimme.

Die alte Dame erwachte in ihrem Sessel zu neuem Leben und lieferte mit krächzender Stimme die Erklärung: »Können Sie sich nicht an den Flugzeugabsturz erinnern? Mein Sohn Horst und seine Frau Birgit saßen in einer Sportmaschine, die vor fast zehn Jahren zwischen Festland und Insel ins Wattenmeer gestürzt ist. Stand doch ganz groß in der Zeitung ...«

»Walter und Hildegard Christiansen waren auch an Bord«, fügte der Enkel bereitwillig hinzu.

»Damals haben die Familien noch vernünftig miteinander geredet«, erklang es aus dem Ohrensessel. »Ich frage mich bis heute, warum sich das geändert hat.«

Matthias Pätzold winkte unbemerkt ab und fuhr gleich fort: »Es gab einen ersten Vertrag, in dem es hieß, dass die gemeinsame Firma fünfzig Jahre nach ihrer Gründung vollständig in das Eigentum der Familie Christiansen übergeht.«

»Dann ist diese gemeinsame Firma auch Eigentümerin sämtlicher Immobilien?«, hakte Hannah routiniert nach.

»So ist es. Und weil die in ihrer jetzigen Form 1968 gegründet wurde …«

»… ist es dieses Jahr so weit«, vervollständigte Ole, der danach wieder in seinem Notizbuch kritzelte.

»Man hat seinerzeit sogar einen symbolischen Kaufpreis vereinbart – eine Art Abfindung für unsere Familie.« Matthias Pätzolds Gesicht deutete bereits auf dessen Höhe: »Hunderttausend Mark – das ist nichts, wenn man bedenkt, um wie viele Häuser und Grundstücke es geht.«

Ole tippte auf seinem Notizbuch herum. »Das sind rund fünfzigtausend Euro.«

»Danke für die Info«, flüsterte der Enkel kopfschüttelnd.

»Sie haben von einem ersten Vertrag gesprochen.« Hannah übte sich in aufmunternden Gesten und schickte nebenbei einen giftigen Blick in Oles Richtung. »Das klingt für mich, als gäbe es noch einen zweiten …«

Matthias Pätzold nickte bereits eifrig und selbst seine Großmutter fiel mit ein. »Irgendwann wurde allen Beteiligten klar, dass der Christiansen zwar mit Leichtigkeit sämtliche Finanzierungen stemmen, aber keine neuen Objekte akquirieren konnte – erst recht nicht verwalten.«

»Mit Arbeit hatte er es nicht so«, krächzte es aus dem Ohrensessel. »Also hat man einen zweiten Vertrag gemacht«, erklärte die alte Dame des Hauses. »Einen, der dafür gesorgt hat, dass meinem Adolf und unserer Familie von Rechts wegen die Hälfte zusteht.«

»Adolf«, wiederholte Ole grinsend, während er den Namen notierte. Ihm war anzusehen, dass er nach Luft rang. »Können Sie sagen, wann dieser zweite Vertrag entstanden ist?«

»Erst kurz vor dem Flugzeugabsturz«, erklärte der Enkel.

»Also vor etwa zehn Jahren. Das genaue Datum könnte ich Ihnen verraten, wenn sich das Teil anfindet.«

Hannah wurde plötzlich klar, warum dieser Flugzeugabsturz und alles Drumherum seinerzeit völlig an ihr vorbeigegangen war. Zu diesem Zeitpunkt hatte sie sich mit ihrem beinahe toten Sohn und einem Italiener auseinandersetzen müssen, der dafür verantwortlich war.

»Werden solche Dokumente nicht bei einem Notar hinterlegt?«, erkundigte sich Ole, weil es nicht weiterging.

Dafür fing er sich gleich drei mitleidvolle Blicke ein.

Hannah fuhr fort: »Dann sollte Doktor Rubin also sein Exemplar von diesem Vertrag mitbringen und für Klarheit sorgen. Hab ich das richtig verstanden?«

Zweifaches Nicken.

»Und was genau passiert, wenn sich dieser Vertrag nicht wieder anfindet?«

»Die Christiansens bestehen auf das, was ihnen laut der ersten Ausführung zusteht.«

»Auf alles!«, präsentierte Ole sein logisches Ergebnis dieser vermeintlichen Rechenaufgabe.

Matthias Pätzold nickte noch immer, hielt jedoch plötzlich inne. »Wir können die Sache mit einem Gerichtsprozess vielleicht hinauszögern. Aber wenn sich diese zweite Version nicht anfindet, dann ist irgendwann alles futsch. Vertrag ist Vertrag!«

18

»Und was jetzt?« Ole lehnte an Hannahs Dienstwagen. Die Unterhaltung bei Tee und Plätzchen ging zwar noch eine Viertelstunde weiter, doch allen Beteiligten wurde irgendwann klar, dass alles gesagt war. »Wenn du mich fragst, braucht die Familie Pätzold ein Wunder – auf Doktor Rubin brauchen sie jedenfalls nicht mehr zu hoffen.«

»Und wir haben Glück: Wenigstens gibt es ein erstes Motiv, das einen Mord rechtfertigen würde«, erklärte Hannah. Die stand vor ihrer Motorhaube und starrte zwischen den Dünen wie hypnotisiert in Richtung Wasser.

»Du meinst, weil jeder, der zur Familie Christiansen gehört, ein Interesse daran hat, dass dieser zweite Vertrag nicht auftaucht?«

»Du hast es erfasst!« Hannah drehte sich um und lobte ihren Kollegen mit einem ungewohnt herzlichen Lächeln. »Was bringt man uns auf der Polizeischule bei?«

»Dass ein Motiv die logische Verknüpfung zwischen Opfer und Täter darstellt«, erklärte Ole wie aus der Pistole geschossen. »Im Wesentlichen hätten wir da niedere Beweggründe: Rache, Gier, Eifersucht und im schlimmsten Fall ...«

»... Mordlust!«, komplettierte Hannah. »Das schlimmste von allen Motiven, weil genau in solchen Fällen keine Verbindung zwischen Opfer und Täter existiert. Da tötet jemand wahllos und das macht es besonders kompliziert.«

»Und wie siehst du das in diesem Fall?«

Hannah überlegte kurz. »Bin mir zwar noch nicht ganz sicher, aber ich glaube nicht, dass Doktor Rubin ein zufälliges Opfer geworden ist. Er hat mit seinem Wagen mitten auf dem Autozug gestanden – nicht ganz vorne.« Sie schaute in Richtung Haus. »Wäre ein seltsamer Zufall.«

Ole wollte gerade antworten, als ihn ein erstaunter Blick seiner Chefin davon abhielt. Dem folgte er und sah einen Jeep, der vor dem Eingangstor zum Anwesen angehalten hatte. Ein Mann stieg aus. Auf den ersten Blick eine Mischung aus Hippie, Gorilla und einer Spezies, die noch entdeckt und namentlich benannt werden wollte. Dieses bizarre Wesen stand vor dem Tor und wühlte in seinen sämtlichen Taschen.

»Können wir Ihnen helfen?«, erkundigte sich Hannah bereits im Laufen.

Ole hatte zu ihr aufgeschlossen. »Der Typ sieht seltsam aus. Und wenn du mich fragst, hat der heute Morgen keine Dusche gesehen.«

Kurz darauf waren die beiden vor dem Tor angekommen. Das sorgte auf der anderen Seite aber nicht etwa für eine Erklärung, sondern lediglich für genervtes Stöhnen. Ohne aufzusehen, setzte der Mann die Suchaktion in seinen Taschen fort. Offensichtlich erfolglos.

»Können Sie uns verstehen?«, fragte Hannah übertrieben artikuliert. Vorsorglich zog sie ihre Windjacke ein Stück beiseite, um für klare Machtverhältnisse zu sorgen. Schließlich war danach ihr Schulterholster zur Hälfte erkennbar. »Wir sind von der Polizei ... würden Sie sich bitte ausweisen und uns erklären, was Sie hier machen.«

»Ich wohne hier!« Endlich hob der Mann den Kopf und zeigte auf die Reetdach-Villa. »Was dagegen?«

Ole zückte sein Notizbuch und blätterte darin. »Dann

sind Sie vermutlich Rolf Pätzold und haben einen Bruder namens Matthias.«

»Danke, dass Sie mich an den Blödmann erinnern«, kam es von der anderen Seite unfreundlich zurück. Dort hatte der zweite Enkel den Klingelknopf gefunden.

»Ja?«, dröhnte es nach kurzem Warten aus dem Lautsprecher darüber. Die Stimme von Matthias Pätzold war deutlich zu erkennen.

»Rolf hier ... hab meinen Drücker vergessen. Mach auf!«

Der Tormechanismus summte und schon im nächsten Moment öffneten sich die beiden Flügel wie von Geisterhand.

Rolf Pätzold hätte die beiden Besucher auf der anderen Seite vermutlich einfach ignoriert.

Doch Hannah schaffte es, ihn mit einer Frage aufzuhalten, bevor er in seinen Jeep klettern konnte: »Wollen Sie gar nicht wissen, was die Polizei hier macht?«

»Lassen Sie mich raten: Geht's um den alten Rubin?« Der Mann wartete keine Antwort ab. »Geschieht dem alten Knacker ganz recht, wenn Sie mich fragen.«

»Woher wissen Sie denn, dass ...?« Ein Fingerzeig in Richtung Villa ließ Hannah verstummen.

Und auch die Erklärung ließ nicht lange auf sich warten: »Der Herr Muster-Enkel hat's meiner Oma erzählt und die mir.« Der zweite Enkel – offensichtlich die nicht ganz so mustergültige Version – gab sich keinerlei Mühe, ein Grinsen zu kaschieren. »Beim Bäcker heut Morgen haben die Leute auch schon drüber geredet. Wenn's um Klatsch und Tratsch geht, ist Sylt wie'n Dorf. Sie sind wohl nicht von hier, sonst ...«

»Danke für die Information!«, knurrte Hannah dazwischen. Jeden weiteren Kommentar verschluckte sie einfach und marschierte bereits auf ihren Dienstwagen zu. Natürlich hätte man den gewaltsamen Tod von Doktor Rubin auf Dauer nicht verheimlichen können, aber diese Offenbarung kam ihr doch etwas zu früh. Ferner musste sie sich eingestehen, dass die Verantwortung dafür bei ihr selbst lag.

Ole holte Hannah auf halbem Weg ein. »Wollen wir dem komischen Fritzen nicht mal ein bisschen näher auf den Zahn fühlen? Wenn du mich fragst, ist der nicht ganz koscher.«

Seine Chefin hielt an und wartete geduldig, bis Rolf Pätzold die beiden in rasantem Tempo mit seinem Jeep passiert hatte. »Und ob wir dem Fritzen auf den Zahn fühlen!«, zischte sie. »Aber das erledigen wir nicht hier, sondern vom Büro aus.«

»Hab nur ich das Gefühl oder riecht es hier nach Ärger?«, fragte Ole, als die beiden Polizisten kurz darauf das Gelände in ihrem Dienstwagen verließen.

»Hier riecht es nicht, hier stinkt's! Und im Falle von diesem Rolf Pätzold nicht nur nach Ärger …«

»Unsere nächste Station heißt Rantum«, vermeldete Ole als die beiden einige Zeit später den Flughafen von Sylt passierten.

»Darf ich auch erfahren, was wir da vorhaben? Falls du eine deiner Freundinnen besuchen willst, erledigst du das lieber nach Feierabend.«

Ole hob genervt zu einer Erklärung an: »Ich hab doch gestern die Kanzlei von diesem Rubin näher unter die Lupe genommen – zwangsweise.«

»Solche Sachen kann ich auch selbst erledigen«, polterte Hannah zurück. »Aber dann weiß ich nicht, was wir mit dir anfangen sollen – so viel Besteck gibt's in der Teeküche nicht.«

»Willst du wissen, was dabei rausgekommen ist?«, fragte Ole, der plötzlich ungewohnt zahm klang. Und weil er keine

Antwort bekam, fuhr er direkt fort: »Die neue Sekretärin von Doktor Rubin hat mir erklärt, dass der eigentlich nur noch alte Fälle abwickelt und Akten archiviert hat.«

»Was heißt denn ›neue Sekretärin‹?«, wollte Hannah wissen.

»Er hatte insgesamt drei davon: Die erste ist vor fünfzehn Jahren in Rente gegangen, die zweite letztes Jahr gestorben und mit der dritten hab ich gestern telefoniert.«

»Das wird mir langsam zu kompliziert«, beschwerte sich Hannah lachend. »Kannst du mir einfach nur verraten, wer in Rantum auf uns wartet?«

»Die Erste: Margarete Bruhn – aber die wartet nicht auf uns, weil ich sie nicht erreichen konnte. Wir fahren also auf gut Glück hin.« Ole blätterte in einer Akte, die auf seinen Oberschenkeln lag. »Und wenn überhaupt eine etwas über die Sylt-Geschäfte von damals weiß, dann ist das unsere Margarete.«

»Unsere Margarete«, wiederholte Hannah kopfschüttelnd. »Du hast sie doch nicht mehr alle!« Und ihr wäre sicherlich noch mehr eingefallen, doch ihr Handy hielt sie davon ab. Nach einem Wisch war das Gespräch über die Freisprecheinrichtung hergestellt. »Und ... um welche Farbe handelt es sich?«, fragte sie zur Begrüßung.

»Du wirst dich auch nie ändern, Krümel.« Am anderen Ende der Leitung erklang ein Lachen. »Immer noch der alte Terror-Zwerg.«

Während Ole auf dem Beifahrersitz ein Grinsen abschirmte, nahm Hannahs Gesicht eine gesunde Farbe an.

Stefan Eickhoff redete gleich weiter und sorgte damit für Entspannung auf allen Seiten. »Die Farbreste unter seinen Fingernägeln stammen von einer ganz normalen Wandfarbe, wie man sie im Innenbereich verwendet – was Hochwertiges. Mein Freund kann sicherlich auch den Hersteller herausfinden, aber ich kann mir nicht vorstellen ...«

»Du hast recht!«, fuhr Hannah dazwischen. »Das bringt uns nicht weiter.«

»Meine Studenten haben gestern seinen Mageninhalt näher unter die Lupe genommen. Die meisten Proben sind zwar noch nicht analysiert, aber ich kann schon mal sagen, dass Doktor Rubin an seinem Todestag ordentlich gefrühstückt hat, wie's sich gehört: Vollkornbrot, Käse und schätzungsweise Tee, auf jeden Fall keinen Kaffee.«

»Also wäre das die nächste Sackgasse«, resümierte Hannah mit leiser Stimme. »Ein Burger oder ein Schnitzel hätte uns vielleicht was über seinen Weg von Hamburg nach Niebüll verraten. Aber so …«

»Ich glaube auch nicht, dass uns die Proben weiterhelfen«, erwiderte Stefan Eickhoff. »Die Farbe ist erst mal der einzige Hinweis. Aber keine Angst: Wir machen weiter. Wo treibst du dich rum?«

Hannah schaute kurz zur Seite. Ole wischte auf seinem Handy herum. Zahlreiche Emojis ließen vermuten, dass es sich dabei nicht um dienstliche Aktivitäten handelte. »Wir sind schon wieder auf Sylt und gehen ein paar Spuren nach.«

»Vielversprechenden?«

»Das werden wir noch sehen. Erst mal vielen Dank für deine Mühe – ich ruf dich an.«

19

»Wann haben Sie Ihre Nachbarin denn zum letzten Mal gesehen?«, fragte Ole einen jungen Mann. Den hatte er, dem Aussehen nach, vormittags um elf aus dem Bett geklingelt. »Ist ziemlich wichtig, wir müssen unbedingt mit Frau Bruhn reden.«

Der junge Mann lehnte sich ein Stück nach vorne und konnte danach das Treppenhaus zum größten Teil überblicken. Seine Augen fanden die Tür von Margarete Bruhn, aber das sorgte augenscheinlich auch nicht für eine überraschende Offenbarung. Dementsprechend klang sein Kommentar: »Keine Ahnung – letzte Woche … oder am Montag?«

»Hier oben macht niemand auf!« Hannahs Stimme hallte durchs Treppenhaus. Sie und Ole hatten sich die Wohnungen in einem Mehrfamilienhaus mitten im Rantum geteilt. Aber offensichtlich war – abgesehen von einem Ahnungslosen, den es sichtlich zurück ins Bett zog – niemand zu Hause.

»Wie gut kennen Sie denn Frau Bruhn?«, wollte Ole wissen. Seine Chefin stapfte bereits die Treppenstufen hinunter. »Gibt es hier regelmäßigen Kontakt unter den Mietern?«

»Ich arbeite fünf Abende in der Woche als DJ«, erklärte der junge Mann mit genervtem Unterton. »Ganz ehrlich: Ich bin froh, wenn ich mal vernünftig auspennen und hier jedem aus dem Weg gehen kann.«

»Dann wissen Sie also auch nicht, ob Frau Bruhn vielleicht Urlaubspläne hatte oder ...?«

»Ich hätte bis eben noch nicht mal sagen können, dass die Alte Bruhn heißt. Reicht das als Erklärung?«

Hannah übernahm die Antwort: »Dann hoffe ich für Sie, dass Sie nie die Hilfe von einem Nachbarn brauchen. Ansonsten danke und – gute Nacht.«

Nachdem sich die Tür vor den beiden Polizisten geschlossen hatte, herrschte im halbdunklen Treppenhaus zunächst Ratlosigkeit.

Die fasste Ole in Worte: »Und was jetzt? Unsere Margarete reagiert weder auf Klingeln noch auf Klopfen. Kann mir nicht vorstellen, dass die so spät noch im Bett liegt. Es sei denn, sie arbeitet auch als DJ.«

»Du bist ein Blödmann«, flüsterte Hannah, als wäre es ein Kompliment. Danach überlegte sie kurz. »Hast du auf das Haus nebenan geachtet? Da werden gerade die Dachrinnen gereinigt?«

»Nö. Brauchst du Hilfe bei deinen?« Ole schüttelte energisch den Kopf. »Mit meiner brauchst du nicht zu rechnen, ich bin nicht schwindelfrei.«

»Wenn wir einen der Männer nett fragen, kommt der vielleicht mit seiner Leiter rüber und schaut durchs Fenster im ersten Stock.« Hannah tat einen schweren Atemzug. »Falls wir die Tür öffnen lassen und Frau Bruhn erklärt uns, dass sie nur ihre Hörgeräte vergessen hat, dann können wir uns hinterher was anhören.«

Ole zeigte mit Blicken die Treppenstufen hinunter. »Willst du oder soll ich?« Er wartete keine Antwort ab. »Das sind Kerle, die da an den Dachrinnen hängen – das Lächeln einer Frau hat schon manch ein Handwerkerherz erweicht.«

Hannah schaute ihn an und klimperte künstlich mit den Augen. »Reicht das?«

»Hoffentlich überleben die das«, erwiderte Ole mit gequälter Stimme. »Aber lassen wir es doch ruhig mal drauf ankommen.«

* * *

»Hat unser Supermann denn noch einen anderen Plan?«, fragte Rolf Pätzold mit hämischer Stimme. »Oder ist selbst der mit seinem Latein am Ende?«

Sein Bruder Matthias klang ganz anders, in erster Linie frustriert. »Du hörst dich so an, als würdest du dich freuen, wenn hier alles den Bach runter geht.«

»In erster Linie müssen wir zusammenhalten«, mischte sich Käthe Pätzold ein. »Streiten hilft niemandem und kostet höchstens Kraft.«

»Opa hat damals 'nen Fehler gemacht?«, erklärte Rolf. »Na und – Menschen machen eben Fehler.«

»Damit kennst du dich ja bestens aus«, sagte sein Bruder. Der verzog das Gesicht und rümpfte die Nase. »Dein erster heute Morgen war, am Badezimmer vorbeizulaufen.«

»Wir müssen den zweiten Vertrag finden«, flüsterte die Großmutter der beiden Streithähne. »Davon hängt alles ab …«

»Wieso eigentlich?«, wollte Rolf wissen.

»Weil wir ansonsten so gut wie alles verlieren!«, brüllte ihn sein Bruder an. »Und falls du es vergessen hast: Danach hast auch du kein Dach mehr über dem Kopf. Und das liegt daran, dass Oma ihr Haus bis unters Dach beleihen musste, um deine Schulden vom Pokern zu bezahlen.«

»Das sind doch Geschichten von gestern«, protestierte eine Großmutter verhältnismäßig energisch.

»Trotzdem, Oma!« Matthias Pätzold zeigte mit hochrotem Gesicht auf seinen Bruder. »Wenn alles weg ist, dann möchte ich mal sehen, wo er mit seinem bekloppten Grinsen und seiner Gelassenheit bleibt.«

»Er hat recht, Rolf«, flüsterte die gemeinsame Großmutter. »Die Probleme betreffen uns alle. Wir müssen an einem Strang ziehen und …«

»Lass gut sein, Oma«, unterbrach Matthias. Ein verächtlicher Blick traf seinen Bruder. »Ich glaube, er will es gar nicht verstehen.«

* * *

Nur eine Viertelstunde nachdem Hannah eine Etage tiefer durch die Eingangstür verschwunden war, stand das Ergebnis einer spontanen Wohnungsbesichtigung durch Fensterscheiben hindurch fest: »Da herrscht Chaos!«, erklärte sie atemlos, als sie neben Ole im ersten Stockwerk ankam. Der hatte Befehl, dort auszuharren, falls Margarete Bruhn doch plötzlich öffnete. Und weil er seine Chefin bisher noch nicht derart panisch erlebt hatte, stellte er die logische Frage: »Was heißt denn: Chaos?«

»Ich bin sogar selbst noch mal die Leiter raufgeklettert«, erklärte Hannah und gestikulierte dabei wild. »Von außen sieht es in der Wohnung aus, als wäre darin ’ne Bombe explodiert.«

»Ist von der Frau was zu sehen?«

»Natürlich nicht!«, kam es genervt zurück. »Meinst du etwa, dann würde ich hier noch so entspannt stehen?«

Ole schüttelte den Kopf und schaute auf dic Tür vor sich. Ein Exemplar, das nicht besonders stabil aussah. »Und was jetzt?«

»Ein Schlüsseldienst braucht bestimmt Stunden«, flüsterte Hannah und warf dabei einen Blick über die Schulter. Doch der DJ lag mit Sicherheit wieder in seinem Bett und träumte von den aktuellen Charts; würde ihnen also bei einer gewaltsamen Aktion nicht im Wege stehen.

Ole nahm erneut die Tür in Augenschein. »Chaotische Verhältnisse in der Wohnung, eine Frau, die tagelang niemand mehr gesehen hat ... falls es hinterher Ärger gibt, dann erklär ich gerne, dass ich ’nen Hilferuf gehört hab. Der kann ja auch von sonst woher kommen.« Sein Blick fand den von Hannah. »Soll ich ...?«

Die Antwort war lediglich ein Nicken.

Zwei kräftige Tritte später stand die Tür vor den beiden Ermittlern offen. Das Schließblech hatte sich komplett verabschiedet und lag auf dem Boden im Wohnungsflur.

Hannah stieß ihren Kollegen von der Seite an. Kurz zuvor hatte sie ein paar Utensilien aus ihren Jackentaschen gefischt. »Wir benutzen Überzieher«, flüsterte sie, als ginge es darum, unerwünschte Zuhörer auszuschließen.

Vor ihr verzog sich ein Gesicht zu einem Grinsen.

»Nicht das, was du denkst. Mach schon!«

Ole hatte seine Miene wieder unter Kontrolle, hob einen Fuß nach dem anderen hoch und zog sich die sogenannten ›Überzieher‹ über seine schwarzen Turnschuhe. Danach waren die Einmal-Handschuhe dran, die ihm seine Chefin entgegenhielt.

Und die lieferte auch eine Erklärung für die Vorsichtsmaßnahmen: »Ansonsten können wir hinterher auf die Spurensicherung ebenso gut verzichten.«

Ole tat wie befohlen. Danach wollte er bereits den ersten Schritt in den Wohnungsflur setzen, doch Hannah hielt ihn am Ärmel fest. »Haarnetz nicht vergessen!«

»Muss das sein? Damit sieht man immer selten dämlich aus und ...«

»Sehe ich aus, als würde ich darüber diskutieren wollen?«

Ole schaute sicherheitshalber zu seiner Chefin hinunter. »Nicht unbedingt.«

»Dann mach endlich, verdammt!«

20

»Hast du schon wieder ein neues Auto?« Wiebke Christiansen schaute kopfschüttelnd aus den riesigen Schaufenstern ihrer Boutique. Die befand sich in der Kurhausstraße in Kampen, keine dreihundert Meter vom Strand entfernt. Preislich mit das oberste Regal in puncto Sylt. »Was ist das überhaupt ... ein Ferrari?«

Dirk Christiansen reagierte gar nicht auf diese Frage, sondern kam mit einer eigenen daher: »Hast du's dir überlegt? Wenn die Sache tatsächlich vor Gericht geht, dann müssen wir geschlossen auftreten und beide unterschreiben.«

»Kannst du es nicht einfach gut sein lassen?«, erkundigte sich seine Schwester. Sie klang nach aufrichtigem Mitleid und wollte ihren Bruder umarmen, aber der entzog sich dieser herzlichen Geste.

»Matthias und Rolf haben es nicht besser verdient«, fauchte er zurück. »Den beiden Idioten muss endlich jemand zeigen, wo der Hammer hängt.«

»Als Kinder haben wir mit den beiden gespielt«, erwiderte Wiebke. »Und ich weiß zufällig, dass gerade Matthias und du jahrelang ...«

»Das hat nichts mit den Geschäften von heute zu tun!«

»Mein Gott – wir haben doch alle mehr als genug Geld.« Seine Schwester lachte kurz auf, hatte sich aber schnell wieder im Griff. Danach zeigte sie erneut auf den brandneuen

Sportwagen vor ihren Schaufenstern. »Manch einer weiß gar nicht mehr, wohin damit.«

Dirk Christiansen sah mittlerweile aus, als würde ihn diese Unterhaltung gehörig nerven. Dementsprechend klang seine Stimme. »Was ist denn jetzt? Bist du dabei, falls es hart auf hart kommt?«

»Was heißt das denn genau?«, erkundigte sich seine Schwester. »Ich setze mich nicht vor irgendeinen Richter und erzähle Märchengeschichten. Das kannst du vergessen!«

»Was heißt denn hier: Märchengeschichten? Wir müssen doch nur bei der Wahrheit bleiben.«

»Bei deiner Wahrheit!«, korrigierte ihn Wiebke Silbe für Silbe. »Wir wissen doch beide, wie viel wir alle den Pätzolds zu verdanken haben. Ohne die wäre niemals so viel zusammengekommen.«

»Vertrag ist Vertrag. Und so lange es keinen anderen gibt, fällt alles an uns: an dich und mich.«

»Vorausgesetzt, Opa ändert sein Testament nicht! Du hast mir doch selbst erklärt, dass auch jetzt noch alles ihm gehört und er ...«

»Wird er nicht!«, fuhr Dirk Christiansen dazwischen. »Außerdem: Opa ist bald Vergangenheit und wir sind ...«

»... die Zukunft, ich weiß!« Wiebke stöhnte genervt. »Das hast du mir schon hundert Mal erklärt, aber dadurch wird es nicht besser. Bei dir dreht sich immer alles nur um das schnellste Auto und den teuersten Anzug.« Sie schlug sich mit der flachen Hand ein paar Mal gegen die Brust. Zwei lange Ketten, die über ihrer Bluse hingen, gerieten dabei in Bewegung. »Es gibt auch Menschen mit Herz, die nicht nur von Pferdestärken und neidischen Blicken leben.«

Ihr Bruder nickte zwar, schöpfte aber hörbar sämtlichen Mut und Energie, um die alles entscheidende Frage ein weiteres Mal zu stellen: »Bist du dabei – ja oder nein?«

»Ja!«, fauchte ihm seine Schwester nach kurzem Überlegen entgegen. »Aber wenn ich erfahre, dass du was mit Rubins Tod zu tun hast, dann …«

»Hab ich nicht, Ehrenwort!«

»Das will ich für dich hoffen.«

* * *

»Mein Gott«, stammelte Ole. »Da hat sich aber jemand Mühe gegeben.« Er zeigte in die Runde. Allein das Wohnzimmer von Margarete Bruhn war ein einziges Chaos. Jede Schublade war herausgerissen, Schränke standen offen, deren Inhalt lag auf dem Teppichboden verstreut.

»Sieht aus, als hätte dein Jemand was gesucht«, fügte Hannah hinzu. Sie lächelte, was selten vorkam. »Und ich kann mir schon vorstellen, was.«

Ole nickte und fasste die logische Vermutung seiner Chefin in Worte: »Nach einem Vertrag, der zumindest für die Familie Pätzold von einiger Bedeutung ist.«

»Nicht nur für die!«, fügte Hannah hinzu. Sie zeigte zum Wohnzimmerfenster. Nur einen Steinwurf entfernt lag der Hafen von Rantum. »Schöne Aussicht. Fragt sich nur, wo Frau Bruhn geblieben ist.«

»Und ich frage mich, ob sie noch schnell was gebügelt hat.« Ole deutete mit Blicken auf ein Bügeleisen, das auf dem kleinen Tisch vor dem Wohnzimmerfenster stand. »Komisch, oder?«

Hannah zog sich nacheinander die Gummihandschuhe ein Stück höher und fasste das Corpus Delicti am Griff, um dessen Fläche näher zu begutachten. »Für mich sieht das an den Rändern wie getrocknetes Blut aus … was meinst du?« Sie hielt ihrem Kollegen das Teil entgegen. »Blut und Hautfetzen, oder nicht?«

»Da geht bei mir gleich das Kopfkino an«, beschwerte sich Ole mit erstickter Stimme. »Aber solche Filme gucke ich grundsätzlich nicht.« Er zögerte kurz. »Hast du schon 'ne Idee, wie wir weiter vorgehen?«

»Du rufst unsere Kollegen in Westerland an und sagst denen, dass wir eine Frau vermissen.« Hannah zeigte auf ein Foto, das an der Wand hing. »Schätze mal, das ist die liebe Margarete. Aber zur Sicherheit holst du dir auch noch das aktuelle Bild aus dem Melderegister.«

»Und was machst du?«

»Ich setze mich mit der Spurensicherung in Verbindung. Die sollen hier jeden Zentimeter genau unter die Lupe nehmen. Außerdem brauchen wir 'ne Streifenwagenbesatzung …«

»Wofür?«

»Glaubst du etwa, ich will hier warten, bis unsere Kollegen anfangen? Wir haben Besseres zu tun.«

»Und das wäre?«

Hannah überlegte kurz. »Wir teilen uns auf …« Sie zog ihr Notizbuch aus der Tasche, blätterte darin und riss eine halbe Seite heraus, um sie an ihren Kollegen weiterzureichen. »… ich übernehme diesen Dirk Christiansen und du seine Schwester Wiebke.«

Ole starrte mit offenem Mund auf den Zettel in seiner Hand. »Wann hast du das denn herausgefunden? Die Namen hat uns der liebe Enkel doch vorhin erst gegeben.«

»Ich kann nicht nur mit den Augen klimpern, sondern auch telefonieren«, gab Hannah schnippisch zurück. »Und wenn man weiß, wen man anrufen muss, dauert alles nur ein paar Minuten. Merk dir das lieber!«

Ole wedelte mit dem Zettel in seiner Hand. »Und die liebe Wiebke soll ich wahrscheinlich übernehmen, weil …«

»… du sie vielleicht mit deinem unwiderstehlichen Lächeln bezirzen kannst«, vollendete Hannah grinsend. »Du hast mir doch selbst erklärt, dass sowas Wunder wirken kann.«

»Bei dir muss man immer auf der Hut sein, was man sagt«, beschwerte sich Ole.

»Sehr gut festgestellt, Kollege!«

* * *

»Nur auf den Holzplanken laufen!«, wiederholte Björn zum vermutlich hundertsten Mal. An diesem Vormittag hatte er zwei neue Praktikanten vom Inselschutz im Schlepptau. Mit denen war er vom Parkplatz am Weststrand zu Fuß aufgebrochen, um in den von Heidekraut bewachsenen Dünen links und rechts vom Wegesrand nach eventuellen Unregelmäßigkeiten Ausschau zu halten. Ferner war man auf der Suche nach einem besonderen Feriengast, der hier nur im Hochsommer anzutreffen war: dem Regenbrachvogel. »Wir verlassen den Weg nur, falls einer unserer Gäste auftaucht. Ansonsten sind die Dünen absolut tabu!«

»Wieso eigentlich?«, brüllte einer der Praktikanten gegen den Wind an. Auch wenn es August war, zeigte sich Sylt an diesem Tag von seiner rauen Seite, mit der man hier jederzeit rechnen musste. Bei Temperaturen von aktuell höchstens vierzehn Grad kroch einem manche Sturmbö bis in die letzte Falte der Unterwäsche.

Björn blieb stehen und drehte sich zu seinen beiden Anhängseln um. Er holte weit mit den Armen aus, als wollte er die ganze Insel umarmen. »Sylt schrumpft von Jahr zu Jahr. Da können wir noch so viel Sand aufschütten, Buhnen errichten oder Tetrapoden aufstellen ... irgendwann ist von all dem hier nichts mehr übrig.«

»So ein Schwarzmaler«, flüsterte der eine Praktikant dem anderen zu.

Doch die Erklärung ging noch weiter: »Jede größere Sturmflut könnte dieses Paradies glatt in zwei Teile zertrennen. Wusstet ihr das?«

Gemeinsames Kopfschütteln. »Und was hat das mit den Dünen zu tun?«, wollte einer der Praktikanten wissen.

Björn stand ein Stück über den beiden und schaute mitleidvoll zu ihnen hinunter. »Ganz einfach: Wenn hier einer rummarschiert oder zehn, dann passiert wahrscheinlich nichts. Aber wenn man die Dünen für Spaziergänger freigibt, dann ist in zwei oder drei Jahren nichts mehr vom Heidekraut übrig. Ist doch logisch!«

Die beiden Praktikanten nickten im Duett und zeigten den Weg aus Holzplanken empor. Vermutlich zog es sie weiter nach oben, weil jede einzelne Bö die Gischt der Nordseewellen vor sich hertrieb, die bei solchen Temperaturen für unerwünschte Erfrischungen sorgten.

Beim Weiterlaufen musste Björn schreien, um gegen die Urgewalten aus Sturm und Brandung anzukommen. »Wir biegen jetzt nach links ab und verlassen ausnahmsweise den Weg. Hinter der nächsten Kuppe wachsen Krähenbeeren – wo die wachsen, sind unsere gefiederten Sommergäste nicht weit. Schön vorsichtig einen Schritt vor den anderen setzen und falls einer von euch was sieht, sofort Bescheid sagen!«

»Ich weiß gar nicht, wonach wir suchen«, beschwerte sich einer der Praktikanten kurz darauf brüllend beim anderen. Doch er konnte nicht fortfahren, weil sein Kompagnon auf eine Stelle mitten in den Dünen zeigte, dreißig, vielleicht vierzig Meter entfernt.

Die beiden blieben stehen und schauten gemeinsam in eine Richtung.

Björn, der von diesem Zwischenstopp nichts mitbekommen hatte, stand schon ein gutes Stück über seinen Schützlingen, als er bemerkte, dass ihm die beinahe abhandengekommen wären. »Was ist denn?«, brüllte er und gestikulierte. Danach zeigte er nach oben. »Wenn wir über den Kamm rüber sind, lässt der Wind dahinter nach.«

Die Praktikanten ließen sich von diesem verlockenden Angebot nicht beirren, sondern zeigten ihrerseits auf einen Punkt mitten in den Dünen, der vom Weg aus niemals sichtbar gewesen wäre. Dort lag etwas Helles. Bei genauerem Hinsehen war auch zu erkennen, dass sich jemand seinen Weg dorthin quer durchs Heidekraut gebahnt hatte. Laut Björn eine Todsünde, die allem Anschein nach noch nicht lange zurücklag.

Der stapfte den beiden Praktikanten bereits entgegen und blieb mit genervtem Gesicht vor ihnen stehen. »Was ist denn?«, brüllte er gegen eine neue Bö an.

»Da hinten liegt was«, erklärten die zwei wie aus einem Mund und erneuten ihren Fingerzeig. »Aber bestimmt kein Vogel«, fügte einer hinzu.

Björn zog sich die Brille von der Nase und ließ sie in der Außentasche seiner Windjacke verschwinden. Er langte mit beiden Händen zum Fernglas, das um seinen Hals hing und schaute hindurch. Um die Sicht scharf zu stellen, drehte er eine Weile am dafür vorgesehenen Rad. Als das passiert war, passte sein Kommentar so gar nicht zu seiner ansonsten schulmeisterhaften Art: »Scheiße!«

21

»Dann wissen Sie also bereits davon, dass es sich bei dem Toten auf dem Autoreisezug um Doktor Rubin handelt?« Ole stand im Hinterzimmer der Boutique in Kampen. Dies nutzte man offensichtlich nicht nur als Büro, sondern auch als Umkleideraum, wenn weiter vorne kleinere Modeschauen stattfanden. Überall standen Kleiderständer herum, zwei Schminktische sahen hoffnungslos überladen aus. »Würden Sie mir bitte verraten, woher?«

Wiebke Christiansen zuckte mit den Schultern. Sie saß hinter ihrem Schreibtisch und schob eines der typischen Hochglanzmagazine von sich, mit dem sie wohl bis eben beschäftigt gewesen war. »Wahrscheinlich von einer Kundin«, sagte sie und klang dabei nachdenklich. »Kann auch sein, dass einer unserer Lieferanten zuerst davon erzählt hat.« Sie schaute auf, hinter einem professionellen Lächeln verbarg sich kühle Distanz. »Wieso ist das denn so wichtig?«

Ole demonstrierte unverändert Gelassenheit. Gleich nachdem ihn eine der Verkäuferinnen der Boutique ins Hinterzimmer eskortiert hatte, wurde ihm klar, dass er mit Charme oder seinem vielgerühmten Lächeln hier kaum etwas ausrichten konnte. In solchen Momenten tat man gut daran, den routinierten Polizisten raushängen zu lassen.

»Ich bin noch verabredet«, erklärte Wiebke Christiansen nach einem Blick auf ihre Armbanduhr. Ein edles Teil, für dessen Gegenwert es anderenorts einen Kleinwagen zu kaufen gibt. »Glauben Sie, wir können das hier abkürzen?«

»Sind Sie sich bewusst, welche Rolle Doktor Rubin all die Jahre gespielt hat?«

»Er hat meinen Großvater in notariellen Dingen betreut – meine Eltern auch. Mehr weiß ich nicht.«

Ole stand noch immer vor dem Schreibtisch und ließ sich jetzt unaufgefordert auf einem Stuhl nieder. Das sorgte auf der anderen Seite zumindest für Erstaunen. »Es heißt, die Geschäfte von damals seien nicht mit – nennen wir es mal – hundertprozentig legalen Mitteln abgelaufen. Wissen Sie darüber etwas?«

Wiebke Christiansen kämpfte sichtlich mit einem Grinsen. »Ich werde nächste Woche dreißig. Seinerzeit war ich noch nicht mal geplant. Beantwortet das Ihre Frage?«

Ole nickte und kritzelte in seinem Notizbuch. Er holte zur vorerst letzten Frage aus. »Wissen Sie etwas von Verträgen zwischen Ihrem Großvater und seinem Kompagnon, Adolf Pätzold?«

Dieses Mal verlor die Inhaberin der Boutique den Kampf gegen ein Grinsen. »Wer nennt eigentlich sein Kind Adolf?« Zum ersten Mal erklang ein ernst gemeintes Lachen. »Da wäre wohl jeder andere Name besser gewesen. Was meinen Sie?«

Ole nickte erneut und fiel in das Lachen mit ein. Kurz darauf verfinsterte sich seine Miene jedoch. »Ich weiß, dass es früher sogar Geld dafür gegeben hat ... vor Kriegsende. Abgesehen davon: Wir haben heute mit der Familie Pätzold gesprochen. Da war die Rede von Streit und Verträgen, von denen mindestens einer verschwunden ist. Wissen Sie etwas darüber?«

Wiebke Christiansen wich seinem Blick aus. Plötzlich war das Hochglanzmagazin wieder um einiges interessanter.

»Wenn es um solche Dinge geht, müssen Sie mit meinem Bruder reden. Ich kümmere mich nicht um die Immobilien, sondern ausschließlich um mein Geschäft hier. Ich gebe Ihnen gerne seine Nummer, damit Sie ihn …«

»Die haben wir, danke!« Ole erhob sich von seinem Stuhl, fischte eine seiner Visitenkarten aus der Tasche und schob die langsam über den Schreibtisch. »Falls Sie es sich anders überlegen, rufen Sie mich gerne an.«

Wiebke Christiansen schaute empört auf. »Wieso sollte ich mir irgendwas anders überlegen? Wollen Sie damit andeuten, dass ich …?«

»Ich will gar nichts andeuten! Aber es ist doch seltsam, dass Doktor Rubin ausgerechnet auf einer Reise nach Sylt erschossen wird. Oder etwa nicht?«

»Was ist daran denn seltsam?«

Oles Hinterteil war schon wieder auf dem Weg in Richtung Stuhl, doch dessen Inhaber besann sich eines Besseren und machte sich gerade. »Doktor Rubin sollte hier für klare Verhältnisse sorgen. Was die Verträge betrifft – angeblich gibt es einen, der zum Nachteil Ihrer Familie wäre. Sieht so aus, als ginge es dabei um Millionen …«

»Davon weiß ich nichts«, kam es knapp zurück.

»Und mir bleibt wohl nichts anderes übrig, als Ihnen zu glauben.« Ole zeigte auf seine Visitenkarte, die mittlerweile von perfekt lackierten Fingernägeln bearbeitet wurde. »Falls sich an Ihrer Meinung doch was ändert, wissen Sie ja, wie Sie mich erreichen können.«

* * *

Hannah hatte Glück. Dirk Christiansen war gerade im Begriff, das Büro seiner Immobilienverwaltung mitten in Westerland zu verlassen, als sie ihn dort vor dem Empfang antraf. Hinter dem auf Hochglanz polierten Kundentresen saßen zwei junge Frauen, an denen jedenfalls Ole seine helle Freude gehabt hätte.

»Was will denn die Polizei von mir?«, erkundigte sich Dirk Christiansen lachend, nachdem sich Hannah brav vorgestellt und ihren Dienstausweis gezückt hatte. Ein Blick traf seine beiden Mitarbeiterinnen. »Hab ich etwa was verbrochen?«

»Können wir das auch in Ihrem Büro besprechen?«, fragte Hannah. Auch sie hatte kurzen Blickkontakt mit den zwei Schönheiten, brachte jedoch nicht mehr als ein gequältes Lächeln zustande. »Glauben Sie mir: Das ist auch in Ihrem Sinne.«

»Was gibt's denn so Wichtiges?«, wollte Dirk Christiansen wissen, nachdem man sich auf eine lederne Sitzgruppe in seinem Büro zurückgezogen hatte. Die Aussicht war phänomenal und umfasste beinahe den gesamten Nordseestrand vor Westerland. »Lassen Sie mich raten: Kommen Sie im Auftrag meines früheren Partners, weil der sein Büro hier räumen musste und seitdem auf bockig macht?«

Hannahs Gesicht verzog sich. »Wollen wir nicht lieber auf das Versteckspiel verzichten?«

Zwei Augenbrauen wanderten nach oben. Doch die erstaunte Fassade hielt nicht lange. »Geht es um Doktor Rubin? Mittlerweile spricht ganz Sylt darüber, dass er auf dem Autozug …«

Hannah sorgte mit einem Nicken für eine Unterbrechung und Gewissheit. »Ich will nicht lange um den heißen Brei herumreden – nach allem, was ich gehört habe, kommt sein Tod in aller erster Linie Ihnen und Ihrer Familie zugute. Ist das so?«

»Und deshalb meinen Sie, dass ich jemanden umbringe und damit alles hier gefährde?« Dirk Christiansen schaute sich in seinem gigantischen Büro um. »Ich hab alles, was ich brauche – mehr als das«, fügte er mit gütigem Lächeln hinzu. »Warum sollte ich da …?«

»Davon haben sich schon ganz andere vor Ihnen nicht von Dummheiten abhalten lassen«, hielt Hannah gegen. »Außerdem habe ich nicht behauptet, dass Sie es mit eigenen Händen erledigt haben.«

Das Lächeln vor ihr war abrupt verschwunden. Christiansen wischte bereits auf seinem Handy herum. »Ich glaube, es ist besser, wenn ich meinen Anwalt hinzurufe. Ihr Ton gefällt mir nicht und ich muss mir das wohl kaum freiwillig antun. Oder wollen Sie mich etwa verhaften?«

Hannah schüttelte den Kopf. Plötzlich klang ihre Stimme ganz anders. »Wir stehen mit unseren Ermittlungen ganz am Anfang. Wenn Sie es nicht gewesen sind, können Sie sich vorstellen, wer ansonsten infrage käme?«

Christiansen warf sein Handy vor sich auf den Tisch und rieb sich nachdenklich das Kinn. »Der liebe Doktor Rubin hatte hier auf Sylt nicht nur Freunde. Vielleicht sollten Sie mal in seinen alten Akten graben. Ich wette, da finden Sie ein paar Leute, die Grund genug hätten, um …«

»In seiner Kanzlei haben wir nur die Akten der letzten zehn Jahre gefunden«, unterbrach Hannah. »Alles, was davor passiert ist, hat sich in Luft aufgelöst.«

»Das ist natürlich ärgerlich«, erklärte Christiansen mit versöhnlicher Stimme. Er hatte schon wieder sein Handy in der Hand. »Wenn dann nichts mehr wäre … ich bin verabredet.«

»Ich habe noch nicht genau verstanden, was es mit dieser Teilung zwischen Ihrem Großvater und Adolf Pätzold auf sich hat. Können Sie mir das erklären – möglichst auf verständliche Weise?«

Dirk Christiansen war anzusehen, dass er sich gebauchpinselt fühlte. Er hob mit der Stimme des großen Geschäftsmannes an: »Am besten stellen Sie sich zwei Bauern vor …«

»Das kann ich!«, erwiderte Hannah mit der Stimme einer Musterschülerin und sorgte damit gleich für eine Fortsetzung:

»Der eine hat Geld, und der andere weiß, wo man Kühe kaufen kann und wie man mit ihnen umgeht.«

»Sie reden von Arbeitsteilung«, übersetzte Hannah. »Deshalb hat man sich auf einen Vertrag geeinigt, um ...«

»... die Milch gerecht zu verteilen«, vervollständigte Dirk Christiansen. »In unserem Fall die Mieten und sonstige Einnahmen.«

»Warum nur fünfzig Jahre lang?«, wollte Hannah wissen.

»Weil der, der die Kühe bezahlt hat, sie eben irgendwann zurückhaben will. Das wäre wohl auch unter Bauern normal. Oder etwa nicht?«

»Und der zweite Vertrag?«

»Ich weiß nichts von einem zweiten«, kam es eiskalt und gelassen zurück. »Hat Ihnen Matthias diesen Blödsinn erzählt? Sie sollten nicht alles glauben, was Sie hören.«

Hannah gab keine Antwort und mimte weiterhin die Schüchterne. Schließlich hatte sie es in ihrer Rolle als Amazone mit Dienstmarke zuvor nicht weit gebracht. »Erlauben Sie mir eine letzte Frage?«

Sie erhielt ein zögerliches Nicken als Antwort.

»Doktor Rubin wurde letzten Freitag gegen Mittag erschossen. Verraten Sie mir, wo Sie ...?«

Dirk Christiansen hatte die Hand gehoben und damit für Ruhe gesorgt. Er wischte erneut auf seinem Handy herum und lächelte irgendwann zufrieden. »Da war ich hier im Büro. Um zehn fing 'ne Baubesprechung an – die hat bis frühen Nachmittag gedauert.«

»Und danach ...?«

»... war ich mit Freunden essen. Wollen Sie die Namen haben?«

Anstelle einer Antwort schob Hannah ihre Visitenkarte quer über den polierten Glastisch, was darauf sichtbare Spuren hinterließ. Sie stemmte sich aus den weichen Lederpolstern empor, schüttelte eine sorgsam manikürte Hand, die ihr entgegenfuhr und verabschiedete sich mit einer Bitte: »Wenn es Ihnen keine allzu großen Umstände macht, benötige ich eine Kopie von Ihrem Terminkalender, mit allen Namen darauf – am besten per Mail.« Sie hatte die Bürotür beinahe erreicht, als sie sich doch noch mal umdrehte. »Wo finde ich eigentlich Ihren Großvater?«

Dirk Christiansen schaute sie erstaunt an. »Was erhoffen Sie sich denn von dem? Wissen Sie, wie es gesundheitlich um ihn steht?«

»Bis jetzt nicht. Aber wenn Sie nichts dagegen haben, würde ich mir gerne selbst ein Bild davon machen.«

»Machen Sie!« Christiansen winkte ab und zeigte durch die Wand in Richtung Empfang. »Und lassen Sie sich von einem der beiden Mädchen da vorne die Adresse vom Pflegeheim geben. Falls mein Großvater heute einen guten Tag hat, dürfen Sie ihn auch gerne von mir grüßen.«

22

»Ich stehe hier vor der Boutique. Wo bist du?«, erkundigte sich Hannah mit grenzwertiger Stimme.

Ole klang entsprechend und keineswegs nach Rückzug: »Entschuldige bitte, dass ich nach über einer Stunde Warterei zum Strand runter bin. Außerdem musste ich was essen. Ich hab seit heute Morgen nichts zwischen die Kiemen bekommen und es ist gleich drei.«

»Hau die Hacken in den Teer, es gibt Arbeit!«

Fünf Minuten später erreichte Ole atemlos den BMW seiner Chefin. Der hatte bereits Sylt-Tarnung angelegt. Wind und Salz sorgen häufig innerhalb eines halben Tages dafür, dass ansonsten schwarzer Lack einen deutlichen Grauschimmer annimmt. »Was gibt's denn so Wichtiges?«, fragte er, kaum dass er auf dem Beifahrersitz saß.

»Zwei Teams der Spurensicherung sind mit 'nem Hubschrauber vom LKA auf dem Weg hierher. Die müssten jeden Moment in Kiel-Holtenau starten.«

»Donnerwetter! Du musst aber über Beziehungen verfügen. Wenn ich …«

»Das spielt doch jetzt überhaupt keine Rolle! Wir müssen mit unserem Fall vorankommen.«

»Hab ich was versäumt?«, fragte Ole in gewohnt unbekümmerter Art. »Warum ist denn plötzlich alles so eilig?«

»Weil wir 'ne weitere Leiche haben«, erklärte seine Chefin mit vielsagender Miene. »Oben am Weststrand, mitten in den Dünen.«

»Glaubst du, das ist …?«

»Clausen von der Kripo hier aus Westerland ist schon vor Ort«, unterbrach Hannah. »Er hat alles absperren lassen und meint, dass es sich um ’ne alte Frau handelt.«

»Unsere Margarete?«, fragte Ole mit gequälter Stimme.

Hannah startete den Motor und zog am Wählhebel der Automatik. Der BMW rollte bereits, als sie eine Antwort lieferte: »Wenn das der Fall ist, dann steht endgültig fest, dass der liebe Doktor Rubin kein Zufallsopfer war.«

»Hast du daran etwa noch geglaubt?«

»Bevor es keine stichhaltigen Beweise gibt, glaube ich grundsätzlich an alles.« Hannah warf einen Blick zur Seite. »Solltest du dir – wenn du irgendwann ein guter Ermittler werden willst – zu Herzen nehmen. Ansonsten …«

Ole fuhr dazwischen: »Clausen hat mir am Freitag geholfen, als hier das Theater mit dem Autozug losging. Ist ein Guter.«

Hannah schaute erneut zur Seite und nickte. »Stimmt! Und wir werden auf Dauer auch nicht ohne seine Hilfe auskommen, fürchte ich.«

»Weil wir einen brauchen …?«

»… der sich auf Sylt richtig gut auskennt. Du sagst es!«

»Was ist eigentlich bei deinem Gespräch mit diesem Christiansen rausgekommen?«, fragte Ole, nachdem seine Chefin in Richtung List abgebogen war.

»Der Typ ist aalglatt«, erklärte Hannah. »Noch weiß ich nichts mit ihm anzufangen.«

»Also traust du ihm auch einen Mord zu?«

»So wie’s aussieht, hat er ein Alibi. Aber das muss ja nichts bedeuten und will noch überprüft werden – ich weiß schon, von wem«, fügte sie mit einem weiteren Seitenblick hinzu.

»Mit der Schwester hatte ich auch nicht viel mehr Glück«, erklärte Ole frustriert. »Bei der bin ich mir allerdings ziemlich sicher, dass sie andere Sorgen hat, als für ein paar Euro mehr oder weniger die Ellbogen auszufahren. Und bevor du fragst: Die ist gegen jedes Lächeln resistent.«

»Dann bleibt uns für einen ernsthaften Hinweis im Moment nur noch der alte Christiansen übrig«, stellte Hannah nach kurzem Überlegen fest. »Der lebt in einem Pflegeheim, die Adresse hab ich mir geben lassen.«

Ole warf einen Blick auf seine Armbanduhr. »Wenn wir dem nachher kein Gute-Nacht-Lied singen wollen, müssen wir ihn auf morgen verschieben. Schätze, die Sache am Weststrand kann dauern.«

»Und ich glaube auch nicht, dass uns Hubert Christiansen davonlaufen wird.«

»Wenn du dich da mal nicht täuschst«, protestierte Ole mit erhobenem Zeigefinger. »Ich kenne ein paar Rentner hier auf Sylt, die laufen noch Halbmarathon und sind ansonsten ...«

»Ich hab auf dem Weg nach Kampen im Pflegeheim angerufen«, unterbrach Hannah. »Der Mann ist Anfang achtzig, hat Lungenkrebs und wartet wohl nur noch auf sein letztes Stündlein.«

»Dann wird das mit dem Halbmarathon wohl nix mehr.«

Eine Viertelstunde später lenkte Hannah ihren BMW auf den Parkplatz am Weststrand. Dort wartete ein Streifenwagen. Aufgrund der Wetterverhältnisse stiegen die beiden Uniformierten erst aus, als sich ihre Kollegen näherten.

»Frau Lambert?«, erkundigte sich der erste, ein in die Jahre gekommener Hauptmeister, schon aus einiger Entfernung. Eventuelle Schaulustige hätte man mit Sicherheit davongejagt.

»Und der Kollege Friedrichsen!« Hannah zeigte auf Ole, der neben ihr hertrottete. »Wo ist sie?«

Der zweite Uniformierte hatte die Frage sofort verstanden und deutete auf einen Weg, der mitten in die Dünen führte. »Fünf Minuten Fußmarsch, könnt ihr gar nicht verfehlen.«

»Schietwetter heute«, beschwerte sich Ole bereits nach ein paar Metern. »Und das im August, wie soll's denn erst im Herbst werden?«

Hannah zeigte nach vorne. »Da oben ist es.«

»Bin gespannt, was uns dieses Mal erwartet.« Ole zog den Reißverschluss seiner Windjacke bis zum Anschlag hoch und probte ein gequältes Grinsen. »Gibt es für solche Einsätze eigentlich Erschwerniszulage?«

Hannah verzichtete auf eine Antwort. Schließlich hatten die Ermittler ihre Kollegen von der Kripo aus Westerland erreicht. Die standen mitten im Wind und zitterten offensichtlich um die Wette.

»Ist schon ein paar Jahre her«, stellte Clausen mit entsprechender Stimme fest, als er Hannah lächelnd die Hand schüttelte. »Schön, dich zu sehen – warst lange weg.«

»Wir beide kennen uns schon vom Telefon«, erklärte Ole, als er kurz darauf begrüßt wurde.

»Ich glaube nicht, dass die Kollegen von der Spurensicherung besonders viel finden werden«, bölkte Clausen gegen Wind und Wetter an. Er zeigte zum Fundort der Leiche hinüber, der vom Weg aus nicht zu erkennen war. »Wenn ihr euch die Sache aus der Nähe ansehen wollt, müsst ihr die Spur rechts benutzen. Auf der linken war schätzungsweise derjenige unterwegs, der hier 'ne Leiche loswerden wollte. Über die Kuppel rüber, dahinter in 'ner Senke liegt sie.«

»Ist das Betreten der Dünen nicht eigentlich verboten«, erkundigte sich Ole beinahe schreiend.

Die erste Antwort war ein Nicken, aber es folgte auch eine Erklärung: »Den Fund haben wir ein paar Vogel-Freaks zu verdanken. Ansonsten hätten Krähen und Möwen häppchenweise für ein Begräbnis gesorgt – höchstens ein paar Tage, länger dauert das hier nicht.« Clausen hatte offensichtlich genug von der Schreierei und zeigte demonstrativ ein weiteres Mal den Pfad entlang, der durch das Heidekraut bis zum Fundort der Leiche führte.

Hannah bedankte sich nickend und stapfte bereits vorweg. Ole folgte ihr auf Armlänge.

»Hier ist wenigstens ein bisschen weniger Wind«, stellte er erleichtert fest, als er mit seiner Chefin die Senke erreichte. Vor den beiden, mitten im dunklen Heidekraut, lag der Leichnam. Farblich mit einem weißen Laken vergleichbar, das sich auf der Wäschespinne selbstständig gemacht hatte und auf dem Rasen gelandet war.

Ole hatte sich hingekniet und lieferte die unvermeidbare Erklärung: »Das ist Margarete Bruhn!« Er zeigte zuerst auf das leblose Gesicht der alten Frau, das zumindest Ähnlichkeit mit den Fotos im Wohnzimmer aufwies. Sein Blick wanderte den nackten fürchterlich entstellten Körper entlang. »Zahlreiche Verbrennungen an Unterarmen und Beinen«, fuhr er mit erstickter Stimme fort. »Was das Bügeleisen betrifft, hattest du auch recht.«

Hannahs Gesicht machte klar, dass sie lieber nicht recht gehabt hätte. Sie kniete sich ebenfalls neben den Leichnam. Der Wind hatte selbst in der Senke zugenommen, deshalb musste sie brüllen: »Sie wurde hier garantiert nur abgelegt. Ruf einen Leichenwagen, ich will, dass sie mit dem Hubschrauber direkt nach Kiel zurückfliegt.«

»Und die Spurensicherung?«, brüllte Ole zurück, während er ein weiteres Mal mit Blicken auf den Leichnam zeigte. »Glaubst du nicht, die wollen den Fundort in seinem ursprünglichen Zustand sehen – wenigstens kurz?«

»Was die wollen, ist mir völlig egal! Sorg dafür, dass sie so schnell wie möglich abgeholt und nach Kiel geflogen wird!«

23

»Kannst du den Motor anmachen, damit die Heizung läuft?« Zweieinhalb Stunden später zitterte Ole auf dem Beifahrersitz mit sich selbst um die Wette. Seine Chefin hatte darauf bestanden, vor Ort zu bleiben, bis die Spurensicherung eingetroffen und der Leichnam von Margarete Bruhn auf dem Weg zum Flughafen war. Von dort aus würde die alte Frau ihren vermeintlich ersten Hubschrauberflug unternehmen – von dem jedoch nichts mehr mitbekommen.

Hannah startete wunschgemäß den Motor und drehte die Heizung auf volle Leistung. Sie schaute auf die Uhr im Armaturenbrett und schüttelte nachdenklich den Kopf. »Gleich sechs ... hatte gehofft, wir würden heute mehr erreichen.«

Neben ihr musste sich Ole ein Lachen verkneifen. »Immerhin wissen wir jetzt mit – ich würde sagen – hundertprozentiger Sicherheit, dass der liebe Doktor Rubin einem kaltblütigen Mord zum Opfer gefallen ist. Das war kein verrückter Waffennarr, sondern einer, der genau wusste, wen er vor die Flinte bekommen wollte.«

»Flinte ist gut! Um jemanden aus der Entfernung auf einem Autozug zu erschießen, braucht man ein Scharfschützen-Gewehr. Ein Schuss, ein Treffer. Das war ein Vollprofi!«

»Und wer kommt deiner Meinung nach dafür infrage?«

Seine Chefin kniff die Augen zusammen. »Bis jetzt nur zwei – direkt oder indirekt. Da wäre der ...«

»Warte, lass mich!«, fuhr Ole dazwischen. »Der komische Bruder, dieser Rolf Pätzold und der Immobilien-Heini, den ich verpasst hab. Richtig geraten?«

Hannah nickte. »Von diesem Matthias Pätzold haben wir die meisten Hinweise bekommen und der wirkt aufrichtig verzweifelt. Seine Oma lasse ich mal völlig außen vor und wenn du recht hast, dann können wir auch die Schwester von diesem ...«, sie schaute grinsend zur Seite, »... Immobilien-Heini vergessen.«

Oles Finger fanden den Knopf für die Heizung und regelten die ein Stück runter. Auch die Lüftung wurde leiser, als wollte die das verhängnisvolle Fazit nicht stören: »Somit hätten wir zwar bei zweien ein mögliches Mordmotiv, aber noch lange keinen Beweis für deren Beteiligung. Für mich sieht das wie 'ne doppelte Sackgasse aus.«

»Wir haben doch gerade erst angefangen«, protestierte Hannah. »Ich hatte schon Fälle, bei denen es weit schlechter aussah und trotzdem ...«

»... konntest du die lösen?«, wollte Ole wissen.

Hannah zeigte nach links. Der ohnehin frische Nordostwind nahm zum Abend hin noch an Stärke zu und rüttelte an ihrem Dienstwagen. Ihre Windschutzscheibe war weiß und sah beinahe gefroren aus, obwohl es sich nicht um Eis-, sondern nur um Salzkristalle handelte.

Neben ihr räusperte sich Ole, weil der noch immer auf eine Antwort wartete.

»Den perfekten Mord gibt es nicht!«, erklärte Hannah beiläufig. »Jeder Mörder hinterlässt Hinweise auf sich oder Spuren, die wir nur finden müssen.«

»Und was hast du bei diesem Fall für ein Gefühl?«, hakte Ole vorsichtig nach. »Gut, schlecht ... mittelmäßig?«

»Wir machen Feierabend«, erklärte Hannah nach längerem Schweigen. »Im Pflegeheim brauchen wir um die Zeit nicht mehr aufzuschlagen und alles andere läuft uns über Nacht nicht weg.«

Ole warf einen Blick auf seine Armbanduhr. »Wenn du Gas gibst, erwischen wir den nächsten Zug Richtung Festland – falls der pünktlich fährt«, schob er mit gequältem Lächeln hinterher.

»Ich wollte eigentlich über Nacht auf der Insel bleiben. Wäre das schlimm für dich?«

»Wer kümmert sich denn um deinen Kater?«

»Hoffe, Bruno.« Hannah konnte sich ein Lachen nicht verkneifen. »Ich hab meinen Joschi zum Stubentiger umerzogen. Bei Bruno darf er den ganzen Tag lang durch die alten Scheunen streifen und zur Abwechslung mal wieder Katze sein. Das gefällt ihm!«

Ole schwieg. Und das aus gutem Grund, wie die nächsten Worte seiner Chefin klarmachten: »Vielleicht hast du's schon gemerkt: Ich bin gut darin, die Verantwortung für meine eigenen Sachen auf andere abzuschieben.«

»Jetzt bist du aber zu hart mit dir selbst«, protestierte Ole energisch. »Wir kennen uns noch nicht lange – aber für mich hört sich das nur so an, als wärst du von Zeit zu Zeit ein bisschen überfordert gewesen.«

Hannah drehte sich zur Seite und lächelte gütig. »Mein Sohn lebt seit Jahren bei meiner Mutter und meine Katze neuerdings bei meinem Nachbarn.« Ihr Gesicht untermalte die Generalabrechnung mit sich selbst. »Ich glaube, ich kann gar nicht hart genug mit mir selbst ins Gericht gehen.«

»Wo wohnt deine Mutter eigentlich?«, erkundigte sich Ole, weil es nicht mehr weiterging.

»Zwischen Rantum und Westerland.«

»Donnerwetter! Zwei Zimmer Souterrain oder hat sie'n Häuschen«

»Häuschen.«

»Und wie wäre es, wenn du mir deine Mutter und deinen

Sohn einfach mal vorstellst?« Oles Hand wanderte zentimeterweise nach vorne und fand Hannahs Schulter.

Die zuckte zwar kurz zusammen, ließ es sich am Ende aber doch gefallen.

»Wir sind Kollegen«, fuhr Ole fort. »Nach 'ner gewissen Zeit lernt man sich da doch auch privat ein bisschen kennen.«

»Muss das sein?«

»Ich denke, ja.«

»Sprach der große Experte mit zwanzig Dienstjahren auf dem Buckel«, fügte Hannah höhnisch hinzu. »Aber ist schon gut: Meine Mutter freut sich, wenn sie mal jemanden bewirten kann, der ordentlich isst.«

Ole nickte zufrieden. »Und irgendwann lernst du auch mal meine Familie kennen.«

»Alle?«

»Vielleicht erst mal meine fünf Brüder. Wenn dir wenigstens einer von denen gefällt, machen wir bei meinen Schwestern weiter.«

Hannah zog am Wählhebel der Automatik. Gerade erst hatte sich ein weiterer Streifenwagen eingefunden. Dessen Besatzung sollte wohl die Kollegen vor Ort ablösen. Ein Stück entfernt fand zwischen zwei heruntergelassenen Seitenscheiben eine Unterhaltung statt, die mit gemeinsamem Nicken endete.

»Die machen sich auf den Weg«, stellte Ole mit vielsagender Stimme fest. »Schätze, die haben auch Kohldampf.«

»Ist ja schon gut!« Hannah gab Vollgas und erreichte die Ausfahrt vom Parkplatz noch vor den Streifenkollegen. Die hupten und gestikulierten, aber das wohl nur, um sich geräuschvoll zu verabschieden. »Glaub mir: Du wirst es noch bereuen, wenn du meine Mutter kennengelernt hast.«

* * *

»Ganz Sylt redet über Doktor Rubin«, erklärte Käthe Pätzold beim Abendessen. Neben ihr zuckte das Hausmädchen zusammen und ließ beinahe die Platte mit dem Aufschnitt fallen. »Sogar Elfriede hat mich heute angerufen und meint, dass im Zusammenhang mit dem Toten auf dem Autoreisezug ständig unser Name fällt.«

Auf der anderen Tischseite saß Matthias Pätzold, der sah noch relativ unbeeindruckt aus.

Für seine Großmutter offensichtlich Grund genug, nachzulegen: »Ein Mann ist tot und überall fällt unser Familienname! Um all die anderen Geschichten von damals war endlich ein wenig Ruhe eingekehrt und jetzt …«

»Elfriede und all die anderen sind mir völlig egal!«, polterte der ansonsten mustergültige Enkel wütend zurück. »Bei der Sache geht es nicht um unseren guten Ruf, sondern um unseren möglichen Untergang. Ich hab heute mit einem Anwalt gesprochen: Wenn wir uns bei dem Streitwert auf einen Prozess einlassen, dann ist auch der Rest von allem, was Rolf noch nicht verspielt hat, Geschichte. Ist dir das klar?«

»Ich habe noch ein bisschen von …«

»Das reicht nicht, Oma!«

Rolf Pätzold betrat das Speisezimmer. Augenblicklich herrschte dort Stille. Enkel Nummer zwei hatte wohl einiges von der vorangegangenen Unterhaltung mitgehört und hielt sich wie gewohnt mit einem höhnischen Kommentar nicht zurück. »Wozu willst du die Sache vor Gericht in die Länge ziehen? Wenn der zweite Vertrag nicht auftaucht, kannst du sowieso alles vergessen.«

»Sagst du!«, fauchte ihm sein Bruder entgegen. »Ich hätte vor einem jahrelangen Prozess keine Angst, wenn du nicht all unser Geld …«

»Hört auf, euch zu streiten, das hilft uns nicht weiter!« Das Gesicht der gemeinsamen Großmutter leuchtete vor

Wut. »Irgendwo muss dieser Vertrag doch geblieben sein. Wir stellen hier noch mal alles auf den Kopf.«

»Zum dritten Mal?«, erkundigte sich Matthias, von verzweifeltem Lachen begleitet. »Es gibt keine Ecke und keine Schublade in diesem Haus, die ich in den letzten Tagen nicht kennengelernt habe. Und was hat das gebracht?«

»Nichts!«, erklärte sein Bruder grinsend.

»Dein dämlicher Frohsinn wird dir noch vergehen.« Matthias war aufgesprungen. Das Abendessen auf dem Teller vor sich hatte er kaum angerührt. Er schaute seine Großmutter Hilfe suchend an, aber die wich seinem Blick aus. Drei Schritte weiter stand er seinem Bruder direkt gegenüber.

»Was willst du?«, erkundigte der sich in verächtlichem Ton. »Es ausboxen, du Hänfling?«

Matthias schüttelte den Kopf. »Von diesem Moment an gibt es keinen einzigen Cent mehr«, fauchte er seinem Bruder entgegen.

»Deine Almosen brauch ich sowieso nicht. Du kannst mich mal ...«

»Keinen einzigen, bis der Vertrag aufgetaucht oder alles verloren ist! Und danach ist ohnehin Sense.«

24

Der Empfang im Hause der Familie Lambert fiel gewohnt frostig aus – zumindest Hannah gegenüber. Die hatte sich gleich ins Badezimmer verkrümelt, um herunterzufahren, während sich Ole mit ihrer Mutter in der Wohnküche hörbar eifrig unterhielt. Felix war sofort in sein Zimmer geflohen und bockte seitdem, weil er Männer auf den Tod nicht leiden konnte. Da hatte schon Oles tiefe Stimme gereicht, um einen Elfjährigen hinter dessen Kleiderschrank zu vertreiben. Mit seiner kurzfristigen Rückkehr oder gar der Teilnahme am gemeinsamen Abendessen war wohl nicht zu rechnen.

Als Hannah im Badezimmer fertig war und glaubte, den üblichen Wahnsinn eine Weile ertragen zu können, machte sie sich auf den Rückweg in Richtung Küche.

Dort erklang gerade die Stimme ihrer Mutter: »Dann sind Sie also der neue Freund meiner Tochter?«

Ole keuchte vor Lachen: »Nein, nein ... Frau Lambert. Wir sind Kollegen, nicht mehr!«

»Schade!«

Hannah war im Flur stehen geblieben. Am liebsten wäre sie um die Ecke gebogen und hätte ihre Mutter mit einer Kugel aus ihrer Dienstwaffe erlöst. Obwohl der Begriff ›entsorgt‹ in dieser Situation vermutlich besser gepasst hätte.

Gertrud Lambert war auch längst noch nicht fertig: »Meine Tochter hatte in ihrem Leben nie Glück mit Männern. Da war ...«

Hannah räusperte sich übertrieben laut und bog im nächsten Moment um die Ecke, um sich mitten in der Küche aufzubauen. »Und … hab ich was versäumt?«

Ihre Mutter schaute ein wenig schuldbewusst, Ole hatte sich nur mühsam im Griff.

Der lieferte allerdings auch eine Antwort: »Wurde gerade interessant. Von mir aus hättest du dir noch ein bisschen Zeit lassen können.«

Hannah zeigte mit seltsamer Miene in Richtung ihrer Mutter. Danach bekam ihr Kollege einen giftigen Blick ab. »Alles, was unsere Fälle betrifft, bleibt unter uns. Ist das klar?«

Ole salutierte. »Sonnenklar, Chefin!« Er deutete auf den reichlich gedeckten Abendbrottisch. »Wir haben auf dich gewartet.«

»Haben Sie denn eine Freundin?«, bohrte Gertrud Lambert weiter, als jeder wenigstens eine Brotscheibe vor sich auf dem Brett hatte. »Ich meine: wenn nicht, dann …«

»Kannst du bitte aufhören, Mama!«

»Nichts Festes«, antwortete Ole brav. »Ich bin wohl noch auf der Suche nach der Richtigen.«

Hannah nahm sich das Recht, diese Information zu vervollständigen: »Die möglichst vermögend und auch Mitte zwanzig sein sollte – nicht über den Zenit rüber.«

»Mit Anfang vierzig?«, empörte sich ihre Mutter sofort. »Da ist eine Frau gerade im besten Alter angekommen.«

»Gibst du mir mal den Schinken?«, fragte Hannah mit teilnahmsloser Miene.

»Das sehe ich übrigens auch so, Frau Lambert.« Ole war in Höchstform. »Frauen in meinem Alter sind so … schrecklich unreif.«

»Siehst du!« Hannahs Mutter grinste triumphierend. »Dein Vater hätte auch nie mit einer Jüngeren …«

»Paps hätte niemals was mit irgendeiner anderen Frau angestellt!«, fauchte Hannah zurück.

Diese hitzige Debatte wäre womöglich eskaliert, wenn im nächsten Moment nicht Felix um die Ecke gebogen wäre. Und der Junge verschwendete keine Zeit mit einer Begrüßung, sondern starrte Ole mit offenem Mund an.

»Hallo«, brachte der nach einem Moment der Unsicherheit heraus. »Bist du Felix?«

Der Junge gab ihm keine Antwort.

Hannah glaubte schon, ihr Sohn wolle auf ihren Kollegen mit Fäusten eintrommeln, als der zur Überraschung aller seinen Kopf an Oles Schulter schmiegte.

Gertrud Lambert fand als Erste ihre Stimme wieder: »Das hab ich ja noch nie erlebt«, flüsterte sie. »Er ist mit Männern sonst nicht so ...«

Hannah stoppte ihre Mutter mit einer Handbewegung. Ihr liefen längst Tränen die Wangen hinunter.

Felix hatte die Augen geschlossen und genoss es sichtlich, dass Ole ihm ganz vorsichtig den Kopf kraulte.

»Ich glaube, der Tee hat genug gezogen«, erklärte Gertrud Lambert flüsternd. Sie erhob sich ganz vorsichtig und füllte auf dem Buffet nacheinander drei Becher. »Jemand Zucker?«

»Er hypnotisiert mein Brot«, stellte Ole lachend fest. Dazu zeigte er auf Felix, der den Kopf gehoben hatte, um ein ganz normales Schinkenbrot mit Blicken zu durchbohren. »Darf er ...?«

Eine halbe Stunde später saßen Hannah und ihre Mutter allein in der Küche. Das Wunder zwischen Ole und Felix setzte sich in dessen Zimmer fort. Der Junge hatte auf Begleitung bestanden und sich dafür Hannahs Kollegen ausgesucht, der mit dieser unerwarteten Situation ganz natürlich und völlig unbefangen umging.

Gertrud Lambert fühlte sich wohl zu einem Kommentar genötigt: »Das ist der erste Mann seit ...«

»Lass gut sein, Mama!«, unterbrach Hannah. Eine Mischung aus Wut und Verzweiflung erfüllte ihre Stimme. Doch sie hatte sich schnell wieder im Griff. »Ich wollte die Gelegenheit nutzen, um mit dir über diesen Doktor Rubin sprechen.«

Ihre Mutter stand auf, verschwand kurz im Flur und kehrte mit einem dicken Aktenordner in die Küche zurück. »Ich habe sogar die Unterlagen von damals gefunden. Dein Vater hat sich totgelacht, als die Angebote für unsere Wohnungen im Postkasten steckten.«

»Weißt du zufällig, mit wem dieser Doktor Rubin seinerzeit zusammengearbeitet hat? Ich meine: abgesehen von Pätzold und Christiansen – von denen weiß ich schon.«

»Das waren damals die goldenen Zeiten hier«, erklärte Hannahs Mutter. »Selbst fünfzehn Jahre nach Kriegsende gab es hier noch ganze Wohnblöcke, die leer standen. Bei einigen hat es Ewigkeiten gedauert, bis die Eigentumsverhältnisse geklärt waren. Seinerzeit sind viele Investoren nach Sylt gekommen, um hier ihren Claim abzustecken.«

»Und es war wahrscheinlich wie bei allen Goldsuchern: Die wenigsten haben ihr Glück gefunden und manch einer ist dabei sogar unter die Räder geraten.«

Gertrud Lamberts Augen hatten sich kurz zuvor zu Schlitzen verengt. Das sprach eindeutig für angestrengtes Wühlen in Erinnerungen. Das Ergebnis lieferte sie mit nachdenklicher Stimme: »Ich weiß nicht mehr genau, wie lange das her ist – irgendwann wollte niemand mehr hier auf Sylt mit den beiden Familien zu tun haben.«

»Wieso das denn nicht?«

Hannahs Mutter war anzusehen, dass sie sich mit der Antwort schwertat. Vermutlich gerne darauf verzichtet hätte.

»Jetzt sag schon, Mama!«

»Ich weiß nichts Genaues«, begann Gertrud Lambert widerwillig. »Damals wurde auch viel geredet und man weiß ja, was ...«

»Worüber wurde viel geredet?«, bohrte Hannah ungeduldig.

Ihre Mutter lehnte sich über den Küchentisch, ihre Stimme war kaum mehr ein Flüstern. »Da war von Sexpartys und solchen Sachen die Rede.«

»Redest du immer noch von den Familien Pätzold und Christiansen?«

»Allerdings!« Es ging mit angewiderter Miene weiter. »Lange Zeit hieß es, dass die hier die wilden Siebziger wiederauferstehen lassen wollten.«

»Weißt du auch, wie genau?«

Allein für diese Nachfrage musste sich Hannah einen wütenden Blick von ihrer Mutter gefallen lassen. »Da hat jeder mit jedem! Kreuz und quer hieß es und die hätten auch ...« Gertrud Lambert verstummte. Weitere Details wollte sie wohl lieber für sich behalten.

Also war Hannah mit ihrer nächsten Frage an der Reihe: »Und weil niemand mehr mit diesem Sündenpfuhl zu tun haben wollte, liefen die Geschäfte danach schlechter?«

»Wohl auch deshalb«, sagte ihre Mutter. »Außerdem: Jeder Goldrausch ist irgendwann vorbei.«

»Erinnerst du dich sonst noch an was – mal abgesehen von dieser Gerüchteküche?«

Während sich Hannahs Mutter in Kopfschütteln übte, kehrte Ole zurück. Der klang unverändert munter. »Ich glaube, Felix hat erst mal genug von mir. Er liegt auf seinem Bett und hört 'ne Kassette – Märchen.«

»Die hat er am liebsten«, erklärte Hannah. Sie spürte neue Tränen aufsteigen, konnte die aber mit energischer

Stimme und Gedanken an etwas anderes zunächst vertreiben. »Setz dich und trink deinen Tee aus. Meine Mutter und ich reden gerade über unseren Fall.«

»Ich dachte, darüber dürfen wir nicht ...«

Hannahs Hand sorgte für Ruhe. »Es geht nur um das Sylt von damals. Wenn du hier jemanden suchst, der beinahe jeden auf der Insel kennt, dann ist das meine Mutter.«

Genau die saß mit weit aufgerissenen Augen am Tisch und sah aus, als hätte sie ein Geistesblitz getroffen. »Wisst ihr schon von dem Flugzeugabsturz? Muss etwa ...«

»... zehn Jahre her sein«, vervollständigte Hannah bereitwillig. »Vielleicht weißt du's besser: Uns hat man bisher gesagt, dass bei dem Absturz damals die mittlere Generation beider Familien ums Leben gekommen ist.«

Gertrud Lambert nickte eifrig, verzog aber auch angewidert das Gesicht. »Genau die sind hier auf Sylt herumgelaufen und haben die freie Liebe gepredigt.«

»Freie Liebe?«, wiederholte Ole. Wenigstens konnte er ein Grinsen im Zaum halten. »Hab ich was versäumt?«

Hannah winkte ab. »Erklär ich dir später.« Danach galt ihr ausschließliches Interesse wieder ihrer Mutter. »Weißt du mehr über den Flugzeugabsturz von damals?«

»Der Sohn vom alten Pätzold saß wohl am Steuerknüppel – war der Einzige, der einen Pilotenschein hatte.«

»Und?«, drängte Hannah, weil es nicht sofort weiterging.

»Die Familien haben beide alles versucht, damit nichts an die Öffentlichkeit gerät. Aber das hat wohl nicht geklappt, denn es hieß noch monatelang, bei dem Absturz wäre nicht alles mit rechten Dingen zugegangen.«

Hannah verzichtete auf weitere Nachfragen und trommelte ungeduldig auf dem Tisch herum.

Ihre Mutter lieferte die Fortsetzung: »Gefunden hat man das Flugzeug erst ein paar Stunden nach dem Absturz. Bei Ebbe konnte niemand rausfahren und es hat wohl viel zu lange gedauert, bis auf dem Festland ein Hubschrauber verfügbar war.«

Oles Einsatz: »Da hilft kein Geld der Welt!«

»Wenn man den Gerüchten glaubt ...«, fuhr Gertrud Lambert fort, »... dann herrscht seitdem eisiges Schweigen zwischen den Familien Pätzold und Christiansen.«

»Weißt du auch, wieso?«, wollte Hannah wissen. »Haben die sich gegenseitig verantwortlich gemacht?«

»Ist zu lange her«, sagte ihre Mutter nach weiterem Überlegen. »Ich weiß nur, dass es eine richtige Schlammschlacht war, bei der jeder jeden auf dem Kieker hatte.«

»Schön hier bei euch«, schwärmte Ole. Er und Hannah hatten sich irgendwann vor die Tür verkrümelt und saßen in der hintersten Ecke des Gartens unter einer Trauerweide. Zum Abend hin hatten sich die Wolken verzogen, um Platz für die Sonne zu machen. Die war allerdings schon im Begriff, ein Vollbad in der Nordsee zu nehmen. Doch nur, um am nächsten Morgen in der entgegengesetzten Richtung wieder am Horizont aufzutauchen.

»Mein Vater hat damals alles von eigener Hand geplant«, erklärte Hannah und zeigte mit Blicken auf das wunderschöne Reetdachhaus ihrer Eltern. »Sogar geholfen hat er auf dem Bau. Heute frag ich mich manchmal, wann er das eigentlich alles erledigt hat.«

»Er war doch ein hohes Tier bei der Kripo«, erwiderte Ole völlig unbekümmert. »Wenn du mich fragst, haben wir uns einfach nur den falschen Job ausgesucht.«

»Und das sagt einer, der noch nicht mal ganz trocken hinter den Ohren ist«, hielt Hannah lachend gegen. »Warte mal ein paar Jahre ab. Eines kann ich dir versprechen: Es wird nicht leichter.«

»Wenn du mich fragst, gibt es seit gerade eben noch einen weiteren Verdächtigen«, flüsterte Ole. »Wenn Christiansen senior den Pätzold für den Tod seines Sohnes und seiner Schwiegertochter verantwortlich macht, dann …«

»… sollten wir den alten Mann morgen auf jeden Fall mal richtig in die Zange nehmen«, vervollständigte Hannah. »Wobei mich dann noch interessieren würde, wie der es angestellt haben soll. Etwa aus dem Rollstuhl heraus? Das wäre bei der Sache mit dem Zug noch vorstellbar, aber wenn er eine Leiche in den Dünen versteckt hätte, dann hätten wir wohl Reifenspuren gefunden. Oder etwa nicht?«

Ole lachte. Ihm war klar, dass die Nachfrage seiner Chefin nicht ernst gemeint war. Sein eigenes Fazit lieferte er mit verhängnisvoller Stimme: »Wir haben zwei Leichen und haufenweise Verdächtige. Ich sag's ja nur ungern: Die Sache wird immer komplizierter.«

Hannah wühlte in ihrer Jackentasche und zog ihren Autoschlüssel daraus hervor, den sie ihrem Kollegen lächelnd entgegenhielt. »Ich hoffe, du hast einen Kumpel, bei dem du heute Nacht schlafen kannst? Ich übernachte hier, dann bleibt mir wenigstens der Autozug-Wahnsinn erspart.«

Ole setzte ein schmieriges Grinsen auf. »Muss es unbedingt ein Kumpel sein oder darf es auch …?«

»Mir egal! Hauptsache, du findest morgen früh einen Rasierer.«

25

»Ich glaube nicht, dass Herr Christiansen Wert auf Besuch legt«, erklärte eine Altenpflegerin am nächsten Morgen. Sie zeigte auf Ole. »Männer dürfen gar nicht zu ihm rein. Sorry!«

»Dann probier ich es lieber alleine«, schlug Hannah vor. »Sagen Sie mir, wo sein Zimmer ist?«

»Ganz am Ende, das größte von allen.« Die Altenpflegerin zeigte einen langen Flur entlang. »Aber seien Sie bitte vorsichtig: Seit ein paar Wochen hat er morgens besonders schlechte Laune und schmeißt gerne mit Sachen um sich. Außerdem hat er seine Finger nicht mehr ganz im Griff.«

Nachdem sich die Frau im weißen Kittel in Richtung Frühstücksraum verabschiedet hatte, lieferte Hannah den logischen Kommentar: »Ich wage mich dann mal in die Höhle des Löwen und du versuchst, der einen oder anderen Pflegerin ein bisschen auf den Zahn zu fühlen. Aber behalt wenigstens du deine Finger im Griff – ich will einfach nur so viel wie möglich über den alten Christiansen erfahren, klar?«

Ole nickte eifrig. Während seine Chefin mit quietschenden Sohlen den Flur entlangmarschierte, hatte er bereits eine alte Frau anvisiert, die vor dem Frühstücksraum in ihrem Rollstuhl saß und ihn die ganze Zeit freundlich anlächelte. Eine willkommene Gelegenheit, um erste Kontakte zu knüpfen.

Zur Begrüßung hatte er ein langgezogenes »Moin« parat und fiel auf den Stuhl neben der Frau. Die drehte sich zu ihm um, lächelte unverändert und wollte wohl etwas erwidern.

»Nur zu«, ermunterte Ole sie auf gewohnt unbesorgte Art. Dabei tätschelte er der alten Frau eine ihrer faltigen Hände. »Geht's Ihnen gut?«

Vor ihm begannen Lippen zu zittern. Die öffneten sich, aber es wollte nichts herauskommen.

»Emma redet schon seit Jahren nicht mehr«, erklärte eine Pflegerin, die gerade mit einem weiteren Rollstuhl aus dem Frühstücksraum gerollt kam. Darin saß ein alter Mann, der über zu harte Brötchen und zu weiche Eier fluchte.

Ole sah den Blick der Pflegerin und konnte sich nur mit aller Mühe ein Grinsen verkneifen. Er sprang auf, schob die junge Frau mit sanfter Gewalt beiseite und übernahm damit die Kontrolle über den Rollstuhl. »Wohin?«

»Das nenne ich aber mal Service«, schwärmte die Pflegerin, die sich mittlerweile als Nicole geoutet hatte. »Du kannst ruhig häufiger herkommen.«

Nachdem der alte Mann in seinem Zimmer angekommen war und dort weiterfluchte, wollte sich die Pflegerin schon wieder aus dem Staub machen. Ole schaffte es, sie mit einer Frage zu stoppen. Dafür zeigte er zum Ende des Flurs. »Kennst du Hubert Christiansen?«

Nicole sah plötzlich misstrauisch aus. »Bist du ein Verwandter?«

Ole schüttelte energisch den Kopf und zückte seinen Dienstausweis. »Bin von der Kripo.« Er zeigte erneut den Flur entlang. »Im Moment ist meine Chefin bei ihm drin und versucht ...«

»Die soll bloß vorsichtig sein!«, fuhr Nicole dazwischen. Sie lachte, aber das rührte nicht von Freude her. »Der geile Bock hätte es letzte Woche beinahe geschafft, mir die Hose runter zu reißen. Einer Kollegin hat er gestern Abend beim Abräumen 'nen Kuss verpasst und 'ner anderen gleich heute Morgen zur Begrüßung ...« Die Hände der Pflegerin waren damit beschäftigt, eine gigantische Oberweite zu verdeutlichen. »Das volle Programm!«

Oles Mund stand offen und er sah wohl ziemlich dämlich aus, denn vor ihm verzog sich auch Nicoles Gesicht. Eine Erklärung ihrerseits musste her: »Nicht das, was du denkst. Aber er hat mit beiden Händen zugegriffen.«

* * *

»Mein Name ist Lambert«, erklärte Hannah zur Begrüßung. »Ich bin von der Kriminalpolizei ... Mordkommission.« Nach diesem magischen Wort versuchte sie, die erste Reaktion eines alten Mannes aufzufangen. Doch in dessen Gesicht war so gut wie gar nichts zu erkennen.

Hubert Christiansen nannte einen elektrischen Rollstuhl sein Eigen. In dem rollte er auf Hannah zu. Die wich so weit zurück, bis sie die Tür im Rücken spürte. Sie kam sich plötzlich albern vor. Vor ihr hockte ein alter Mann in seinem Rollstuhl und sie machte sich Sorgen um dessen Finger, die gerüchteweise ein Eigenleben entwickelt hatten.

»Was will denn die Polizei von mir?«, erkundigte sich Hubert Christiansen leise. Seine Stimme klang heiser, brüchig dazu. Mit Sicherheit Auswirkungen seiner Krankheit. »Habt ihr endlich herausgefunden, was damals wirklich passiert ist?«

»Wovon reden Sie? Vom Flugzeugabsturz?«

Hannah bekam keine Antwort. Mittlerweile standen die vorderen Räder des Rollstuhls beinahe auf ihren Füßen. »Können Sie bitte ein bisschen nach hinten rollen?«, beschwerte sie sich, brachte zum Abschluss aber wenigstens ein gezwungenes Lächeln zustande.

Der alte Mann nickte und betätigte einen winzigen Hebel, der sein Gefährt erneut in Bewegung versetzte. Diese Reise im Rückwärtsgang endete vor einem riesigen Panoramafenster, hinter dem ein gepflegter Garten erkennbar war.

»Schön haben Sie's hier«, erklärte Hannah beiläufig. Ihr war keineswegs nach Smalltalk zumute, aber sie wollte wenigstens nichts unversucht lassen, um ein gewisses Grundvertrauen zu wecken. Und weil ihre erste Frage immer noch auf eine Antwort wartete, erneuerte sie die einfach: »Haben Sie mit der Sache von damals den Flugzeugabsturz gemeint?«

Hubert Christiansen reagierte überhaupt nicht. Lediglich die Finger seiner rechten Hand spielten am Steuerknüppel des Rollstuhls und brachten den auf seltsame Art zum Zittern.

Hannah ließ ihren Blick durch das – für Pflegeheim-Verhältnisse – erstaunlich luxuriöse Domizil wandern. In einem weißen Regal standen reihenweise Bücher, die aussahen, als hätte die noch nie jemand angefasst – höchstens zum Entstauben. Vor einem weiteren riesigen Fenster gab es einc Sitzgruppe, die ebenfalls einen unbenutzten Eindruck machte. Lediglich ein kleiner Nachtschrank, der vom Aussehen her gar nicht zum Rest der Einrichtung passen wollte, verhieß einen Funken Leben. Oben drauf stand ein blankpolierter Aschenbecher. Offensichtlich ein Exemplar, das für Pfeifenraucher gedacht war. Dafür sprach ein Korkteil in dessen Mitte und zwei größere Mulden, in denen die hölzernen Instrumente bei Bedarf Platz fanden.

»Sie rauchen noch?«, erkundigte sich Hannah und versuchte, dabei so freundlich wie möglich zu klingen. »Ich dachte, Sie hätten …« Sie zeigte auf ihren eigenen Brustkorb und verschluckte den Rest.

Christiansen nickte, doch sein Gesicht verzog sich wütend. »Die Idioten hier haben mir meinen ganzen Krempel weggenommen. Angeblich, weil mein Bett zweimal gebrannt hätte.«

»Mein Vater ist auch an Lungenkrebs gestorben«, erklärte Hannah, deren Hinterteil einen der Sessel gefunden hatte. »Sollte man nicht irgendwann vernünftig werden und ...?«

»Wenn mich deine Meinung interessiert, dann frag ich«, fuhr ihr der alte Mann ins Wort. Zum ersten Mal war zu erahnen, in welchem Stil Hubert Christiansen jahrzehntelang seine Geschäfte betrieben und seine Familie regiert hatte. »Und nu komm zu Potte, Mädel ... oder lass mich alleine.«

* * *

»Der Christiansen ist einer von der übelsten Sorte«, fluchte Nicole, die sich für eine Zigarettenpause zusammen mit Ole in den Garten des Pflegeheims verkrümelt hatte. »Geld wie Heu und jeden Weihnachten Stacheldraht in den Taschen.«

»Ist er noch in der Lage, den Laden hier zu verlassen?«, wollte Ole wissen.

»Bis zur Straße runter, danach schaltet sich sein elektrischer Rollstuhl automatisch ab – hat sein Enkel für gesorgt.«

»Wieso?« Ole musste lachen. »Hat der alte Knacker einen Ausbruchsversuch unternommen?«

Nicole atmete schwer. »Früher ist er mit dem Teil kreuz und quer durch Westerland gefahren, oft genug, bis die Batterie leer war. Danach durfte der feine Herr Enkel jedes Mal einen Abschleppdienst anrufen.«

»Wie ist das Verhältnis zwischen den beiden heute?«

»Welches Verhältnis?«, erkundigte sich Nicole schmunzelnd. »Die meisten hier bekommen gar keinen Besuch. Erst wenn sie zum letzten Mal die Augen zumachen, treten die

Verwandten scharenweise an und fragen am Ende noch, wo der goldene Ring von Tante Waltraud geblieben ist – als wenn einer von uns den einstecken würde.«

»Da möchte man nicht tauschen«, sagte Ole und warf einen Blick zur Seite. »Gibt's sonst irgendwas über den Christiansen zu erzählen? Etwas, das ich wissen sollte?«

Nicole schüttelte den Kopf, hatte nach einigem Überlegen aber doch noch einen Hinweis parat: »Letzte Woche hat es in seinem Zimmer zum zweiten Mal gebrannt. Danach war hier Riesenalarm und sogar die Enkel mussten antreten, um zu schlichten.«

»Und?«

»Unsere Heimleitung hat nicht mit sich reden lassen. Die haben Tabak und Pfeife kassiert; seinen Verwandten klargemacht, dass sie zum letzten Mal ein Auge zugedrückt haben. Wenn der Laden hier abbrennt, dann ...«

»Ist schon klar«, unterbrach Ole.

»Ich war am nächsten Morgen bei ihm drin«, fuhr Nicole flüsternd fort. Sicherheitshalber schaute sie sich um. »Er hat mir hundert Euro geboten, damit ich für ihn 'ne neue Pfeife und Tabak besorge.«

»Und ... hast du?«

»Natürlich nicht! Wir bekommen hier dreizehn Gehälter, sechs Wochen Urlaub und die legen sogar was für die Rente zurück. Das riskier ich doch nicht für so 'nen alten Knacker.«

26

»Können Sie sich vorstellen, warum ich hier bin?« Hannah war aufgestanden und hatte sich vor einem der Panoramafenster aufgebaut, um in doppelter Hinsicht auf Hubert Christiansen hinunterblicken zu können. Sie wartete keine Antwort ab, sondern fuhr gleich fort: »Es geht um Doktor Rubin. Wussten Sie, dass er tot ist?«

Vor ihr blieb ein Mund geschlossen, selbst in dem faltigen Gesicht war keine Regung zu erkennen.

»Sie wissen, von wem ich rede?«, erkundigte sich Hannah. »Sie haben jahrelang mit Doktor Rubin zusammengearbeitet.«

»Meinst du, das hab ich vergessen?«, fauchte der alte Mann zu ihr empor. »Und dass er tot ist, weiß ich schon seit gestern.« Ein Blick traf die Tür. »Hat mir irgendeine Schwester erzählt.«

Hannah hatte sich wieder hingesetzt. Noch überlegte sie, ob es bereits Zeit war, um ihren einzigen wirklichen Trumpf auszuspielen.

Doch Christiansen kam ihr zuvor. »Was willst du, Mädchen? Mir den Mord anhängen?«

»Vielleicht nicht unmittelbar«, gab Hannah gleichgültig zurück. »Ich glaube aber, dass jemand von Ihrem Kaliber Handlanger hat, von denen einer den Abzug betätigt. Oder etwa nicht?«

Das Gesicht von Hubert Christiansen sah wie eine betonierte Fassade aus. Seine Augen, aus denen sich das Leben ansonsten schon zum Teil verabschiedet hatte, funkelten kurz auf. »Warum sollte ich denn was gegen den Rubin haben? Der hat jahrelang für mich gearbeitet und sich nie was zuschulden kommen lassen.«

Plötzlich kam Hannah ihr einziger Trumpf gar nicht mehr so bedeutend vor. Und weil das der Fall war, konnte sie ihn ebenso gut zücken. »In Doktor Rubins Auto hat die Spurensicherung eine Pfeife und einen Tabaksbeutel gefunden – beides originalverpackt. Können Sie sich vorstellen, für wen diese Mitbringsel gedacht waren?«

Christiansens Gesicht blieb weiterhin völlig unbewegt. Doch als er zu einer Antwort anhob, huschte ein kurzes Lächeln um seine Mundwinkel. »Ich hoffe, für mich. Aber dazu ist es ja nicht mehr gekommen. Leider!«

»Dann darf ich Ihrer Antwort entnehmen, dass Sie und Doktor Rubin verabredet waren?«

»Darfst du, mien Deern!« Der alte Mann schaute erneut zur Tür, doch dieses Mal blieb sein Blick daran kleben. »Und jetzt darfst du wegtreten. Sag vorne Bescheid, dass sie mein Frühstück endlich wegräumen sollen.«

Hannah hatte vorerst genug gehört und stand bereits in der offenen Tür. Sie drehte sich um, einer ihrer Mundwinkel wanderte empor, der andere blieb stehen. »Das können Sie denen selbst sagen ... schönen Tag noch, Herr Christiansen!«

* * *

Ole und Nicole hatten sich im Garten auf einer Bank niedergelassen und redeten mittlerweile über das allgegenwärtige Autozug-Chaos und eine Diskothek in Niebüll, die beide noch aus jüngeren Tagen kannten.

»Ich glaube, da kommt deine Chefin«, sagte Nicole. »Und

wenn ich mich nicht gleich um die Nachttöpfe in der ersten Etage kümmere, dann krieg ich Ärger mit meiner.« Die Altenpflegerin sprang regelrecht auf und schenkte Hannah im Vorbeilaufen ein flüchtiges Lächeln.

Die ließ sich neben Ole auf der Bank nieder. Ihr war anzusehen, dass sie mit einem Grinsen kämpfte. »Und … neue Kontakte geknüpft?«

»Berufliche!«, protestierte Ole mit schiefem Gesicht. »Willst du wissen, was ich herausgefunden habe?« Er bekam ein Nicken als Antwort und fuhr gleich fort: »Der alte Christiansen ist ein geiler Bock, hat zu Weihnachten Stacheldraht in der Tasche und letzte Woche beinahe sein Zimmer abgefackelt. Das ist alles.«

»Er raucht Pfeife!«, betonte Hannah Wort für Wort. »Klingelt da was bei dir?«

»Wenn ich überhaupt rauche, dann von Zeit zu Zeit 'ne Zigarette«, erwiderte Ole. »Ich finde, für Pfeife muss man älter sein – sechzig oder noch mehr.«

»Man hat im Wagen von Doktor Rubin eine Pfeife und einen Tabaksbeutel gefunden. Originalverpackt … sollte wohl ein Geschenk werden.«

Ole schaute in Richtung Pflegeheim. »Für wen das gedacht war, ist wohl klar.«

»Trotzdem frage ich mich, was Rubin hier wollte und warum er Geschenke dabeihatte.« Hannah holte tief Luft. Ihre Hände kneten aneinander herum. »Was, wenn der liebe Herr Doktor den zweiten Vertrag gar nicht ins Spiel bringen wollte, sondern …?«

»… ihn hat verschwinden lassen und hier war, um sich dafür seinen Lohn abzuholen«, beendete Ole den Satz. »Dann wäre es plötzlich wieder die Familie Pätzold, die einen guten Grund gehabt hätte, für Tatsachen zu sorgen.«

»Du hast recht: Langsam wird es wirklich kompliziert.« Hannah war aufgestanden, hatte aber noch keinen Schritt nach vorne gemacht. Sie schaute zu ihrem Kollegen hinunter, um gleich die nächste Variante zu liefern: »Oder wenn der Rubin auf dem Weg nach Sylt war, um hier endgültig für Gerechtigkeit zu sorgen – dann wäre es möglich, dass er sich bei Christiansen ein Okay dafür abholen wollten. Und das wäre ihm sicherlich leichter gefallen, wenn er einem Sterbenden sowas wie den letzten Wunsch erfüllt – auch wenn es sich dabei nur um 'ne Pfeife und Tabak handelt.«

»Bleibt aber immer noch die Frage, wo dann der zweite Vertrag geblieben ist.« Ole stand ebenfalls auf seinen Füßen, seiner Chefin direkt gegenüber. »Aber wenigstens wissen wir, wonach unser Mörder in der Wohnung von Margarete Bruhn gesucht hat und warum sie sterben musste.«

»Das hatten wir zwar schon, aber du bist gar nicht schlecht«, lobte ihn Hannah.

Dieses Kompliment nahm Ole zum Anlass, um gleich lächelnd fortzufahren: »Wenn es einer von den Pätzolds gewesen wäre und der den Vertrag gefunden hätte, dann ...«

»... würden die kaum ihr Klagelied anstimmen«, vollendete seine Chefin. »Auf der anderen Seite: Wenn es einer von denen war und der hat nichts gefunden, würde das ...«

»... nichts an dem Lied ändern«, stellte dieses Mal Ole zum Abschluss fest. »Und für uns ändert sich nichts, weil wir schließlich nicht wissen, ob der Einbrecher und spätere Mörder Erfolg bei seiner Suche hatte.«

»Unsere Kollegen haben auch nichts Aufregendes gefunden«, erklärte Hannah nach längerem Schweigen. »Weder in der Wohnung, noch in den Dünen.«

»Hat dein Freund schon mit der Autopsie angefangen?«, wollte Ole wissen.

»Den rufen wir gleich mal an, wenn wir im Auto sitzen.« Hannah folgte einer Rollstuhlfahrerin mit Blicken, die gerade erst durch eine breite Glastür in den Garten gerollt war.

»Die lächelt aber nett«, stellte sie mit seltsamer Stimme fest. »Beinahe so, als wäre ich ihre lange verschollene Tochter.«

»Das ist Emma – und die lächelt wohl immer«, erklärte Ole. »Sie redet schon seit Jahren nicht mehr, scheint mit sich und ihrer Welt aber trotzdem ganz zufrieden zu sein.«

»Schön, dass es so was noch gibt.«

Ole nickte. »Wenn es nach mir ginge, dürfte es davon noch viel mehr geben.«

* * *

»Eben war die Polizei hier«, fluchte Hubert Christiansen am Telefon. Auf eine Begrüßung hatte er verzichtet. »Was ist mit dem Vertrag?«

Sein Enkel Dirk schnaubte verächtlich. »Ehrlich, Opa: Ich tue, was ich kann. Und es wird nicht einfacher, wenn du mich jeden Tag anrufst und …«

»Willst du damit sagen, dass ich dich bei irgendwas störe? Wobei – beim Geldausgeben?«

»Natürlich nicht!« Von diesem Moment an klang Dirk Christiansen deutlich friedfertiger. »Hast du der Kommissarin irgendwas erzählt, das ich wissen müsste?«

Sein Großvater verzichtete auf eine Antwort und kam gleich mit der nächsten Frage daher: »Was ist mit den Pätzolds? Wollen die vor Gericht ziehen oder haben sie endlich verstanden, wer die Fäden in der Hand hält?«

»Ist doch egal«, erklärte Dirk Christiansen mit gleichgültiger Stimme. »So lange der letzte Vertrag nicht auftaucht, bleibt alles, wie es ist. Außerdem weiß ich nicht, wo ich noch suchen sollte. Das ist vergeudete …«

»Vielleicht bewegst du zur Abwechslung mal deinen Arsch!«, fuhr sein Großvater wütend dazwischen. »Noch bin ich nicht tot und falls du die Sache versaust, kann ich immer noch mein Testament ändern. Das wird dann eines, in dem du nicht mal nebenbei erwähnt wirst, verstanden?«

»Ist das dein Ernst? Nachdem ich all die Jahre ...«

»Es geht nicht um gestern, sondern um morgen! Und wenn ich nicht mehr bin, dann will ich, dass die Pätzolds den Kitt aus ihren Fenstern fressen müssen. Ist das endlich angekommen?«

»Ist es.«

»Noch Fragen?«

Dirk Christiansen zögerte. »Wenn ich die Sache hinbekomme ...?«

»... dann bist und bleibst du die Nummer Eins in meinem Testament«, vollendete sein Großvater. »Sogar noch vor Wiebke.«

27

»Die Frau ist auf grausamste Weise gefoltert worden«, erklärte Doktor Stefan Eickhoff. »Willst du Einzelheiten wissen?«

»Nur wenn Sie uns weiterhelfen«, erwiderte Hannah. Sie und Ole hockten in ihrem Dienstwagen und unterhielten sich mit dem Rechtsmediziner über die Freisprecheinrichtung. »Kannst du uns schon was über den exakten Todeszeitpunkt sagen? Wir versuchen, den zweiten Mord so lange geheim zu halten, bis wir was Konkretes darüber wissen.«

»Dann musst du aber die Labor-Analysen abwarten. Und das kann dauern – die meisten unserer Kollegen sind im Urlaub, falls du es noch nicht gemerkt hast.«

»Todesursache?«, fragte Hannah mit mechanischer Stimme.

»Nachdem jemand Margarete Bruhn von oben bis unten mit einem Bügeleisen traktiert hat, wurde ihr der Schädel eingeschlagen. Stumpfer Gegenstand, kann alles gewesen sein.«

»Gefunden haben die Kollegen von der Spurensicherung nichts in ihrer Wohnung, was dafür auf den ersten Blick infrage kommt.«

»Und wenn, würde uns das wahrscheinlich auch nicht weiterbringen«, fügte Eickhoff hinzu. »Ganz ehrlich, Krümel: Die Leiche der alten Frau verrät uns nicht, wer ihr das angetan hat – zumindest bisher nicht.«

»Bleibst du trotzdem am Ball?«

»Natürlich nicht!« Eickhoff klang halb wütend, halb belustigt. »Ich lasse nach diesem Gespräch sofort den Hammer fallen und fahre sechs Wochen an die Ostsee.«

»Schönen Urlaub!«, erwiderte Hannah staubtrocken. »Und schick uns 'ne Karte.«

»Das hatte ich schon befürchtet«, sagte Ole, nachdem das Telefonat beendet war. »Der Tod von Margarete Bruhn hat uns bisher nur verraten, dass weit mehr als ein Zufall hinter der ganzen Sache steckt. Ansonsten können wir bis jetzt ja nicht mal genau sagen, wann sie das Zeitliche gesegnet hat.«

»Heute Morgen haben mich die Kollegen von der KTU angerufen«, erklärte Hannah mit verbitterter Stimme. »Der SUV von Doktor Rubin bringt uns auch nicht wirklich weiter. Fest steht nur, dass das Projektil von rechts, aus mittlerer Höhe eingeschlagen ist. Dem Winkel nach aus acht bis zehn Metern.«

»Heißt, der Schütze kann nicht auf dem Autozug gewesen sein ...«

»... und ansonsten auf jedem ausgewachsenen Baum zwischen Niebüll und Westerland«, vollendete Hannah kopfschüttelnd.

»Und was jetzt?«, wollte Ole nach längerem Schweigen wissen. »Wollen wir noch jemanden besuchen, uns besaufen oder ...?«

»Für uns geht's zurück ins Hauptquartier«, unterbrach ihn seine Chefin und drehte den Zündschlüssel. »Wir knöpfen uns noch mal alle Beteiligten gründlich vor. Mindestens einer von denen hat was zu verbergen. Und wir müssen einfach nur so lange graben, bis wir drauf stoßen, wer das ist.«

* * *

»Ich hab heute Morgen noch mal mit einem anderen Anwalt gesprochen«, erklärte Matthias Pätzold seiner Großmutter und seinem Bruder. »Er hat sich alles noch ein weiteres Mal gründlich angeschaut und meint, ein Prozess wäre reine Geldverschwendung.«

»Was bedeutet das genau«, erkundigte sich Käthe Pätzold. Wobei ihr faltiges Gesicht schon eine gewisse Vorahnung widerspiegelte.

»Alles spricht dafür, dass die Christiansens Recht bekommen. Wir können für viel Geld Verträge anfechten und vielleicht ein bisschen Zeit schinden – aber so lange wir nichts Hieb- und Stichfestes vorlegen, verlieren wir am Ende mit hundertprozentiger Sicherheit.«

»Dann ist der Anwalt wohl schlauer als du«, stellte Rolf Pätzold lachend fest. »Endlich mal einer, der dir sagt, wo's langgeht.«

»Du bist wirklich der größte Idiot von allen«, erwiderte sein Bruder wütend. Ein kurzer Blick traf die gemeinsame Großmutter, bevor es weiterging: »Aber mach dir keine Sorgen: Mir ist die Lust vergangen, dir alles wieder und wieder zu erklären.«

»Ich hab sowieso genug von der Scheiße«, hielt Rolf völlig unbeeindruckt gegen. Er hatte sich hochgestemmt und war bereits auf dem Weg, um den Salon so schnell wie möglich zu verlassen. Neben dem Ohrensessel seiner Großmutter machte er einen kurzen Zwischenstopp, bückte sich zu ihr hinunter und verpasste ihr einen Kuss auf die Stirn. Danach zeigte er lachend auf seinen Bruder. »Ich weiß nicht, Oma ... was haben wir mit dem nur verkehrt gemacht?«

Käthe Pätzold reagierte kaum. Erst als ihr älterer Enkel durch die Schiebetür entschwunden war, warf sie einen vorsichtigen Blick auf ihren jüngeren.

»Ist schon gut«, flüsterte Matthias. Ihm war die Verzweiflung deutlich anzuhören. »Rolf hat vielleicht recht: Ich hätte wenigstens früher verstehen müssen, wann es Zeit zum Aufgeben ist.«

»Dein Vater hat nie aufgegeben«, erwiderte Käthe Pätzold. »Aufgeben passt nicht zu unserer Familie, hat er immer gesagt.«

Ihrem Enkel war anzusehen, dass er sich den nächsten Kommentar gerne verkniffen hätte. Aber der drängte wohl zu energisch auf Auslass: »Vielleicht hätte er, was andere Dinge betrifft, ähnlich konsequent sein sollen.«

»Redest du vom ausschweifenden Privatleben deiner Eltern und von ...?«

»Wovon sonst?«

»Dein Vater hat immer an euch Söhne gedacht«, erklärte Käthe Pätzold. »Er hat jahrelang für diesen zweiten Vertrag gekämpft. Als der fertig war, meinte er, damit wäre unsere Familie für alle Zeit versorgt.«

»Und danach hat er den Vertrag verbummelt?«, stellte Matthias lachend fest. »Seltsam, oder? Wenn es so wichtig war, was drinstand, hätte er doch auch ...«

»Hat er doch!«, fuhr seine Großmutter zum ersten Mal mit wütender Stimme dazwischen. »Ein paar Tage vor dem Flugzeugabsturz hat er ihn mir gegeben.«

»Darf ich auch erfahren, warum?« Matthias Pätzold hatte seine Stimme nur noch mit aller Mühe im Griff. »Wenn dieser zweite Vertrag endlich für klare Verhältnisse gesorgt hätte, warum hat man den denn nicht einfach öffentlich gemacht und damit Tatsachen geschaffen? Das alles macht die Sache noch rätselhafter. Paps hätte so was doch nie auf die lange Bank geschoben. Das passt nicht zu ihm ...«

»Er konnte nicht«, flüsterte Käthe Pätzold. Ihr Gesicht hatte sich auf dramatische Weise verändert. Offensichtlich sah sie sich in diesem Moment schmerzhaften Erinnerungen gegenüber. »Das hätte alles nur noch schlimmer gemacht ...«

»Was hast du denn plötzlich, Oma?«

Die alte Frau kaute noch eine Weile auf ihrer Antwort herum, dabei sorgte ihr Gebiss für seltsames Klappern. »Es wird wohl Zeit für die Wahrheit …«

»Von welcher Wahrheit redest du?« Matthias Pätzold war von seinem Stuhl hochgeschossen und auf dem Weg zu seiner Großmutter.

Doch die hob abwehrend eine Hand. »Setz dich wieder hin und hör zu. Es ist schwer genug, nach all den Jahren darüber zu sprechen.«

28

»Du wolltest doch ganz vorne anfangen.« Ole zeigte auf ein Flipchart, das er auf quietschenden Rollen vom Besprechungsraum ins Büro der Mordkommission geschoben hatte. Es war bereits Abend. Die letzten Stunden hatten die Ermittler mit intensiven Recherchen zu allen Akteuren verbracht. »Wenn ich nachdenke, brauche ich Platz zum Schreiben«, schob Ole lachend hinterher.

»Dann fang an!« Hannah lehnte sich in ihren Stuhl zurück und verschränkte die Arme vor der Brust. »Bin gespannt, was dir so einfällt.«

»Für mich fängt es mit dem Tod von Doktor Rubin an.« Ole wollte schon ganz oben auf der Seite mit dem Schreiben beginnen, doch Hannah schaffte es, ihn auszubremsen.

»Und was ist mit den mindestens fünfzig Jahren davor?«, erkundigte sie sich mit ketzerischer Stimme. »Der Schuss auf den Autozug war doch nur der Anfang vom Ende. Nach den Ursachen müssen wir in den Sechzigern und Siebzigern suchen.«

Oles Hand hing in der Luft und wartete geduldig.

»Adolf Pätzold hat damals eine kleine Immobilienverwaltung auf Sylt gegründet. Irgendwann lernt er Hubert Christiansen kennen, der zwar Geld, aber keine Ahnung vom Geschäft hat.«

»Also tun sie sich zusammen«, erklärte Ole und ließ den Filzstift über die erste Seite auf dem Flipchart wandern.

»Und sie machen einen Vertrag. Der sieht vor, dass die gemeinsame Firma nach fünfzig Jahren komplett in die Hände der Christiansens fällt.«

»Was man nachvollziehen kann, wenn man bedenkt, dass deren Familienoberhaupt alles bezahlt hat«, fügte Hannah hinzu. »Man kann die Milch teilen, bei der Kuh wird das schon schwieriger – vorausgesetzt, die soll am Leben bleiben.«

Ole schaute seine Chefin verwirrt an.

Die winkte ab. »Ein Insider ... musst du nicht verstehen.«

»Ich finde die Regelung ganz fair, wenn einer die Kontakte und ein anderer das Geld mitbringt«, fuhr Ole fort. »Und mal ganz ehrlich: Wenn ich haufenweise Wohnungen und Grundstücke bezahle, würde ich das alles auch nicht ohne Weiteres mit jemandem teilen wollen. Dafür kann man sich auch mit 'nem üppigen Gehalt bedanken.«

»Bleibt die Frage, warum irgendwann doch der zweite Vertrag entstanden ist.«

»Wenn überhaupt einer existiert«, hielt Ole mit erhobenem Zeigefinger gegen.

Hannah zeigte zum Flipchart. »Schreib das auf: Die Frage zum zweiten Vertrag, warum der überhaupt entstanden ist und ...«

»... wo er – wenn es einen gibt – abgeblieben sein könnte«, vollendete Ole, während er schrieb.

»Wenn wir davon ausgehen, dass der Mörder oder Auftraggeber aus einer der beiden Familien stammt, grenzt das die Zahl der Verdächtigen wenigstens ein.« Hannah war aufgestanden und positionierte sich neben ihrem Kollegen vor dem Flipchart. »Aber das hilft uns im Moment auch nicht weiter.«

Ein leiser Gong ertönte. Der stammte von Oles Computer und signalisierte den Eingang einer neuen Mail. »Das sind hoffentlich die Informationen über Rolf Pätzold, auf die ich schon seit heut Mittag warte.«

Hannah hatte ihren Schreibtischstuhl wiedergefunden und verzichtete auf eine Nachfrage.

Wie erwartet fuhr Ole fort, nachdem er eine Weile auf seiner Tastatur Klavier gespielt hatte: »Rolf Pätzold, sechsunddreißig … ehemaliger Oberleutnant bei der Bundeswehr.«

»Welche Einheit? So schmierig wie der aussieht, tippe ich auf Instandsetzung.«

Ole musste einen weiteren Teil der Mail überfliegen, um die Antwort liefern zu können: »KSK … Kommando Spezialkräfte.«

»Donnerwetter!« Hannah schaute in Richtung Flipchart. »Das sind – wenn es überhaupt welche bei der Bundeswehr gibt – unsere Helden in Uniform. Überall, wo's brennt, fahren die zum Löschen hin.«

Ole schickte ein gequältes Lächeln über die Schreibtische. »Willst du wissen, auf welche zwei Bereiche der liebe Rolf spezialisiert war?« Er wartete keine Antwort ab. »Sprengstoff- und Waffentechnik.«

Hannahs Augen glichen Untertassen. »Mit anderen Worten: Wir reden von jemandem, der in der Lage wäre, mit einem entsprechenden Gewehr für Tatsachen auf einem Autozug zu sorgen.«

Ole nickte, aber er hatte auch einen Einwand parat: »Wenn der Rubin auf Sylt etwas für die Familie Pätzold tun sollte, warum hätte dann ausgerechnet dieser Rolf ihn erschießen sollen?«

»Stimmt, das ergibt keinen Sinn.«

»Es sei denn, da hat einer sein eigenes Süppchen gekocht.« Ole lächelte verschmitzt. »Die Brüder scheinen sich nicht ganz grün zu sein.«

»Und wie sollte der liebe Rolf dann an irgendwelches Geld rankommen? Die gemeinsame Firma fällt an die Christiansens und jeder, der Pätzold heißt, geht leer aus. Das ergibt auch keinen Sinn!«

»Willst du auch wissen, warum man unseren Rolf bei der Bundeswehr unehrenhaft entlassen hat?« Ole zeigte grinsend auf seinen Monitor und fuhr gleich fort: »Er wurde hier in Deutschland zweimal verhaftet, als man illegale Pokerrunden hochgenommen hat. Denke, dabei ging es nicht um Klimpergeld, sondern um große Scheine – die ganz großen!«

»Wer sich in solchen Kreisen rumtreibt, der hat auch die Möglichkeit, an ein Scharfschützengewehr ranzukommen«, erwiderte Hannah. »Trotzdem bleibt die Frage, was ausgerechnet unser Bundeswehr-Rolf davon hat, wenn der Rubin mit dem Atmen aufhört. Die Verwaltung hat sich dieser Dirk Christiansen längst unter den Nagel gerissen und der ist sich übrigens sicher, dass sein Großvater die Familie Pätzold in seinem Testament vollständig ignorieren wird.«

»Mir dröhnt langsam der Schädel«, gab Ole unumwunden zu. Er warf einen Blick auf seine Armbanduhr. »Schon nach acht … vielleicht machen wir erst mal Feierabend.«

* * *

»Könnte sein, dass Opa ein zweites Testament gemacht hat«, informierte Dirk Christiansen seine Schwester. In einem Tonfall, als wäre die daran schuld. »Verstehst du, was das bedeutet und worauf es wahrscheinlich hinausläuft?«

Wiebke Christiansen stand kopfschüttelnd vor einem der Fenster ihrer Penthouse-Wohnung. Die Dämmerung hatte eingesetzt, bei klarer Luft war in weiter Entfernung das dänische Festland auszumachen.

Mit dieser wortlosen Antwort war ihr Bruder offensichtlich nicht zufrieden. »Willst du gar nichts dazu sagen? Wenn

Opa mit seinem verwirrten Kopf ernst macht, dann war alles umsonst. Dann hab ich mir jahrelang den Arsch aufgerissen, um am Ende …«

Seine Schwester fuhr dazwischen: »Vielleicht kommt es so, wie es immer kommen sollte. Wir hätten von Anfang an alles durch Vier teilen und endlich Frieden mit der Vergangenheit machen sollen.«

»Frieden?«, wiederholte ihr Bruder fassungslos. »Hast du sie noch alle? Willst du die beiden Bastarde etwa als Familie akzeptieren und sie in Zukunft zu deinen Geburtstagen einladen?«

Wiebke Christiansen tat zumindest unbekümmert. »Na wenn das dazugehört – warum eigentlich nicht?«

Ihr Bruder packte sie an den Schultern und schüttelte sie. »Ich hab die zwei nie als Familie akzeptiert und werde es auch in Zukunft nicht tun. Hast du mich verstanden? Das kommt nicht infrage!«, schickte er noch Silbe für Silbe hinterher.

»Und was willst du dagegen tun?« Wiebke hatte sich losgerissen und ein paar Meter weiter positioniert, um ihren Bruder misstrauisch zu mustern. »Willst du die beiden umbringen ... oder was?«

»Quatsch!« Dirk Christiansen steuerte schon wieder auf seine Schwester zu, stoppte jedoch abrupt. »Opa will die letzte Ausfertigung vom zweiten Vertrag, und die mit eigenen Händen zerreißen. Wenn ich das Teil finde, dann ist die Sache ein für alle Mal erledigt. Das vom Pätzold hat mich vor ein paar Monaten lumpige zwanzigtausend Euro und einen schmierigen Händedruck gekostet.«

Wiebke hatte sich kurz zuvor ein Stück weggedreht und schaute ihren Bruder erneut prüfend an. »Das hat doch nichts gebracht!« Sie schnaubte verächtlich. »Du hast doch selbst gesagt, dass du nicht weißt, wo das Exemplar von Doktor Rubin geblieben ist.«

»Genau darum geht's doch«, kam es flüsternd zurück. »Wenn wir das finden, sind wir aus dem Schneider.«

Wiebkes perfekt geschminktes Gesicht verzog sich zum ersten Mal sorgenvoll. Passend dazu wanderte ihr Blick durch ihre gigantische Penthouse-Wohnung. »Und wenn nicht? Wenn du es nicht findest?«

»Dann traue ich Opa alles zu.«

»Und mit ›alles‹ meinst du wahrscheinlich …?«

»… dass du danach vielleicht mit dem Packen anfangen kannst, Schwesterherz.«

29

Mittlerweile war es kurz vor Mitternacht. Hannah hatte Ole schon zwei Stunden zuvor in den Feierabend entlassen, sich selbst allerdings zum Bleiben verdonnert. Aktuell lief sie vor ihrem eigenen Werk, das aus einem Dutzend Flipchart-Seiten bestand, auf und ab. Die hatte sie an den Wänden rundherum verteilt, um einen Blick auf ihr mittlerweile farbenfrohes Gesamtkonstrukt werfen zu können.

Doch nichts wollte einen Sinn ergeben. Nicht mal ansatzweise!

Immer wenn sie glaubte, einen logischen Pfad aufgetan zu haben, machten ernsthafte Bedenken oder anderslautende Tatsachen den gleich wieder zunichte.

Die einen suchten krampfhaft nach einem Vertrag, die anderen leugneten sogar dessen Existenz. Sie konnte es drehen und wenden, wie sie wollte: In der Kette, die aktuell nur aus überdimensionalen Papierseiten bestand, fehlte ein wichtiges Glied. Und erst wenn Sie dieses hinzufügen konnte, würde die ganze Sache endlich einen Sinn ergeben.

Auf Hannahs Schreibtisch klingelte das Telefon. Sie warf einen Blick auf die Uhr über der Tür, um festzustellen, dass es Punkt Mitternacht war. Sie nahm den Hörer ab und meldete sich mit filmreifer Stimme: »Geisterstunde!«

»Hab mir schon gedacht, dass du noch im Büro hockst.« Doktor Stefan Eickhoff konnte sich dieses Mal sogar seinen üblichen Frohsinn verkneifen. »Wo auch sonst?«

»Sag mir bitte, dass du was für mich hast.« Hannah war auf ihren Stuhl gefallen und betrachtete ihr selbst erschaffenes Chaos aus Papier. »Ganz ehrlich: Ich dreh mich momentan nur im Kreis und weiß nicht mal, ob der irgendwo 'ne Ausfahrt hat.«

»Schimmelpilze!«, vermeldete Eickhoff, als handle es sich dabei um den Stein der Weisen. »Und bevor du fragst: Die konnten wir unter den Fingernägeln von Doktor Rubin nachweisen – neben den Farbresten.«

»Kannst du diese sagenhaften Erkenntnisse für mich übersetzen«, bat Hannah. »Ich bin wohl zu müde, um aus deiner Pilzsuppe was Leichtverdauliches zu machen.«

»Du wirst dich auch nie ändern«, stellte Eickhoff lachend fest. »Aber wenn du mich auch noch als Übersetzer missbrauchen willst, gerne: Euer lieber Doktor Rubin hat – höchstens ein paar Tage, bevor er einer Kugel im Weg war – einen Kellerraum gestrichen. Solche Schimmelpilze kommen im Prinzip nur dort vor.«

»Sicher?«

»Sicher ist nur, dass wir alle irgendwann sterben«, erwiderte der Rechtsmediziner staubtrocken. »Natürlich gäbe es noch andere Möglichkeiten, aber die sind extrem unwahrscheinlich.«

Hannah brauchte einen Moment, um die neuen Informationen zu verarbeiten. Der Motor in ihrem Kopf arbeitete höchstens noch auf zwei von vier Zylindern. Trotzdem erinnerte sie sich an Oles Ausführungen zu Rubins letzter Sekretärin. Die hatte gemeint, ihr Chef würde beinahe alles von eigener Hand erledigen, sogar das Kopieren. Und wer sich dafür nicht zu schade war, der nahm mit Sicherheit auch gerne selbst einen Pinsel in die Hand, um für farbige Tatsachen zu sorgen. Gerade dann, wenn es um ein Geheimversteck für Akten ging, das einen neuen Anstrich nötig hatte.

»Bist du noch dran?«, erkundigte sich Eickhoff.

»Dir alles über den Fall zu erklären, wäre zu umfangreich«, sagte Hannah mit hektischer Stimme. »Aktuell sieht es so aus, als sollte Doktor Rubin nur einen wichtigen Vertrag nach Sylt bringen – stark vereinfacht ausgedrückt.«

»Habt ihr den in seinem Wagen gefunden?«

»Das ist es ja: Haben wir nicht!«

Stefan Eickhoff versuchte es mit der Logik eines Mediziners: »Dann hat er das Teil irgendwo auf Sylt verwahrt und musste es nur abholen. Und es gab offensichtlich jemanden, der was dagegen hatte.«

Hannah hielt kurz die Luft an. »Und wo würdest du Papiere aufbewahren, die du wahrscheinlich nie wieder brauchst oder zeitweise verstecken willst?«

»In einem Keller«, schlug der Rechtsmediziner vor.

Hannah grunzte unverständliches Zeug. Danach lieferte sie allerdings auch die Übersetzung: »Diesen Keller muss ich finden – falls es ihn gibt.« Sie lachte. »Kannst du mir nicht dabei helfen? Im Fernsehen könnte mir jetzt ein bildhübscher Kollege verraten, dass so ein Schimmelpilz nur an der Strandpromenade im dritten Haus von links wächst. Danach würde er mich zum Essen einladen und wir würden bei einem Cocktail gleich die nächsten drei Fälle lösen.«

Eickhoff überlegte kurz. »Im Fernsehen würde mir jetzt was Schlüpfriges rausrutschen und hinterher gäb's Werbung mit Natascha und Co unter der üblichen Rufnummer.«

»Dann will ich dich lieber von nichts abhalten«, flüsterte Hannah. »Und wenn du mit Natascha fertig bist, schönen Feierabend.«

»Du bist echt unmöglich!«

»Und du bist ein Schatz. Deshalb verstehen wir uns auch so gut. Danke!«

30

Der nächste Morgen begann für Hannah mit einer weiteren Schlappe, pelziger Natur.

Nach drei Stunden Schlaf war sie zu ihrem Nachbarn Bruno rüber marschiert, um ihren Kater Joschi abzuholen. Doch der war in einer der Scheunen nur kurz um ihre Beine gestrichen, um sich danach – und vorerst auf Nimmerwiedersehen – in Richtung Heuboden zu verabschieden.

»So'n Katt schall man nich wechsperren«, erklärte ihr Bruno kurz darauf in einer seltsamen Mischung aus Hochdeutsch und friesischem Platt. Der alte Bauer lehnte sich neben Hannah gegen das offene Scheunentor und starrte ins staubige Halbdunkel. Bei genauerem Hinsehen waren diverse museumsreife Landmaschinen zu erkennen. Zwischen denen liefen vereinzelt ein paar Hühner. Hannah konnte aus eigener Erfahrung sagen, dass drei von deren Eiern es problemlos mit einer Zehnerpackung aus dem Supermarkt aufnehmen konnten.

»Kann er noch ein bisschen bei dir bleiben?«, fragte sie Bruno und klopfte dem alten Bauern dabei auf die Schulter. Eine weitere staubige Angelegenheit. »Ich weiß nicht mal, wie ich ihn jetzt einfangen soll.«

Bruno nickte. Sein Gesicht verzog sich zu einem Grinsen, das wohl eine weitere Binsenweisheit verhieß. »Mien Mudder hät immer sächt, dat du nich all hämm kunst. Entweder häst'n Job ...«, er betonte das ›J‹ auf urkomische Weise, »... oder du häst'n Katt.«

Nach diesem Vortrag hatte sich Hannah etwas übereilt von Bruno verabschiedet. Als sie in ihren BMW stieg, war ihr mal wieder nach Heulen zumute. Doch sie schaffte es, den Groll gegen sich selbst herunterzuschlucken. Diesen Zustand konnte sie sogar aufrechterhalten, bis sie vor dem Revier in Niebüll eintraf. Dort fiel ihr zuerst ein Porsche auf, den sie bereits kannte. Die zwei Buchstaben ›MP‹ hinter der Kennung für Nordfriesland lieferten letzte Sicherheit.

»Moin ... Ole schon da?«, fragte Hannah den Uniformierten hinterm Wachtresen, als sie wenig später das Revier betrat.

Der schüttelte nur den Kopf und kritzelte dabei mit stoischer Ruhe weiter auf einem Formular herum.

»Du hast Besuch!«, bölkte ein anderer Kollege von weiter hinten. »Sitzt in eurem Büro.«

Hannah wollte sich schon beschweren; ihre Mitstreiter in Uniform darüber aufklären, dass das Büro einer Mordkommission nicht als Warteraum für eventuelle Besucher gedacht war. Doch mit einem entsprechenden Vortrag hätte sie sich gleich wieder ins Abseits manövriert. Danach würden auch die Kollegen hier in Niebüll jeden einzelnen ihrer Schritte mit Argusaugen verfolgen und gehässig kommentieren, sobald sie außer Sichtweite wäre.

Aber das wollte sie nicht. Nicht hier und nicht im Zusammenhang mit ihrem geplanten Neuanfang. Also schwieg sie einfach und marschierte den Flur entlang. Von rechts drang Kaffeeduft aus der Teeküche. Hannah bog ab, füllte gleich zwei Becher und schob kurz darauf die Tür zu ihrem Büro mit dem Fuß auf.

Ein paar Meter weiter, direkt vor ihrem Schreibtisch, hatte sich Matthias Pätzold niedergelassen. Der ansonsten zugegeben attraktive Mann sah erneut wie ein Häufchen Elend aus. Ihm schien der vermeintliche Untergang seiner Familie mächtig zuzusetzen.

Von der zwangsweisen Freundlichkeit ihren Kollegen gegenüber war auf dem Weg in ihr Büro nicht viel übrig geblieben. Dementsprechend unfreundlich klang Hannahs Begrüßung: »Hoffe, Sie haben nichts angefasst.« Trotzdem hielt sie ihrem Besucher einen der Kaffeebecher entgegen.

Der schaute hinein. »Gibt es hier bei Ihnen auch Milch?«

»Haben Sie irgendwo 'ne Kuh gesehen?«

Matthias Pätzold schüttelte den Kopf. Sein Gesicht machte klar, dass auch die Mitteilung zwischen den Worten angekommen war.

Hannah nahm einen großen Schluck aus ihrem Becher und donnerte den hinterher etwas zu heftig auf ihren Schreibtisch. »Was kann ich für Sie tun?« In ihrem Kopf kreisten die Erkenntnisse vom letzten Abend. Nach aktuellem Ermittlungsstand saß sie dem Bruder eines der Hauptverdächtigen gegenüber. Es war also höchste Vorsicht geboten.

Als sich vor ihr ein Mund öffnete, kamen die ersten Worte einer seltsamen Offenbarung gleich: »Mein Vater war zeugungsunfähig!«

Hannah hatte im Dienstalltag schon die verrücktesten Dinge erlebt, aber manchmal gab es selbst für sie noch Überraschungen. Dementsprechend fiel ihre Reaktion aus: »Nett, dass Sie mir davon erzählen. Ich verstehe nur nicht, was Sie mir damit sagen wollen. Außerdem halte ich die Aussage an sich für widersprüchlich. Ein zeugungsunfähiger Mann kann doch nicht ...«

Matthias Pätzold schob sich mit Worten dazwischen: »Mein biologischer Vater ist Walter Christiansen.«

Hannah hatte es die Sprache verschlagen. Diese Information stiftete zwar sofort neue Verwirrung in ihrem Kopf, sorgte jedoch auch für ein paar Antworten.

Ihr war die Fassungslosigkeit wohl anzusehen, denn ihr Gegenüber fuhr bereitwillig fort: »Ich habe gestern Abend erfahren, dass ich noch eine Halbschwester und einen Halbbruder habe.« Er schluckte schwer, wollte einen Schluck Kaffee nehmen, ließ es dann aber doch. »Jetzt verstehen Sie sicher, warum es einen zweiten Vertrag gibt.«

»Nicht ganz, wenn ich ehrlich bin.«

Matthias Pätzold überlegte selbst einen Moment lang, vermutlich, um die einfachste Erklärung zu finden. »Auf den zweiten Vertrag hat nicht mein Vater – also der, den ich bis gestern dafür gehalten habe – bestanden, sondern …«

»… Walter Christiansen«, vollendete Hannah. Ihr Kopf war immer noch damit beschäftigt, die Rätsel der vergangenen Tage unter diesen neuen Aspekten zu betrachten. Trotzdem stand eine Tatsache fest: »Der wollte also, dass seine Kinder alle zu gleichen Teilen versorgt sind.«

»Und es gibt noch was«, erklärte Matthias Pätzold mit unheilvoller Stimme. »Ich bin mir nicht hundertprozentig sicher, aber ich glaube, dass mein Bruder Rolf etwas mit dem Tod von Doktor Rubin zu tun hat.«

Hannah überlegte, ob sie etwas von einer weiteren Leiche erzählen sollte, behielt dieses Detail allerdings vorerst für sich. Stattdessen hatte sie gleich die nächste Frage parat: »Woher wissen Sie das von Ihrem Vater – also, Ihrem richtigen?«

»Meine Großmutter hat es all die Jahre für sich behalten. Und wenn die Umstände sie nicht dazu gezwungen hätten, dann hätte sie ihr Wissen vermutlich mit ins Grab genommen.«

»Was ist mit der anderen Seite, den Christiansens? Wissen die davon?«

»Keine Ahnung.« Ein freudloses Lachen erklang. »Und glauben Sie mir: Unter den aktuellen Voraussetzungen kann ich auf neue Verwandtschaft herzlich gern verzichten.«

Hannah nickte. »Und der Verdacht gegen Ihren Bruder – gibt es dafür einen speziellen Grund?«

»Allerdings!« Matthias Pätzold nahm einen Schluck aus seinem Becher, vermutlich, um die Stimme zu ölen. »Mein Pseudo-Vater war zwar nicht der Initiator, als es damals um den zweiten Vertrag ging, aber natürlich involviert. Und er hatte wohl auch das größte Interesse daran, dass den niemand in die Finger bekommt – zumindest, so lange es sich vermeiden ließ.«

»Und warum hat er ihn nicht einfach in ein Schließfach gepackt oder …?«

»Er hat ihn meiner Großmutter zur Verwahrung übergeben«, unterbrach Matthias Pätzold. »Aber warum er das getan hat, können wir ihn heute nicht mehr fragen …«

»Weil er in einem Flugzeugwrack verbrannt ist und Ihre Oma nicht mehr weiß, wo der Vertrag geblieben ist.«

Matthias Pätzold nickte und schüttelte gleichzeitig den Kopf. »Ich bin mir mittlerweile sicher, dass Rolf ihn gefunden und vernichtet hat.«

»Deshalb der plötzliche Verdacht gegen Ihren Bruder?«

Ein geräuschvoller Atemzug läutete die Erklärung ein: »Rolf gönnt mir nicht das Schwarze unterm Nagel. Und wenn er es möglich machen kann, verliert bei der Sache am Ende einer auf jeden Fall alles: Ich!«

»Wieso?«

»Lange Geschichte … in erster Linie hat es wohl damit etwas zu tun, dass unsere Eltern uns in ihrem Testament zwar zu gleichen Teilen bedacht haben, aber ich Rolfs Anteil treuhänderisch verwalte.«

»Und damit hat er ein Problem«, stellte Hannah pro forma fest. »Hatte diese Entscheidung was mit seiner Spielsucht zu tun? War das früher auch schon so?«

»Auf jeden Fall war das wohl ein Teil davon.« Matthias Pätzold leerte seinen Kaffeebecher mit zwei großen

Schlucken und platzierte ihn vorsichtig auf der Schreibtischkante vor sich. »Und wenn man bedenkt, wie Doktor Rubin ums Leben gekommen ist und dass mein eigener Bruder – auf welche Weise auch immer – von seinem Tod profitiert, dann bin ich mir ziemlich sicher, dass er was damit zu tun hat.«

»Moin!« Ole platzte gut gelaunt ins Büro. Sein Blick fand Matthias Pätzold. »Was ist denn hier los?«

31

Wiebke Christiansen saß an diesem Morgen im Büro ihrer Boutique und hatte – was für sie ungewöhnlich war – schlechte Laune. Gerade erst hatte sie eine ihrer Verkäuferinnen mit wüsten Flüchen aus dem Büro gejagt. Seitdem war die Tür geschlossen und dahinter von Zeit zu Zeit nur Getuschel zu hören.

Wiebke hatte kaum geschlafen; die Hiobsbotschaften ihres Bruders wollten ihr einfach nicht aus dem Kopf gehen. Und auch wenn die Lösung denkbar simpel erschien – schließlich ging es nur noch um ein einziges Vertragsexemplar, das gefunden werden musste –, war deren Umsetzung doch umso komplizierter.

Am vergangenen Abend stand Dirk schon in der Tür ihrer Penthouse-Wohnung, um sich zu verabschieden, da war er ihr mit einer Idee gekommen. Die hatte sie zunächst als kompletten Unfug abgetan. Aber je mehr ihre heile Welt ins Wanken geriet, desto logischer erschien ihr der Vorschlag. Den galt es umzusetzen, hatte sie beschlossen, als sie am heutigen Morgen vor den Schaufenstern ihrer Boutique stand. Möglichst schnell!

Deshalb wischte ihr perfekt manikürter Daumen bereits über ihr iPhone. Die Nummer von diesem Kommissar hatte sie vorsichtshalber eingespeichert, um den bei einem Anruf sofort identifizieren zu können. Dass sie die irgendwann freiwillig wählen würde, hätte sie niemals geglaubt.

»Ole Friedrichsen, Kripo Niebüll«, erklang es nach dem zweiten Tuten.

»Wiebke Christiansen, guten Morgen ... störe ich?«

Diese Frage sorgte für kurzes Schweigen am anderen Ende der Leitung. Gedämpfte Stimmen waren zu hören, danach klappte eine Tür lautstark. »Ich musste nur mal raus aus dem Büro. Da hocken zu viele Leute rum«, erklärte dieser Kommissar ein wenig überhastet. »Was gibt's denn?«

Wiebke hatte sich keinen genauen Plan zurechtgelegt; wollte ganz bewusst ein wenig unsicher wirken. »Ich würde gerne noch mal mit Ihnen reden. Vielleicht ist mir doch was eingefallen.«

»Nur zu ... ich hab alle Zeit der Welt!«

»Können wir das auch hier vor Ort besprechen?« Wiebke musste alles auf eine Karte setzen. Ansonsten war dieser Vorstoß ohnehin von Beginn an zum Scheitern verurteilt. »Ich könnte Sie zum Mittagessen einladen. Wie wär's?«

»Heute?«

»Wenn es bei Ihnen passt.«

»Moment!«

Während sie wartete, trommelten Wiebkes Finger wie von alleine auf der Schreibtischplatte herum. Sie hörte erneut eine Tür, Stimmengemurmel und dann wieder eine Tür. Nach einem lautstarken Atemzug meldete sich der Kommissar ein wenig zu energisch: »Geht klar! Meine Chefin will auch nach Sylt rüber.«

»Könnten wir uns auch unter vier Augen unterhalten?«, fragte Wiebke. Schließlich wusste sie um ihre Wirkung auf andere Frauen. Die fielen gerne wie ausgehungerte Hyänen über eine perfekt gestylte Widersacherin her. »Es ist mir ein bisschen peinlich, aber ...«

»Kein Problem! Meine Chefin hat sowieso was anderes vor.«

* * *

»Was wollte sie?« Hannah hatte sich gerade erst von Matthias Pätzold verabschiedet, da kehrte Ole ins Büro zurück.

»Keine Ahnung, einfach nur mit mir reden – unter vier Augen«, fügte er geheimnisvoll hinzu.

»Du denkst aber daran, dass du im Dienst bist, ja?«

Ole verzog genervt das Gesicht, verzichtete ansonsten aber auf eine Reaktion und ließ sich schwerfällig auf der Schreibtischkante seiner Chefin nieder. »Jetzt erzähl schon: Was hatte denn der Pätzold auf dem Herzen?«

»Er wollte mir nur verraten, dass sein Vater zeugungsunfähig war«, erklärte Hannah, als wäre das die normalste Sache der Welt, mit der jeder ganz offen und unkompliziert umging. Sie war in erster Linie mit ihrem Terminkalender beschäftigt und nahm aus dem Augenwinkel wahr, wie Oles Kinnlade herunterfiel. Ohne fremde Hilfe wollte die sich offensichtlich nicht wieder schließen. »Mein Gott ...«, fuhr Hannah fort, »... ihr Männer solltet viel öfter mal ganz offen mit euren Schwächen umgehen. Da würde es mit uns Frauen auch viel besser klappen, glaub mir.«

Ole hatte sich eilig von der Schreibtischkante erhoben und ein paar Schritte im Rückwärtsgang absolviert, um für seine nächste Frage einen gewissen Sicherheitsabstand herzustellen. »Entschuldigung ... geht's dir gut? Willst du vielleicht über irgendwas reden?«

Hannah klappte ihren Terminkalender mit aufwendiger Geste zu, hob den Kopf und lächelte gequält. »Es ist alles noch ein bisschen komplizierter, als wir dachten ...«

»Das Gefühl hab ich allerdings auch!«, platzte Ole lachend dazwischen.

Seine Chefin winkte ab. »Der Pätzold hat mir verraten, dass er und sein Bruder beide Söhne von Walter Christiansen sind – biologisch!«

Ole war anzusehen, dass es in seinem Kopf ratterte. »Geht es dabei wieder um die Geschichten, von denen du mir erzählt hast: jeder mit jedem, kreuz und quer und alles fürs Vaterland?«

»Du hast es immer noch nicht kapiert: Horst Pätzold konnte zwar kreuz und quer, aber keine Kinder zeugen!«

Nach dieser Ermahnung in Sachen Zeugungsfähigkeit herrschte eine Weile Schweigen. Hannah ließ ihrem Kollegen ganz bewusst Zeit, denn auch sie hatte schließlich die Tragweite dieser neuen Informationen Stück für Stück verarbeiten müssen.

Als Ergebnis seiner Gedanken kam Ole mit der logischen Frage daher: »Dann ist der zweite Vertrag entstanden, weil alles gerecht verteilt werden sollte – unter den vier Geschwistern?«

»Messerscharf kalkuliert, Kollege!« Hannah reckte einen Daumen empor, ihre zweite Hand war mit ihrem Handy beschäftigt. »Und dabei handelte es sich übrigens nicht nur um einen Vertrag, sondern – laut Käthe Pätzold, die ihrem Enkel gestern Abend alles erzählt hat – um eine Generalabrechnung. Die ganze Wahrheit: Wer mit wem und wer wessen Kind ist.«

Ole zeigte auf die Hand seiner Chefin, die noch immer mit dem Handy beschäftigt war. »Und wen willst du jetzt anrufen?«

»Ich will einen unserer Verdächtigen so schnell wie möglich mit diesen neuen Tatsachen konfrontieren.«

»Hubert Christiansen?«, fragte Ole nach kurzem Überlegen.

»Bingo!« Hannahs Daumen war immer noch emporgereckt. »Ich möchte mal seine Version der Geschichte hören. Und ich wette, dahinter verbirgt sich der Weg zum Täter.«

»Oder zu den Tätern«, gab Ole zu bedenken. »Wer sagt

denn, dass Doktor Rubin und Margarete Bruhn von ein und demselben ermordet wurden?«

Hannahs Stirn lag in Falten. Natürlich versuchte sie, ihren Kopf möglichst frei zu halten. Dennoch gehörten die zwei Morde für sie in eine Schublade und zumindest in ihren Gedanken gab es auch nur einen Täter, der für beide verantwortlich war.

Ole konnte wohl in ihrem Gesicht lesen und versuchte es mit einem Kompromiss: »Zumindest steckt hinter beiden Morden dasselbe Motiv.«

»Und das wäre, du Schlauberger?«

»Geldgier«, erwiderte Ole wie selbstverständlich. »Ist doch klar: Zwei Geschwister wollen mit zwei anderen nicht teilen. Das hört man doch immer wieder …«

»Im Prinzip hast du recht«, bestätigte ihn Hannah mit widerwilligem Nicken. »Es gibt sicherlich ein gemeinsames Grundmotiv und es könnten auch zwei unterschiedliche Täter sein. Trotzdem hab ich das Gefühl, da steckt mehr dahinter.«

»Es könnten übrigens auch Täterinnen sein!«, mahnte Ole mit erhobenem Zeigefinger.

»Jetzt lass mich mal mit deinem Quatsch in Ruhe!«, fluchte Hannah. Sie hatte ihren Terminkalender wieder aufgeschlagen. »Ich muss arbeiten und dafür brauch ich Ruhe.«

Nach einer angemessenen Pause meldete sich Ole mit jungenhafter Stimme: »Ist es okay für dich, wenn ich mir Wiebke Christiansen allein vorknöpfe?«

Hannah musste lachen, hatte sich aber schnell wieder im Griff. »Wir stehen so knapp davor …« Sie hielt eine Hand hoch, zwischen Daumen und Zeigefinger passte kaum ein Blatt Papier. »… da ist es gut, wenn wir gleichzeitig an zwei Fronten kämpfen.«

»Kämpfen?«, wiederholte Ole gedehnt. »Was erwartest du eigentlich von mir?«

»Dass du dein Bestes gibst – beruflich!«

»Uns was heißt das genau?«

Hannah riss von ihrem Collegeblock eine Seite herunter, faltete die in der Mitte und hielt sie Ole entgegen.

Der langte danach und überflog die Zeilen seiner Chefin. »Ist das dein Ernst?«

»Wir müssen den Druck erhöhen und ich wüsste ansonsten nicht, wie.«

»Hast du das mit Matthias Pätzold abgesprochen?«

Hannah nickte nur.

»Schätze, das wird zwei anderen überhaupt nicht gefallen«, stellte Ole mit leiser Stimme fest. »Wann soll die Aktion denn losgehen?«

»Du organisierst die Leute und lässt unsere Hunde von der Kette, wenn ich dir Bescheid sage – nachdem ich dem alten Christiansen auf den Zahn gefühlt habe.«

Oles Augen überflogen ein weiteres Mal das Blatt. »Riecht nach 'ner Menge Ärger.«

»Soll es auch!« Hannah verstummte gleich wieder. Ihre in Falten liegende Stirn sprach für angestrengtes Nachdenken. »Ab sofort drehen wir den Spieß um ...«

»Was soll das denn heißen?« Ole wedelte mit dem Zettel in seiner Hand. »Sei mir nicht böse: Aber wenn ich diese Wiebke Christiansen heut Mittag auf Sylt treffen will, dann muss ich loslegen. Für deinen Auftrag hier brauch ich mindestens 'ne Stunde.«

Hannah zeigte auf den Stuhl vor ihrem Schreibtisch. »Setz dich hin, halt den Schnabel und sperr die Lauscher auf!«

32

Zwei Stunden später betrat Hannah das Pflegeheim, in dem Hubert Christiansen lebte. Bei der Autoverladung Richtung Sylt war ausnahmsweise alles glattgegangen. Ole würde hoffentlich den nächsten Zug erreichen und es auch noch bis Mittag auf die Insel schaffen. Aber vorher sollte er ein paar Vorbereitungen treffen. Schließlich wurde es höchste Zeit, für Ergebnisse zu sorgen.

Hinter den gläsernen Schiebetüren kam Hannah gleich ein bekanntes Gesicht entgegen: Das gehörte zu Nicole. Die sah ein wenig enttäuscht aus, schließlich fehlte dieses Mal Ole.

Hannah nutzte die Gelegenheit und stoppte die Pflegerin mit Worten: »Haben Sie einen Moment Zeit für mich?«

Nicole schaute sich um. Sie trug einen Stapel Bettwäsche in den Armen, den Rest erklärte ein mittelmäßig gestresster Blick.

»Ich kann gerne mit Ihrer Chefin reden«, bot Hannah an. »Es geht um Ermittlungen, dafür muss sie Ihnen freigeben und bekommt eventuellen finanziellen Schaden sogar erstattet.«

»Denke, es geht auch ohne«, erwiderte Nicole grinsend. Die Bettwäsche platzierte sie auf einem Stuhl und deutete auf einen zweiten, der zur Sitzgruppe im Eingangsbereich gehörte. »Worum geht's denn?«

Hannah wollte keine Zeit verschwenden und kam gleich

zur Sache. »Bekommt Herr Christiansen eigentlich regelmäßig Besuch?«

Nicoles erste Antwort war ein seltsames Lachen. Aber sie lieferte auch eine Erklärung dafür: »Hier bekommt so gut wie niemand regelmäßig Besuch.« Ihr Gesicht verzog sich, was auf angestrengtes Wühlen in Erinnerungen deutete. »In den letzten Wochen war bei Herrn Christiansen mehr los – das ist immer so, wenn es mit einem zu Ende geht.«

Hannah rieb Daumen und Zeigefinger aneinander, was auf Nicoles Seite für energisches Nicken sorgte. Die fuhr auch gleich fort: »Und dann war da noch der Brand letzte Woche. Danach musste die ganze Verwandtschaft antreten – um zu verhandeln.«

»Erfolglos?«

Nicole nickte. »Die beiden Enkel lassen sich nur selten blicken, schon seit Jahren. Aber da ist noch ein anderer Typ ...«

»Wissen Sie den Namen?«

Die Altenpflegerin schüttelte den Kopf.

»Können Sie den Mann denn beschreiben?«

»Ich kann auf jeden Fall sagen, dass ich ihn nicht mag«, flüsterte Nicole nach kurzem Überlegen. »Der guckt immer so komisch und sieht aus, als wenn er nicht mal weiß, was 'ne Dusche ist.«

In Hannahs Kopf erwachten die Alarmleuchten. Diese Beschreibung passte zwar nicht nur zu Rolf Pätzold, aber das konnte wohl kaum ein Zufall sein.

»Ich bin einmal ins Zimmer gekommen, als die beiden zusammensaßen«, erklärte Nicole. »Ein Wunder, dass ich die Sache überlebt habe.«

Hannah erhob sich und schüttelte der Altenpflegerin die Hand. Danach zeigte sie auf den Bettwäschestapel. »Ich würde Ihnen ja gerne helfen, aber ich hab zwei linke Hände.«

»Ist das bei der Polizei Voraussetzung?«, erkundigte sich Nicole lachend. Sie wartete keine Antwort ab. »Seien Sie bei dem Christiansen bloß vorsichtig, der hat heute besonders schlechte Laune.«

Hannah schaute den langen Flur entlang. »Ne Ahnung, woran das liegt?«

Nicole beugte sich nach vorne und lieferte die Erklärung im Flüsterton: »Meine Chefin hat gestern Abend wieder 'ne Pfeife und Tabak bei ihm gefunden ... gleich sichergestellt.«

»Und ansonsten?«

Die Altenpflegerin überlegte kurz. »Bei vielen alten Leuten ist schlechte Laune alltäglich. Keine Ahnung, warum.«

Hannah schüttelte ihr erneut die Hand. »Nicht nur bei alten Leuten – glauben Sie mir.«

* * *

Ole hatte sich zuerst um den Auftrag seiner Chefin gekümmert und traf erst kurz vor Mittag in der Boutique in Kampen ein. Dort wurde er bereits erwartet:

»Frau Christiansen ist hinten«, flötete eine blutjunge Schönheit vor der Kasse. »Sie wartet schon auf Sie.«

Ole musste sich seitlich durch einen Gang schieben, denn links und rechts standen zahlreiche Kleiderständer. So wie es aussah, vollbeladen mit der aktuellen Kollektion einiger brandteurer Designer, die zwar nicht an den Mann, aber an die Frau gebracht werden wollte.

Die Tür zum Büro war zur Hälfte geöffnet. Er klopfte nur kurz an und stand im nächsten Moment vor Wiebke Christiansens Schreibtisch.

Die lächelte ein wenig zu lange und zu freundlich. Nach einem Blick auf ihre Luxus-Uhr lieferte sie den ersten Kommentar: »Gerade noch pünktlich ... hab einen Tisch für uns zwei Hübschen reserviert.«

Ole zeigte auf einen Stuhl vor dem Schreibtisch. »Mir wäre es lieber, wenn wir uns hier unterhalten. Ist das auch okay?«

»Haben Sie noch was Wichtiges zu erledigen oder warum nehmen Sie keine Einladung zum Mittagessen an?«

Ole hatte genug von diesem Theater, wollte auf der anderen Seite allerdings auch nicht unfreundlich wirken. Er mühte sich ebenfalls um ein Lächeln, fiel auf den Stuhl und schlug die Beine übereinander. »Bei uns herrscht ziemlicher Stress«, gab er ehrlich zu. Der Rest seines Statements war ein komplettes Märchen, das er so mit Hannah abgesprochen hatte, bevor die sich auf den Weg nach Westerland gemacht hatte. »Meine Chefin und ich rechnen heute noch damit, einen Mörder verhaften zu können. Außerdem ist ein Exemplar von diesem Vertrag aufgetaucht, von dem alle reden – abgesehen von Ihnen, Sie wissen ja angeblich nichts davon.«

Auf der anderen Schreibtischseite brach eine bis dahin freundliche und relativ gelassene Fassade komplett in sich zusammen. »Dann wissen Sie es also …«

Ole nickte nur. Er hatte zwar eine gewisse Ahnung, was Wiebke Christiansen meinte, aber er wollte ihr keinen roten Teppich ausbreiten und wartete einfach geduldig auf die Fortsetzung.

Die ließ nicht lange auf sich warten: »Mein Großvater hat es Dirk und mir erzählt, kurz nachdem unsere Eltern und die Pätzolds mit dem Flugzeug abgestürzt sind.«

»Haben Sie auch 'ne Ahnung, warum sich alle Beteiligten damit so lange Zeit gelassen haben?«

»Das ist doch logisch!« Ein heute etwas zu dick geschminktes Gesicht verzog sich, die Augen darin versprühten plötzlich wieder eine altbekannte Arroganz. »Es ist ja nicht ganz normal, wenn man sich bei solchen Sachen aushilft, oder?«

»War das Ganze eigentlich geplant und sorgsam vorbereitet oder eher eine spontane Sache, bei der …«

»Ich war nicht dabei!«, fuhr ihm Wiebke Christiansen grob ins Wort. »Und glauben Sie mir: An Details hab ich keinerlei Interesse.«

Ole musste seine nächste Frage sorgsam überdenken. Schließlich wollte er aus der Frau mehr herauskitzeln und nicht etwa als Informant herhalten. Er bemühte sich, so beiläufig wie möglich zu klingen. »Gehen wir mal davon aus, dass sich alle einig waren: Warum haben Ihr Großvater und Ihr Herr Bruder zehn Jahre später solch ein Interesse daran, alle Exemplare des zweiten Vertrages verschwinden zu lassen? Wollen die beiden von Gerechtigkeit nichts mehr wissen?«

Die Antwort war lediglich ein Schulterzucken, das jedoch nicht besonders überzeugend wirkte.

Also holte Ole zum nächsten Schlag aus: »Dann verraten Sie mir wenigstens, warum Sie mich aus heiterem Himmel zum Essen einladen. Was steckt dahinter? Etwa Hunger?«

Wiebke Christiansen war anzusehen, dass sie innerlich mit sich rang. Als dieser Kampf entschieden war, zeigte sie zum ersten Mal ein aufrichtiges Lächeln. »Ich habe tatsächlich Hunger – können wir uns nicht wenigstens einen Snack holen und in die Sonne setzen?«

»Bekomme ich zu dem Snack denn auch die Wahrheit serviert?«, erkundigte sich Ole mit grenzwertiger Stimme. »Vielleicht so viel: Sie und Ihr Bruder gelten in einem Mordfall als dringend tatverdächtig … ist Ihnen das eigentlich klar?«

»Snack und Wahrheit«, flüsterte Wiebke Christiansen. Sie hatte sich erhoben und zog ihre Geldbörse aus der obersten Schreibtischschublade. »Ich frühstücke grundsätzlich nicht. Wenn Sie also so viel Zeit haben, am liebsten in der Reihenfolge.«

33

Nicole hatte nicht übertrieben. Hannah hätte Hubert Christiansen schon tags zuvor als Griesgram tituliert, heute war es allerdings noch deutlich schlimmer. Auch sein Mittagessen hatte dem alten Mann offenbar nicht geschmeckt, denn es stand unangerührt auf einem kleinen Tisch vor dem Fenster.

»Was willst du?«, fragte Hubert Christiansen, als sich Hannah nach einer frostigen Begrüßung zum dritten Mal räusperte. »Ich hab dir nichts mehr zu erzählen.«

Hannah konnte es auf den Tod nicht ausstehen, wenn andere Menschen – egal, wie alt – sie einfach so duzten. Davon abgesehen, dass es sich in ihrem Fall um Beamtenbeleidigung handelte, wurde es wohl ohnehin Zeit für die erste klare Ansage: »Ich kann Sie auch vorläufig festnehmen und auf dem Revier verhören. Wäre Ihnen das lieber?«

Zwei Blicke trafen sich. Ein Wasserstrahl dazwischen wäre vermutlich sofort gefroren.

Hannah ließ sich davon nicht beeindrucken und fuhr gleich fort: »Ich bin eigentlich nur hier, um einen Glückwunsch loszuwerden.«

Hinter einer faltigen Stirn ratterte es erkennbar. »Glückwunsch wozu?«, war die logische Nachfrage.

»Ich habe gestern Abend erfahren, dass Sie sich noch über zwei weitere Enkelkinder freuen dürfen«, sagte Hannah mit künstlicher Begeisterung. »Ist das nicht toll – so viel Familie? Aber das wussten Sie ja längst …«

Hubert Christiansen wollte sich an diesem verbalen Freudentanz offensichtlich nicht beteiligen. Ganz im Gegenteil: Seine Miene verfinsterte sich noch weiter.

Hannah nickte eifrig, um die Vermutung dahinter zu bestätigen. »Richtig! Wir haben ein Exemplar von dem Vertrag gefunden, den es angeblich gar nicht gibt. Was sagen Sie jetzt?«

»Gar nichts!«

Sie hatte zwar auf eine andere Antwort gehofft, aber so einfach wollte sich Hannah nicht geschlagen geben. Insbesondere, weil sie auf dem Weg nach Westerland am Telefon eine weitere Information erhalten hatte. Die war für sich keine Sensation, aber im Zusammenhang mit den Vorkommnissen der letzten Tage durchaus als fehlendes Puzzleteil anzusehen. Noch viel mehr, nachdem ihr Nicole verraten hatte, von wem der alte Mann vor ihr regelmäßig Besuch bekam.

»Ich soll übrigens schön von Rolf grüßen«, sagte Hannah. »Der kommt auch noch mal selbst vorbei, um sich für die zwanzigtausend Euro zu bedanken.«

Zumindest der zweite Satz sorgte für offenes Erstaunen. Für Hannah Grund genug, einen abrupten Kurswechsel vorzunehmen. »Dann wissen Sie also gar nichts von dem Geld.«

»Von welchem Geld redest du?«

Hannah lachte in sich hinein. Nachdem sie das Revier in Niebüll verlassen hatte, war Ole dort aktiv geworden. Als erste Amtshandlung hatte ein Richter die Offenlegung der Kontodaten von Rolf Pätzold veranlasst. Dessen Bank hatte mitgespielt und sofort den Online-Kontoauszug an die Ermittler rausgeschickt. Ein Exemplar davon ging auf Hannahs Handy ein, als die gerade auf den Autozug Richtung Westerland fuhr.

»Jetzt sag schon!«, knurrte Hubert Christiansen.

»Ich werde Ihnen sagen, was wirklich passiert ist«, erwiderte Hannah mit der Stimme einer Vollstreckerin. »Sie haben sich gleich zwei Marionetten ausgesucht und die tanzen lassen.«

»Aha!«

»Ihren Enkel Dirk und genauso Rolf, der auch nur eine Aufgabe hatte: den zweiten Vertrag finden und ihn vernichten.« Hannah fing keine erkennbare Reaktion auf, also fuhr sie kurzerhand fort: »Und weil bei diesen Plänen zwei Menschen im Wege waren, mussten Doktor Rubin und danach Margarete Bruhn sterben.« Sie holte zum finalen Schlag aus. »Die Morde haben Sie in Auftrag gegeben, Herr Christiansen!«

In dessen Gesicht war noch immer keine Regung erkennbar. Vielmehr sah es aus, als hätte sich der Mann spontan in eine andere Welt verabschiedet.

Hannah feierte noch innerlich ihren Triumph, als eine Nachfrage den bereits gründlich infrage stellte:

»Ist Margarete wirklich tot?«

»Ach, tun Sie doch nicht so! Sie wissen ganz genau, welchen Schaden Sie angerichtet haben. Und jetzt würden Sie am liebsten alles ...«

Die Augen von Hubert Christiansen verrieten, dass sein Verstand zurückgekehrt war. Und auch seine Stimme klang erstaunlich fest: »Raus!« Er zeigte mit wütender Geste zur Tür.

Hannah sah ihre Felle davonschwimmen. »Glauben Sie nicht, dass ich ...«

»Raus!«

* * *

Der Snack zur Mittagszeit bestand aus einem Fischbrötchen und einem Crêpe zum Nachtisch. Zweifellos ungewöhnlich bei einer Frau, für deren Designer-Kostüm nicht mal zwei von Oles Monatsgehältern reichen würden.

Der wischte sich gerade den Mund mit einer dünnen Serviette ab. Er hatte es bei einem Fischbrötchen belassen und dies mit winzigen Happen vertilgt, um etwa zeitgleich fertig zu sein. »Gestärkt genug für die Wahrheit?«, fragte er.

»Dirk und ich wissen auch erst alles, seitdem wir den Vertrag zum ersten Mal gelesen haben. Davor wussten wir nur, dass unser Vater uns zwei Halbgeschwister …«

»Ist klar! Von wem haben Sie den Vertrag denn bekommen?«

Wiebke Christiansen tat sich mit der Antwort sichtlich schwer. Aber ihr war wohl klar, dass die zwangsläufig zur Wahrheit gehörte. »Von Rolf … meinem Halbbruder«, schob sie mit verbittertem Lachen hinterher. »Dirk hat ihm Geld dafür gegeben.«

»Wie lange ist das her?« Ole kritzelte in seinem Notizbuch. »Ungefähr reicht mir.«

»Zwei oder drei Monate«, erklang es nach kurzem Überlegen. »Angefangen hat alles, als mein Bruder seinen Kompagnon und zweiten Halbbruder aus dem gemeinsamen Büro geworfen hat.«

»Sie reden von Matthias Pätzold?«, fragte Ole zur Sicherheit.

»Richtig! Danach ging es bei allen nur noch um diesen dämlichen Vertrag und alles, was damit zu tun hat. Ich hab von Anfang an gesagt, dass wir einfach alles teilen sollen – Geschwister hin, Geschwister her.«

»Rolf Pätzold hat also das Vertragsexemplar seiner Familie gefunden und es Ihnen ausgehändigt. Also, Ihrem Bruder Dirk?«

Wiebke Christiansen nickte nur.

»Und warum die Einladung zum Essen?«, wollte Ole wissen. »Wollten Sie mich aushorchen?«

Erneut Nicken, aber es folgte auch eine Erklärung. »Mein Bruder meinte, es könnte helfen. Der hat seit Monaten nichts anderes mehr als diesen verdammten Vertrag im Kopf.«

Oles Handy klingelte. Auf dem Display blinkte *Hannah*. »Da muss ich rangehen!«

»Ist schon okay.« Wiebke Christiansen warf einen sehnsüchtigen Blick in Richtung Crêpe-Stand. Vermutlich hätte sie auch noch einen zweiten vertragen. Doch das würde auf Dauer wohl für eine andere Konfektionsgröße sorgen.

Als das Telefonat beendet war, drehte sich Ole zu ihr um. »Ich muss los … Tatsachen schaffen!«

»Wollen Sie mir verraten, was das bedeutet?«

Ole schüttelte grinsend den Kopf. »Wir wollen doch nicht, dass Ihr Bruder recht behält, oder?«

»Sie meinen die Geschichte mit dem Aushorchen?«

»Genau die meine ich.«

34

Als Hannah die Pätzold-Villa am Rande von Kampen erreichte, warteten dort bereits zwei Streifenwagenbesatzungen. Sie stieg aus und begrüßte ihre Kollegen in Uniform nacheinander per Handschlag.

Einer davon, ein schlaksiger Hauptmeister, zeigte zur Villa. »Ist das wirklich euer Ernst?«

Hannah nickte nur und zog ihr Handy aus der Tasche. Sie hatte gerade erst Oles Nummer gewählt, als der mit einem Golf – ein Wagen von den Kollegen der Bereitschaft aus Niebüll – vorfuhr.

Nachdem sich alle gegenseitig begrüßt hatten, lag ein Hauch von Tatendrang in der Luft. Es war Hannah, die den Klingelknopf vor dem Tor betätigte und geduldig auf eine Reaktion aus dem Lautsprecher wartete.

»Ja?« Es war die Stimme des Hausmädchens.

Hannah schaute nach rechts und erwischte Ole gerade noch bei einem verschmitzten Lächeln. »Hier ist die Polizei … machen Sie bitte auf!«

Eine Antwort blieb aus. Stattdessen erwachte der Tormechanismus mit einem Klacken.

Die Streifenkollegen hatten bereits ihre Wagen gestartet und fuhren als erste den Kiesweg in Richtung Villa empor. Hannah beantwortete Oles wortlose Frage mit einem Kopfschütteln und stapfte im nächsten Moment nach vorne.

»Hast du den Durchsuchungsbeschluss dabei?«, fragte sie im Laufen.

»Logisch, Chefin!« Ole zog das gewünschte Dokument aus der hinteren Tasche seiner Jeans. Es war zweimal gefaltet und sah dadurch schon relativ abgegriffen aus.

»Es gibt ein paar Details, über die wir uns beizeiten mal unterhalten müssen«, erklärte Hannah, als die zwei beinahe die Eingangstür der Villa erreicht hatten. »Aber das spielt jetzt keine Rolle.«

Ein Stück entfernt hatte die dunkelhäutige Schönheit bereits geöffnet und starrte die Uniformierten vor sich mit großen Augen an. Gerade so, als stünde der Leibhaftige in vierfacher Ausführung vor ihr.

»Keine Angst!«, rief Hannah aus einiger Entfernung. »Die tun Ihnen nichts.«

* * *

»Weißt du, wer eben hier bei mir war?«

»Bist du es, Opa?«

»Wer sollte es denn sonst sein?«, fauchte Hubert Christiansen wütend zurück. »Diese Frau von der Polizei war vor 'ner Stunde wieder hier.«

»Und was wollte sie dieses Mal?«, erkundigte sich sein Enkel Dirk, noch relativ unbekümmert.

»Die wissen alles!«

»Wenn sie alles wüssten, dann hätten sie dich verhaftet. Das kann also nicht sein.«

»Mich verhaftet niemand mehr«, sagte Hubert Christiansen und schickte ein heiseres Lachen hinterher. »Und selbst wenn – die haben nicht mehr viel von mir.«

»Was hat die Frau denn gesagt?«, wollte sein Enkel wissen.

»Auf jeden Fall wissen die von der Geschichte zwischen

deinen Eltern und …« Den Rest verschluckte der alte Mann. »Und die haben den letzten Vertrag gefunden!«

»Ernsthaft?« Die Stimme von Dirk Christiansen klang längst nicht mehr so gelassen wie noch kurz zuvor. Schließlich ging es um sein Erbe, das nach dieser Neuigkeit wieder auf wackeligen Beinen stand. »Wenn du mich fragst, bluffen die.«

»Und woher wissen die dann, dass dein Herr Vater ganz besonders fruchtbar war? Meinst du etwa, die lesen solche Dinge aus dem Kaffeesatz?«

Am anderen Ende der Leitung herrschte kurzes Schweigen. Auch hinter Dirk Christiansen lag eine weitgehend schlaflose Nacht. Genug Zeit also, um über die nächsten Schritte nachzudenken. Der Anruf seines Großvaters kam ihm ganz gelegen, denn genau dort – hatte er kurz vor Sonnenaufgang beschlossen – wollte er den Hebel ansetzen.

»Was ist?« Der alte Mann hatte seine Stimme kaum mehr im Griff. »Hat's dir die Sprache verschlagen?«

»Du solltest dir die Sache mit dem anderen Testament vielleicht noch mal überlegen«, schlug sein Enkel mit seltsamem Unterton vor. »Oder willst du, dass alle Leute nach deinem Tod erfahren, was damals wirklich passiert ist?«

»Willst du mir drohen?«

»Ich will dich nur vor einem Fehler bewahren«, erwiderte Dirk Christiansen. Seine Stimme klang wieder ganz normal, beinahe freundschaftlich. »Für dich war der gute Ruf unserer Familie doch immer das Wichtigste. Falls du dich daran erinnerst: Dafür mussten sogar vier Menschen sterben.«

* * *

»Was hat das alles zu bedeuten?« Käthe Pätzold hatte sich für diese Frage sogar aus ihrem Ohrensessel erhoben und stand auf wackeligen Beinen davor. Zwischen ihren knochigen Fingern steckte ein Durchsuchungsbeschluss. Der galt für ihr luxuriöses Anwesen samt aller Gebäude darauf.

Hannah war mit solchen Reaktionen natürlich bestens vertraut und lieferte die Antwort mit bewusst sanfter Stimme. »Wir schauen uns nur ein bisschen bei Ihnen um und …«

»Was erhoffen Sie sich denn davon?«, fuhr die alte Dame dazwischen. Ihr faltiges Gesicht verhieß jedoch eine Vorahnung und die präsentierte sie mit unveränderter Wut: »Wenn Sie den Vertrag suchen – den haben nicht mal wir gefunden.«

Hannah nickte und schaffte es sogar, ihr freundliches Lächeln aufrecht zu erhalten. »Je früher wir anfangen, desto schneller sind Sie uns auch wieder los.« Sie wollte noch fortfahren, doch Rolf Pätzold hielt sie mit verschlafener Stimme davon ab:

»Was soll denn der Mist hier?« Der Stolz der ganzen Familie stand in der offenen Tür zum Salon. Bekleidet lediglich mit einem zerknitterten T-Shirt und einer Unterhose, die offensichtlich noch aus Bundeswehrzeiten stammte.

»Da ist ja unser Hauptdarsteller«, jubelte Hannah mit künstlicher Begeisterung. Ihr Blick fand zwei der uniformierten Kollegen, die sich bisher schweigend im Hintergrund hielten. »Sie sind vorläufig festgenommen, Herr Pätzold.«

Der fand nicht mal Zeit für eine Reaktion, denn Hannah peilte bereits Ole an. »Warum wir ihn festnehmen, kannst du ihm erklären. Dazu seine Rechte und danach geht's auf die Reise Richtung Festland.«

Käthe Pätzold war in ihren Ohrensessel gefallen und tat zumindest so, als würde sie mit einer Ohnmacht ringen. Das hielt Hannah allerdings nicht von der Verkündung weiterer

Konsequenzen ab: »Wir schauen uns jeden Raum genau an. Wer was findet, meldet sich sofort bei mir, verstanden?«

Eine Viertelstunde später stand die untere Etage der Villa bereits sinnbildlich auf dem Kopf. Hannah war damit beschäftigt, ihre uniformierten Kollegen zu instruieren.

Einer davon schob sich an ihre Seite und begann sofort mit genervter Stimme: »Wonach genau suchen wir eigentlich?«

»In erster Linie stiften wir hier Verwirrung«, erwiderte Hannah wahrheitsgemäß. »Und wenn uns durch Zufall was Interessantes zwischen die Finger gerät, hab ich auch nichts dagegen. Zufrieden?«

»Kannst du mal hochkommen«, brüllte Ole aus der oberen Etage. Dort hatte er, mit zwei weiteren Kollegen an seiner Seite, ebenfalls genug zu tun.

Hannah stapfte die Stufen empor und bog nach links ab. Sie betrat einen Raum, in dem es fürchterlich stank und rümpfte gleich die Nase.

»Wir haben schon die Fenster aufgerissen«, erklärte Ole. Er zeigte in die Runde. »Hier haust der Muster-Enkel.«

»Und was willst du von mir?«, empörte sich seine Chefin. »Soll ich dir Trost spenden?«

Ole zeigte auf ein Doppelbett, das mitten im Raum stand. Zwei Decken und zwei Kopfkissen lieferten bereits erste Hinweise, doch da war ein weiteres Utensil: Ein knallroter BH, der unter einer der Decken hervorlugte.

Hannah langte, ohne zu zögern, danach und musste sich nicht nur Oles, sondern auch das Grinsen von zwei Uniformierten gefallen lassen. Die waren gerade unheimlich verbissen mit einer Kommode unter dem Fenster beschäftigt. Sie fasste die Vermutung aller mit angewiderter Miene in Worte: »Ich wette, der gehört dem Hausmädchen. Und die amüsiert sich nach Feierabend mit einem ...«

»... Schmierlappen«, vollendete Ole. Sein Grinsen wurde noch breiter. »Das ist echt eklig!«

»Und sie hat uns was zu erklären«, fügte Hannah hinzu.

35

»Ich will von der ganzen Geschichte gar nichts mehr wissen, verstehst du?« Wiebke Christiansen diskutierte seit fünf Minuten aufgeregt mit ihrem Bruder. Schließlich war nichts so gelaufen, wie geplant. Ihre Stimme zitterte mittlerweile vor Wut, aus ihren Augen sprühte beinahe Mordlust.

Das hielt ihren Bruder jedoch nicht von weiteren Worten ab. »Eigentlich ist es egal, was die Polizei weiß ... ich hab Opa die Pistole auf die Brust gesetzt.«

»Und was soll das wieder bedeuten?«

»Wenn er an seinem Testament was ändert, dann geh ich mit der Sache von damals an die Presse.«

Wiebke Christiansen hatte längst die Tür zu ihrem Büro geschlossen, um unerwünschte Zuhörer auszusperren. Sie stand hinter ihrem Bruder, ihre Schultern sackten in den Keller. Danach sah ihr Blazer zwei Nummern zu groß aus. »Kannst du denn nie Ruhe geben und die Vergangenheit akzeptieren?«, fragte sie mit müder Stimme. »Unsere Eltern sind tot und wer weiß – vielleicht ist Opa tatsächlich dafür verantwortlich.«

»Ist er!«, fauchte ihr Bruder zurück. »Und er hat uns jahrelang mit Versprechungen bei Laune gehalten. Aber damit ist es jetzt vorbei, wenn er uns mit Peanuts abspeisen will.«

»Peanuts?«, wiederholte seine Schwester kopfschüttelnd.

Doch ihr Gesicht verhieß einen Themenwechsel. »Ich weiß nicht, wie es bei dir war: Ich hab nie ein Verhältnis zu unsere Eltern gehabt.« Ein verbittertes Lachen rundete dieses Statement ab. »Weißt du noch: Irgendwann hab ich zu unserem Kindermädchen Mama gesagt.«

»Das ändert aber nichts an den Tatsachen von heute«, erklärte ihr Bruder mit ungewohnt viel Gefühl in der Stimme. »Und vielleicht erinnerst du dich daran: Sie haben mich auch aufs Internat geschickt und höchstens mal zum Geburtstag oder zu Weihnachten angerufen. Ansonsten waren sie ja nur damit beschäftigt, die Zeit der wilden Siebziger auferstehen zu lassen.«

»Als sie damals mit dem Flugzeug abgestürzt sind, hab ich nicht mal geweint«, flüsterte Wiebke Christiansen. »Verstehst du? Für mich waren meine Eltern irgendwann wie Fremde.«

Ihr Bruder schlug mit traurigem Gesicht einen Themenwechsel vor: »Was hast du dem Typen von der Polizei noch verraten?«

»Nicht mehr, als er ohnehin wusste. Die haben heute noch irgendwas hier auf Sylt vor. Dachte schon, das würde dich und Opa betreffen – aber offensichtlich nicht.«

»Opa soll es bloß nicht auf die Spitze treiben«, zischte Dirk Christiansen.

»Und wenn? Willst du tatsächlich die alten Geschichten von damals aufwärmen und dafür sorgen, dass wir alle in der Zeitung landen?«

»Falls nötig, ja!«

* * *

Hannah marschierte – einen knallroten BH in Vorhalte – quer durch den Salon.

Käthe Pätzold war offensichtlich wieder bei Kräften und

ließ sich gerade Tee und Gebäck servieren. Ihr Mund klappte auf, als sie erkannte, was Hannah dort in Händen hielt.

Doch die hatte kein Interesse an der alten Frau, sondern wendete sich direkt an das Hausmädchen. Kurz zuvor hatte sich – selbst aus einem ansonsten schokoladenbraunen Gesicht – ein großer Teil der gesunden Farbe verabschiedet.

»Kommt der Ihnen bekannt vor?«, fragte Hannah und wedelte dabei mit dem Corpus Delicti direkt vor der Nase der vermeintlichen Inhaberin. »Hübsches Teil!«

Der Mund des Hausmädchens öffnete sich, aber es wollte nichts herauskommen.

Hannah kam ihr bereitwillig zur Hilfe. »Wir haben im Arbeitszimmer Ihren Arbeitsvertrag gefunden.« Sie nahm den mit freundlichem Nicken aus Oles Hand in Empfang. Der hielt sich ansonsten übrigens im Hintergrund und verzichtete auf den üblichen Flirt mit der dunkelhäutigen Schönheit. »Ihren Nachnamen kann ich nicht aussprechen, darf ich Samravit sagen?«

Das Hausmädchen nickte eifrig. »Samy genügen ... alle Samy sagen.«

»Einverstanden.« Hannah gab den Arbeitsvertrag an Ole zurück. Der zeigte mit gequältem Gesicht zur Tür – wollte offensichtlich lieber mit der Hausdurchsuchung fortfahren –, bekam jedoch ein heftiges Kopfschütteln als Antwort.

Seine Chefin fuhr mit der Stimme einer Sittenwächterin fort: »Dann verraten Sie uns doch bitte mal, warum wir Ihre Reizwäsche im Bett von Rolf Pätzold finden.«

Samy schaute Hilfe suchend zu dessen Großmutter hinunter, fand dort jedoch nicht mal einen Funken Mitgefühl oder gar Beistand. Auch Ole bekam einen ähnlichen Blick ab, den der ebenfalls abprallen ließ. Danach galt sein hauptsächliches Interesse plötzlich einer große Stehlampe neben der Tür zum Salon.

Das Hausmädchen probierte es in unbeholfenem Deutsch

mit der Flucht nach vorne: »Samy nix wissen, was wollen von ihr.«

»Dann besorgen wir uns eben einen Dolmetscher«, erwiderte Hannah völlig unbekümmert. Sie wirbelte herum und zeigte auf Ole, als wollte sie den spontan mit ihrem Zeigefinger durchbohren. »Erklär unserer Samy ihre Rechte, sie ist ebenfalls vorläufig festgenommen.«

Oles Augenbrauen wanderten nach oben. »Ernsthaft?« Er wollte noch fortfahren, doch das Gesicht seiner Chefin ließ keine Widerrede zu. »Ist gut ... wird erledigt!«

»Können Sie mir bitte verraten, was das alles soll?« Käthe Pätzold hatte mit dieser Frage gewartet, bis sie mit Hannah allein im Salon war. Die alte Frau hatte offenbar verstanden, wer für dieses familiäre Desaster verantwortlich war. »Wollen Sie uns alle zugrunde richten?«

Hannah schüttelte den Kopf. Sie plumpste auf einen der Stühle am Tisch und langte unaufgefordert zur Teekanne. Nachdem auf dem Grund ihrer Tasse zwei Zuckerwürfel auf einen Löffel warteten, bekam die alte Frau ihre Antwort: »Ich kann auch ganz nett sein«, begann sie lächelnd. »Aber wenn ich einen Mörder suche, dann ist mir jedes Mittel recht.«

»Mörder«, wiederholte Käthe Pätzold flüsternd. »Soll das bedeuten, Sie vermuten den unter meinem Dach und wollen ...?«

Hannah fuhr ihr ins Wort: »Das ist weit mehr als nur eine Vermutung! Ich gehe davon aus, dass wir Ihrem Enkel Rolf mindestens den Mord an Doktor Rubin nachweisen können.«

»Was bedeutet denn ›mindestens‹?«, erkundigte sich die alte Frau mit krächzender Stimme. Sie warf einen sehnsüchtigen Blick in Richtung Teekanne, der zunächst ergebnislos blieb.

Hannah wollte schließlich nicht als Ersatz-Hausmädchen herhalten, sondern so schnell wie möglich ein weiteres abscheuliches Detail liefern: »Sagt Ihnen der Name Margarete Bruhn etwas?«

»Selbstverständlich! Sie hat jahrzehntelang für Doktor Rubin gearbeitet.« Plötzlich verzog sich ein ohnehin faltiges Gesicht, das lag vermutlich an aufkeimenden Sorgen. »Soll das heißen, die Frau ist …?«

»… auf bestialische Weise ermordet worden«, vollendete Hannah mit unpassendem Frohsinn in der Stimme. »Und falls ich es schaffe, dann werde ich Ihrem Enkel auch diesen Mord nachweisen. Verlassen Sie sich drauf!«

»Rolf ist eigentlich ein guter Junge«, erklang es nach längerem Schweigen leise.

»Dieses ›Eigentlich‹ macht wohl den Unterschied.« Hannahs Stimme verhieß weiterhin Kampfbereitschaft. »Und ich bin davon überzeugt, dass der gute Junge im Gefängnis landen wird.«

Dessen Großmutter hatte mittlerweile wohl verstanden, was ihrem Enkel bevorstand. Zumindest präsentierte sie ein Angebot: »Falls ich damit was ändern kann, dann erzähle ich Ihnen alles, was ich weiß.«

Ausgerechnet in diesem Moment platzte Ole herein. »Verschnürt und fertig zum Abschicken!«, vermeldete er auf übliche Art. »Wenn du den Startbefehl gibst, dann machen sich die beiden auf ihre Reise nach Niebüll.«

»Du fährst mit und sorgst dafür, dass sie uns nicht davonlaufen!« Nach dieser Anweisung jagte Hannah ihren Kollegen mit wütenden Blicken und dazu passenden Gesten aus dem Salon. Schließlich lag hier eine Offenbarung in der Luft und der sollte nichts im Wege stehen.

»Dann fangen Sie am besten mal an,«, forderte sie die alte Frau auf, nachdem Ole eilig die Schiebetüren hinter sich geschlossen hatte. »Aber machen Sie sich lieber keine

Hoffnungen: Ich glaube nicht, dass Ihr Rolf deshalb ungeschoren davonkommt.«

36

»Das glaubt man gar nicht!«, fluchte Hannah, als sie am frühen Abend das Büro in Niebüll betrat. »Die Geschichte wird immer verrückter.«

Ole hockte hinter seinem Schreibtisch. Er schaute zwar neugierig auf, hatte aber auch gleich einen Hinweis in eigener Sache parat: »Ich hab auch was Neues.« Er zögerte kurz. »Aber fang du ruhig an.«

Hannah zog einen Schokoriegel aus der Jackentasche und schleuderte den in Oles Richtung. Kurz darauf lehnte sie am Fensterbrett. »Die Sache mit dem Flugzeugabsturz damals – das war vermutlich gar kein Unfall.«

»Hat Frau Pätzold das gesagt?«

»Allerdings! Und sie hat mir auch gleich den Grund genannt.« Hannah wartete keine Reaktion ab. »Kurz vor dem Flugzeugabsturz wollten unsere beiden ach so toleranten Swinger-Ehepaare einen Club auf Sylt eröffnen – ein gigantisches Paradies für Gleichgesinnte, mit allem, was dazugehört.«

»Ernsthaft?«

»Und es kommt noch besser: Käthe Pätzold meint, dass sie auch mit der Geschichte über die Leih-Vaterschaft an die Öffentlichkeit gehen wollten. Eine Art Werbeaktion für Toleranz und die offene Liebe.«

»Lass mich raten: Kann es sein, dass Hubert Christiansen was dagegen hatte?«

»Messerscharf kalkuliert!« Hannah nickte anerkennend. »Dessen Sohn Walter hatte seinen Vater wohl mit diesen verrückten Plänen unter Druck gesetzt, bis der sich auf einen zweiten Vertrag eingelassen hat. Der sollte endlich für Gerechtigkeit unter seinen zahlreichen Kindern sorgen.«

»Und als alles unter Dach und Fach war, wollte das Swinger-Quartett trotzdem nicht von seinen Plänen lassen«, fügte Ole hinzu. »Da musste ja einer böse werden.«

»Es gibt zwar keine wirklichen Beweise dafür, dass der alte Christiansen bei dem Absturz seine Finger im Spiel hatte. Aber allein die Tatsache, dass er damals die Untersuchungen zur Absturzursache mit allen Mitteln klein gehalten hat, spricht für mich Bände.« Hannah hatte sich vom Fensterbrett abgestoßen und stand kurz darauf vor Oles Schreibtisch. »Ansonsten hat Frau Pätzold so gut wie alles bestätigt, was wir bisher schon wussten. Dadurch werden einige unserer Vermutungen zu Tatsachen.«

Ole nickte zwar, doch sein Gesicht verhieß neue Bedenken. »Was ist eigentlich, wenn jemand den Vertrag sehen will, den wir angeblich gefunden haben?«

»Kennst du einen guten Fälscher?«

Oles Gesicht machte klar, dass er diese Frage als Scherz entlarvt hatte. »Vielleicht brauchen wir gar keinen …«

»Hat das was mit deiner Neuigkeit zu tun?«

Ole nickte aufgeregt. Er zog eine Mappe aus dem Aktenstapel vor sich und begann mit hochwichtiger Stimme: »Ich sollte doch herausfinden, wo Doktor Rubin übernachtet hat, wenn er auf Sylt war. Erinnerst du dich?«

»Klar! Ich hatte die Hoffnung auf eine Antwort allerdings längst aufgegeben.«

»Sehr witzig.« Ole fuhr genervt fort: »Bis vor ein paar Monaten hat der liebe Herr Doktor an erster Adresse residiert: ›Hotel Stadt Hamburg‹«.

»Wo auch sonst?« Hannah erklärte ihren eigenen Kommentar mit einer Handbewegung für erledigt. »Du hast gesagt, dass er bis vor ein paar Monaten dort geschlafen hat. Was war denn danach?«

»Das haben alles unsere Kollegen aus Kiel herausgefunden«, erklärte Ole vorab. »Doktor Rubin ist – laut seiner Kreditratenabrechnungen – beinahe wöchentlich nach Sylt rübergefahren. Und was meinst du, was er auf der Insel so getrieben hat?«

»Komm mir jetzt nicht mit noch so 'ner Swinger-Geschichte. In der Hinsicht hab ich die Nase gestrichen voll.«

Ole winkte lachend ab.

»Dann mach's nicht so spannend!« Hannah tat zwar wütend, überlegte aber trotzdem und präsentierte kurz darauf ihre erste logische Vermutung: »Hat er seine neue Wohnung renoviert?«

»Volltreffer! Und die konnten unsere Kollegen in Kiel anfangs nicht finden, weil sie noch nicht auf den Doktor umgeschrieben war«, vollendete Ole mit emporgerecktem Daumen.

»Und weil der am liebsten alles mit den eigenen Händen erledigt, haben wir daran die Farbreste gefunden.« Hannah verstummte für einen Moment. »Wir brauchen einen Durchsuchungsbeschluss. Sofort!«

Ole zog die Schublade vor sich grinsend heraus und schaute mit entrückter Miene nach unten. »Ups ... da ist der Schlingel ja schon.«

Hannah grapschte in die Luft, bis das Papier zwischen ihren Fingern steckte. »Hast du bereits irgendwas veranlasst?«

»Eigentlich müsste das Teil noch warm sein. Also: Nein!«

Im nächsten Moment flatterte der Durchsuchungsbeschluss vor Ole auf den Schreibtisch. »Ruf Clausen an, der kann uns ruhig mal helfen.«

»Und was machst du?«

»Erst mal Pause – wo sind unsere beiden Turteltauben?«

»Unten im Keller, in zwei verschiedenen Arrestzellen. Falls sie ihre Beziehung vertiefen wollen, geht das nur durch Gitterstäbe hindurch.«

»Dass ihr Männer auch immer nur an das Eine denken könnt«, empörte sich Hannah künstlich. »Und deshalb hab ich es jeden Tag mit solchen Machos zu tun.«

»Machos?«

»Vergiss es!« Hannah zeigte auf den Durchsuchungsbeschluss. »Leg los ... bevor uns ein anderer zuvorkommt.«

* * *

»Wo warst du eigentlich, als man hier bei uns alles auf den Kopf gestellt hat?« Käthe Pätzold schleuderte ihrem Enkel Matthias einen wütenden Blick entgegen.

Der war gerade erst eingetroffen und stand mitten im Speisezimmer. Anstelle einer Antwort hatte er, nach einem Blick auf den leeren Tisch vor sich, eine Frage parat: »Gibt's heute kein Abendessen?«

»Die Polizei hat nicht nur deinen Bruder verhaftet, sondern auch Samy ... wenn du Hunger hast, musst du dir selbst was aus der Küche holen.«

Matthias Pätzold hatte bereits auf dem Absatz kehrtgemacht, doch seine Großmutter schaffte es, ihn mit Worten zu stoppen: »Ich habe dich was gefragt! Wo warst du, als hier ...?«

»Unterwegs«, erklang es wie selbstverständlich. »Und falls du fragen willst: Ja, ich wusste, was hier passieren sollte – wenigstens ansatzweise.«

»Und dann hältst du es nicht für nötig, uns beizustehen?«

»Warum sollte ich?« Matthias Pätzold hatte sich wieder vollständig zu seiner Großmutter umgedreht. Seine Augen funkelten vor Wut. Ein tiefer Atemzug deutete auf eine längere Gegenattacke. »Rolf hat mich jahrelang nur belogen und benutzt – damit kann ich leben. Aber von dir hab ich was anderes erwartet, Oma.« Er machte eine kurze Pause, sah danach nicht mehr wütend, sondern nur noch zutiefst enttäuscht aus. »Du beklagst dich darüber, wenn die Polizei in deinen Schränken herumwühlt. Weißt du, wie ich mich fühle, nachdem jemand mitten in meinem Kopf sämtliche Schubladen herausgerissen und durchwühlt hat?«

»Ich wollte dich all die Jahre nur schützen«, flüsterte seine Großmutter nach endlosem Schweigen. »Mehr nicht … aber ich kann verstehen, wie du dich fühlst.«

»So – du kannst also verstehen, wie man sich fühlt, wenn einem andere das Leben auf links drehen und man von einem Moment zum nächsten alles verliert?« Matthias Pätzold lachte verbittert. »Würde mich interessieren, woher du dieses Gefühl kennst.«

»Ich habe dieser Kommissarin alles erzählt«, erwiderte seine Großmutter nach kurzem Zögern. »Alles über deine Eltern, den Flugzeugabsturz und die ganzen Geschichten drumherum.«

»Auch, dass der liebe Rolf unser Vertragsexemplar hat verschwinden lassen?«

»Wie kommst du denn darauf?« Käthe Pätzold klang aufrichtig entrüstet. »Er hat doch selbst gesucht und …«

»… uns beide die ganze Zeit mit seinem Schmierentheater verarscht!«, vollendete ihr Enkel. »Die Kommissarin hat mich vorhin angerufen. Rolf hat 'ne Menge Geld auf sein Konto eingezahlt. Und das hat er nicht von mir bekommen!«

»Von mir auch nicht«, flüsterte seine Großmutter. »Und du meinst …?«

»Natürlich, Oma! Du hast doch selbst gesagt, dass der Vertrag jahrelang da war – und plötzlich verschwindet er wie von Geisterhand.« Ein mitleidvoller Blick traf eine alte Frau. »Hast du ansonsten 'ne vernünftige Erklärung dafür?«

Er bekam lediglich ein Kopfschütteln als Antwort.

»Siehst du!« Matthias Pätzold hatte sich auf einem Stuhl vor dem Tisch niedergelassen. Sein Hunger schien verflogen. »Und weil es nichts gibt, was für Rolf spricht, kannst du dich schon mal für alle Zeit von ihm verabschieden.«

»Was soll das heißen?«

»Dass er ins Gefängnis geht ... für lange, lange Zeit!«

37

»Okay, du schnappst dir unsere liebe Samy und knöpfst sie dir im Verhörraum vor«, sagte Hannah. Kurz zuvor hatten sie und Ole beschlossen, sich auch in Sachen Vernehmungen aufzuteilen. Schließlich drängte die Zeit. »Und nicht vergessen: Wir brauchen Ergebnisse!«

»Die du dir wie vorstellst?«, wollte Ole wissen.

Hannah schaute zur Bürotür, durch die jeden Moment Rolf Pätzold und sein Anwalt marschieren würden. Für eine Erklärung senkte sie sogar ihre Stimme. »Es ist schon nach sieben. Ich hab keinen Bock auf 'ne weitere Nachtschicht und brauch was Handfestes. Nicht gleich ein umfangreiches Geständnis, aber wenigstens einen Hinweis, mit dem wir unseren Hauptverdächtigen unter Druck setzen können.«

»Dann bist du dir also sicher, dass Rolf Pätzold ...?«

»Für mich passt da alles zusammen«, unterbrach Hannah ihren Kollegen. »Die Vergangenheit bei der Bundeswehr, das Verhältnis zu seinem Bruder ... und Geld auf seinem Konto, für das ich eine Erklärung erwarte.«

Ole nickte zwar, doch seine nächsten Worte verhießen eher Ratlosigkeit: »Ich mach mich vom Acker und hör mir mal an, was unsere Samy zu sagen hat.«

»Denk dran, dass Kamera und Mikrofon laufen. Und ich will hinterher keine Beschwerden hören, weil du den Schürzenjäger nicht vor der Tür zum Verhörraum lassen konntest.«

»Was denkst du eigentlich von mir?«, empörte sich Ole künstlich.

»Nichts! Und jetzt nimm das Mädel richtig in die Zange – wir brauchen Futter für einen Haftrichter.«

Fünf Minuten später saßen auf zwei Stühlen vor Hannahs Schreibtisch Rolf Pätzold – die Hände in Handschellen auf dem Rücken fixiert – und dessen Staranwalt, der eigens aus Hamburg angereist war: ein gewisser Doktor Hartmann.

Nachdem die üblichen Formalitäten erledigt waren, ergriff der gleich das Wort: »Mein Mandant verweigert zunächst jede Aussage. Dürfte ich erfahren, was Sie ihm konkret vorwerfen?«

»Unter anderem den Mord an Doktor Jakob Rubin!«, fauchte Hannah bewusst kaltschnäuzig über den Schreibtisch.

»Das würde Vorsatz und niedere Beweggründe voraussetzen«, erwiderte Doktor Hartmann seelenruhig. Dessen schneeweißer Hemdkragen war vielleicht eine Spur zu eng. Deshalb hüpfte sein Krawattenknoten beim Reden. »Können Sie dazu Angaben ma…?«

Hannah fuhr gleich dazwischen: »Wie wär's mit Habgier? Immerhin geht es um ein Millionenvermögen.«

»Und wie kommen Sie ausgerechnet auf Herrn Pätzold?« Der Anwalt schenkte seinem Mandanten einen freundlichen Blick und starrte dann wieder Hannah mit eiskalten Augen an. »Für mich trägt das Ganze den Beigeschmack von Willkür. Oder haben Sie für Ihre Behauptungen auch irgendwelche Beweise?«

Hannah trat innerlich voll auf die Bremse. Am liebsten hätte sie den schmierigen Winkeladvokaten aus ihrem Büro geschmissen. Und zwar, um sich danach Rolf Pätzold – der schon seit einer Weile nur an die Decke starrte – richtig vorzuknöpfen. Doch stattdessen lieferte sie einen minutenlangen Monolog über dessen Vergangenheit bei der Bundeswehr und seinen objektiv lotterhaften Lebensstil. Zuletzt erwähnte sie noch eine rätselhafte Bareinzahlung, für deren Herkunft es keine nachvollziehbare Erklärung gab. Den Mord an Margarete Bruhn ließ sie zunächst außen vor, denn der hätte höchstens für zusätzliche Verwirrung auf beiden Seiten des Schreibtisches gesorgt.

Dieser Doktor Hartmann litt wohl unter Gesichtslähmung. Zumindest zeigte er beim Zuhören keinerlei Regung. Erst als Hannah ihren endlosen Vortrag mit einem erleichterten Atemzug für beendet erklärte, öffnete sich der Mund des Mannes, um fünf Worte zu entlassen: »Mein Mandant hat ein Alibi.«

* * *

Im Verhörraum, der am entgegengesetzten Ende des Reviers lag, hatte Ole ganz bewusst für entspannte Atmosphäre gesorgt. Zwei Wassergläser standen bereit, er hatte die Vorhänge zugezogen, um die tief stehende Abendsonne auszusperren, und sogar ein paar Butterkekse aus der Teeküche lagen auf einer Untertasse, die mitten auf dem Tisch stand.

Ein Uniformierter klopfte und schob die Tür vor sich auf, um Samy in den Verhörraum zu lassen. Ole erhob sich von seinem Stuhl und deutete auf den zweiten gegenüber. »Setzen Sie sich, bitte.«

»Ich Ihnen nix kann sagen«, flüsterte Samy, noch bevor sie richtig saß.

Ole rückte sein Notizbuch zurecht, platzierte seinen Kugelschreiber oben drauf – ein billiges Plastikteil – und räusperte sich geräuschvoll. »Sie wollen auf einen Dolmetscher verzichten«, begann er ganz ruhig. »Bedeutet das …?«

»Samy seit zwei Jahren in Deutschland sein, kann verstehen fast alles. Sprechen sein schwieriger.«

»Das ist für mich kein Problem«, erwiderte Ole lächelnd. Er schaute in zwei schneeweiße Augen, die in einem beinahe schwarzen Gesicht wie Sterne leuchteten. »Ich will Ihnen nichts vormachen«, fuhr er fort. »Sie stecken bei der Sache ziemlich tief mit drin.«

Auf der anderen Tischseite sorgte diese Feststellung für offensichtliche Verwirrung. Sogar die beiden Sterne reduzierten sich auf die Hälfte. »Was meinen mit Sache?«

»Ihr Freund – Rolf Pätzold – ist mit großer Wahrscheinlichkeit in zwei Mordfälle verwickelt. Wir gehen davon aus, dass es sich bei ihm um den Täter handelt.«

»Rolf nix tut Böses«, erwiderte Samy kopfschüttelnd. »Seien manchmal komische Mann, aber deshalb nix tun Böses.«

»Wieso sind Sie sich da so sicher?«

»Ich Rolf lieben. Er versprochen hat, Samy will heiraten.«

Oles Augenbrauen wanderten nach oben. Zur Sicherheit versuchte er es mit einer Übersetzung: »Rolf Pätzold und Sie wollen heiraten?«

Diese Nachfrage sorgte für energisches Nicken auf der anderen Tischseite. »Samy schwanger sein. Kinder viele haben will ... alle leben im Haus mit Großmutter. Rolf sorgen wird für ganze Familie. Er versprochen hat.«

»Wie will er das denn anstellen, wenn alles an die Christiansens geht?«

Samy brachte nicht mehr als ein Schulterzucken zustande.

»Das kann ja was werden«, murmelte Ole vor sich hin. Er war sich nicht sicher, ob die Frau seine vorherige Frage überhaupt verstanden hatte. Aber das war ihm auch relativ egal. Er hob den Kopf und schaute in zwei Augen, die erneut vor Begeisterung strahlten. Seine nächste Frage würde wohl für einen Dämpfer sorgen: »Was soll denn aus Ihrer Familie werden, falls der Vater nicht mal die Geburt erlebt – weil er zum Beispiel im Gefängnis sitzt?«

»Rolf nie wird sitzen im Gefängnis. Nichts getan haben.«

»Ja ... dann hoffe ich mal für Sie, dass Sie recht behalten.«

* * *

Hannah schüttelte immer noch verwirrt den Kopf. »Alibi, wofür?«

Der Anwalt zog seelenruhig eine dünne Pappmappe aus seiner Aktentasche und schlug die auf. »Wenn meine Informationen zutreffen, dann wurde Doktor Jakob Rubin am Freitag vor einer Woche zwischen zwölf und dreizehn Uhr auf dem Autoreisezug in Richtung Westerland erschossen. Ist das richtig?«

»Natürlich ist das richtig!«, fauchte Hannah genervt zurück. In erster Linie war sie wütend auf sich selbst. Seit zwei Tagen überschlugen sich die Ereignisse und sie hatte sich – blindem Aktionismus geschuldet – nicht mal an die normale Reihenfolge gehalten. Schließlich überprüfte man für gewöhnlich vor der Festnahme eines Verdächtigen dessen Alibi.

Bis vor ein paar Minuten war sie sich sicher gewesen, dass Rolf Pätzold mindestens für einen Mord verantwortlich war. In solchen Momenten gaukelt einem der Verstand gerne eine wasserdichte Beweiskette vor.

Auf genau die hatte es Doktor Hartmann abgesehen. »Mein Mandant war an diesem Freitag von morgens kurz nach acht bis zum frühen Nachmittag beim Arzt. Zum Check-up! Etliche Untersuchungen ... Sie kennen das ja bestimmt.« Ein dichtbedrucktes Blatt wanderte über den Schreibtisch. Und auch die Erklärung ließ nicht auf sich warten: »Darauf finden Sie die Adresse des Arztes in Kiel, die

Namen der Schwestern und was Sie sonst noch so brauchen. Falls doch etwas fehlt, sagen Sie gerne …«

»Wir haben Ihren Mandanten erst vor ein paar Stunden festgenommen«, beschwerte sich Hannah mit wütender Stimme. Sie zeigte auf das Blatt vor sich, das sie bisher nicht angerührt hatte. »Kann es sein, dass Ihr Auftritt hier von langer Hand geplant war?«

»Herr Pätzold hat mir gegenüber schon vor ein paar Tagen Befürchtungen geäußert«, erklärte der Anwalt mit süffisantem Lächeln. »Und wie es aussieht, hat er recht behalten.«

In Hannahs Kopf herrschte Ausverkauf. Sie überlegte fieberhaft, auch, ob sie den Mord an Margarete Bruhn ins Spiel bringen sollte. Aber was den betraf, gab es bisher ja nicht mal einen exakten Todeszeitpunkt. Vorausgesetzt, sie würde diese zweite Runde eröffnen: Dabei wären ihre Karten noch weit schlechter als bei der ersten.

Der Anwalt hatte ihre aktuelle Notlage längst erkannt und stürzte sich wie ein ausgehungertes Raubtier auf die Reste einer Hauptkommissarin, die vermeintlich kurz vor der Kapitulation stand. »Wenn wir die Beteiligung meines Mandanten in der ›Mordsache Rubin‹ damit aus der Welt geräumt hätten … gibt es ansonsten Vorwürfe gegen ihn?« Ein schmieriges Grinsen feierte bereits die vermeintliche Antwort. Und selbst einen letzten Seitenhieb ließ sich der Anwalt nicht nehmen. »Entweder Sie führen Herrn Pätzold einem Haftrichter vor oder Sie müssen ihn spätestens morgen Mittag entlassen.«

»Gut, dass Sie mich daran erinnern«, erwiderte Hannah mit künstlichem Lächeln. Sie hatte sich ihre vorläufige Niederlage längst eingestanden, aber nicht vor, deshalb den ganzen Krieg für verloren zu erklären. Sie nahm den Anwalt mit Blicken ins Visier. »Wer kommt eigentlich für Ihr Honorar auf?«

»Dazu muss ich keine Angaben machen«, kam es wie aus der Pistole geschossen zurück. Die eiskalte und routinierte Fassade blieb bestehen, doch Hannah meinte, ein paar feine Risse zu erkennen. »Und jetzt wäre es nett, wenn Sie eine Entscheidung treffen. Ich werde nach Stunden bezahlt und möchte meinen Mandanten nicht unnötig belasten – wo Sie sich doch solche Sorgen um mein Honorar machen.«

Hannahs Blick wanderte zu Rolf Pätzold. Der war schon seit Beginn dieser Unterhaltung vielmehr am Fußboden vor sich, als an deren sonstigen Teilnehmern interessiert. Doch das hielt die Hauptkommissarin nicht von einem finalen Statement ab: »Sie kommen sich wahrscheinlich ganz schlau vor. Aber da hat es schon ganz andere gegeben, die schlauer waren und trotzdem ...«

»Sehen Sie sich vor, was Sie sagen«, fuhr der Anwalt dazwischen. »Zwingen Sie mich nicht zu disziplinarischen Maßnahmen.«

Hannahs Kopf schoss herum. An Rolf Pätzold hatte sie plötzlich jegliches Interesse verloren. »Ihr Mandant wird sich noch wundern. Und jetzt wünsche ich Ihnen beiden eine gute Nacht.«

Der Anwalt schaute ein wenig verunsichert zur Seite. »Uns beiden?«

Hannah gab ihm keine Antwort, sondern langte zum Telefonhörer. Als am anderen Ende jemand abnahm, war ihre Stimme eine Mischung aus Wut und Weltuntergang. »Kommst du bitte rüber und nimmst unserem Besucher die Handschellen ab?« Eine kurze Pause entstand. »Ja, natürlich jetzt gleich!«

»Bedeutet das, Herr Pätzold darf heute Abend noch nach Hause gehen?«, erkundigte sich der Anwalt, nachdem dieses unfreundliche Telefonat beendet war.

Hannahs Mundwinkel wanderten nach oben und sorgten

für ein weiteres künstliches Lächeln. »Was sollte es denn sonst bedeuten?«

* * *

Ole hatte der Haushälterin ganz bewusst noch einige Details zweier Morde verraten, damit jedoch auch keine Meinungsänderung herbeigeführt. Samy demonstrierte weiterhin Unwissenheit und zumindest nach außen hin die feste Überzeugung, Rolf Pätzold sei alles, aber kein Verbrecher.

Ole wollte gerade die nächste Runde einläuten, als die Tür zum Verhörraum aufflog.

»Sie können nach Hause gehen!«, vermeldete Hannah und zeigte dabei vorsichtshalber auf Samy. »Wenn Sie sich beeilen, dann erwischen Sie Ihren wundervollen Freund noch vor der Tür.«

»Wir sind aber noch nicht fertig«, protestierte Ole. »Ich wollte mich gerade ...«

»... verabschieden!«, fügte Hannah mit energischer Stimme hinzu. Sie machte zwei Schritte nach vorne, zog ihren Kollegen am Ärmel hoch und gleich ein Stück hinter sich her.

Die Haushälterin der Pätzolds saß noch immer auf ihrem Stuhl und konnte es gar nicht glauben. »Samy wirklich kann gehen?«, war die logische Frage in gebrochenem Deutsch.

Hannah wirbelte herum. »Ich weiß nicht, ob Sie können – aber Sie dürfen.«

»Was sollte denn die Vorstellung?«, erkundigte sich Ole kurze Zeit später, als er mit seiner Chefin im Büro ankam. »Hab ich wieder irgendwas versäumt?«

Hannah fiel auf ihren Schreibtischstuhl. Und sie brauchte keine fünf Minuten, um ihren Kollegen über das verbale Gemetzel namens Verhör zu informieren, das sie hinter sich hatte. Die schmerzhaften Erinnerungen endeten mit einem wütenden Fazit: »Man hat uns nach Strich und Faden verarscht. Und ich blöde Kuh hab angebissen, wie ein Fisch, der den ersten Tag im Wasser schwimmt.«

»Ich war mir auch sicher, dass Rolf Pätzold unser Täter ist.« Ole lachte kurz auf, was ihm einen wütenden Blick einbrachte. »Wenn das nicht der Fall ist, dann hängen wir zu zweit am selben Haken.«

»Hat unsere schwarze Schönheit irgendwas Interessantes von sich gegeben?« Hannahs Stimme machte klar, dass sie die Antwort auf ihre Frage längst kannte.

Doch Ole tat ihr den Gefallen. »Die ist sich sicher, dass der Vater ihres Kindes nichts verbrochen hat.«

»Was soll das denn heißen?«

»Was wohl?« Ole kämpfte gegen ein Grinsen und verlor. »Unsere liebe Samy ist schwanger!«

»Und der stolze Vater ...?«

»... hat ihr versprochen, dass er in Zukunft die ganze Familie ernährt.«

Der letzte Satz sorgte eine Weile für Schweigen. Hannah fasste den Extrakt ihrer zahlreichen Gedanken in Worte: »Hat er auch gesagt, wovon?«

»Wenn wir das herausfinden, dann ...«

»... wissen wir auch, wer hinter allem steckt«, vollendete Hannah. »Darauf müssen wir uns konzentrieren. Und ich wette, danach vergeht auch diesem Rolf Pätzold sein dämliches Grinsen.«

38

»Ist gleich neun«, murmelte Ole. Er hatte seinen Schreibtisch notdürftig aufgeräumt und schaute erwartungsvoll zu seiner Chefin hinüber, die immer verbissener mit bergeweise Unterlagen vor sich beschäftigt war. »Mal über Feierabend nachgedacht?«, erkundigte er sich vorsichtig. Ein Grinsen huschte um seine Mundwinkel. »Und vielleicht hast du gerüchteweise schon mal davon gehört: Es ist Freitagabend, da verabschieden sich manche Leute sogar ins Wochenende – kaum zu glauben.«

Hannah hob den Kopf, schüttelte ihn und reagierte ansonsten gar nicht.

»Wie wär's denn, wenn ich dich zum Essen einlade?« Ole lachte. »Wir feiern deinen Einstand und ich bezahle. Falls du fragen willst, wohin es geht: in den wunderschönen Dorfkrug von Lütjenholm. Den hat unsere Gemeinde vor gut zwei Jahren gekauft und das ganze Dorf hat dran gearbeitet, um ihn vor einem Investor zu retten.«

»Ich könnte tatsächlich mal zwei Stunden Auszeit gebrauchen, in der es nicht nur um Mord und Totschlag geht.« Hannah lehnte sich in ihren Stuhl zurück, gähnte und rieb sich die Schläfen. »Gibt es in eurem Dorfkrug auch was Vegetarisches?«

»Du hast doch letztes Mal auch Currywurst und Pommes verschlungen, als gäbe es kein Morgen«, protestierte Ole. Er wollte gerade nachlegen, als beide Telefone zugleich klingelten. »Das ist Clausen«, stellte er nach einem Blick auf sein Display fest. »Den hatte ich ganz vergessen.«

»Ich nicht!«, erwiderte Hannah mit gequältem Lächeln. Sie langte zum Hörer und aktivierte sofort den Lautsprecher, damit Ole lauschen konnte. »Was hast du für uns, Martin?«

»Für den Anfang vierzehn Umzugskartons. Die Wohnung ist so gut wie leer – abgesehen von einem Tisch, zwei Stühlen und ein paar Regalen, die noch nicht mal aufgebaut sind. Im Keller haben meine Leute bergeweise Akten gefunden. Willst du die ...?«

»... am liebsten sofort hier bei mir haben«, vollendete Hannah.

»Und wie stellst du dir das vor? Bei uns ist Urlaubszeit. Wenn die Verbrecher von unserer aktuellen Besetzung Wind bekommen, dann zählen wir ab morgen jede Nacht doppelt so viele Einbrüche hier auf Sylt.«

Hannah stöhnte genervt. Erst danach bemerkte sie, dass Ole hinter seinem Schreibtisch hochgeschossen war und im nächsten Moment vor ihrem stand.

»Was ist denn?«, fragte sie und vergaß, dabei den Hörer zuzuhalten. »An Feierabend oder Wochenende brauchst du mich nicht noch mal zu erinnern.« Sie zeigte mit Blicken zur Bürotür. »Du kannst jederzeit gehen – ich halte dich von nichts ab.«

Auch Ole hatte ein genervtes Stöhnen im Repertoire. Trotzdem lieferte er eine Antwort: »Der nächste Personenzug Richtung Niebüll geht um kurz vor halb zehn – und bis Mitternacht noch jede Stunde.«

»Hast du mitgehört, Martin?«, fragte Hannah den Kollegen von der Sylter Kripo.

»Erwartest du jetzt von mir, dass ich die Kartons zum Bahnhof transportieren lasse und ...?«

»Ist das ein Problem?«

»Ich hab eigentlich Wochenende«, erklärte Martin Clausen. »Aber warum nicht? Krimis sind sowieso langweilig.«

»Dann läuft es wohl doch wieder auf Imbiss-Futter hinaus«, beschwerte sich Ole, nachdem das Telefonat beendet war. Er stützte sich mit den Händen in den Hüften ab und ließ die kurz kreisen. »Glaubst du, ich kann mir noch mal 'ne Currywurst erlauben?«

Hannah schaute auf und verzog skeptisch das Gesicht. »Ich glaube, die letzte war schon zu viel.«

Ole war bereits auf dem Rückweg zu seinem Schreibtisch. Er murmelte unverständliches Zeug und war erst wieder zu verstehen, als er dahinter saß. »Gehe ich recht in der Annahme, dass du den Krempel aus dem Keller selbst unter die Lupe nehmen willst ... heute noch?«

Hannah schaute auf und nickte nur.

»Darf ich dir dabei helfen oder muss ich unbedingt Feierabend machen?«, fragte er, von Selbstironie beflügelt.

»Am besten sorgst du erst mal für was Essbares. Mir hängt der Magen schon seit heut Mittag in den Kniekehlen.«

»Wer fährt zum Bahnhof, um die Kartons abzuholen?«

»Das sind vierzehn Stück«, überlegte Hannah laut. »Am besten fahren wir mit zwei Autos rüber und ...«

»Hinterm Revier steht ein Bus von der Bereitschaftspolizei.« Ole grinste gequält. »Schätze, die Glücklichen machen Wochenende. Heißt: Wir können uns das Ding ausleihen.«

* * *

»Sie sollten sich lieber von Ihrem Großvater verabschieden«, erklärte die Heimleiterin mit leiser Stimme. Die war extra aus ihrem Feierabend zurückgekehrt, um sich mit Wiebke und Dirk Christiansen im Pflegeheim zu treffen.

»Wie lange noch?«, erkundigten sich die zwei beinahe wie aus einem Munde.

»Genau kann ich es Ihnen nicht sagen. Tage – vielleicht auch nur Stunden. Es geht ihm sehr schlecht.«

»Und warum wird er dann nicht in ein Krankenhaus gebracht?«, wollte Dirk Christiansen wissen.

Die Heimleiterin schien darauf vorbereitet zu sein und zückte eine Patientenverfügung. Zur Sicherheit überflog sie deren Beginn und gab ihn sinngemäß wieder: »Ihr Großvater will keinesfalls künstlich beatmet werden, aber wir dürfen ihm mit reinem Sauerstoff helfen. Flüssigkeit ist auch okay, aber er will nicht künstlich ernährt werden.« Die Frau wedelte mit dem Schriftstück in ihrer Hand. »Steht alles hier drin ... kann ich gerne für Sie kopieren.«

»Das ist nicht nötig«, erklärte Wiebke Christiansen. »Können wir zu ihm?«

»Schätze, das ist in Ordnung«, sagte die Heimleiterin. »Aber ich muss Sie warnen: Er befindet sich wirklich in sehr schlechtem Zustand – bitte nicht erschrecken.«

Ein paar Minuten später standen die beiden Enkelkinder am Bett ihres Großvaters. Einzige Lichtquelle war eine winzige Lampe in der Fensterbank. Die sorgte bestenfalls für Zwielicht. Eine Altenpflegerin, die neben dem Bett gesessen und bis vor kurzem Kreuzworträtsel gelöst hatte, verließ den Raum beinahe fluchtartig.

»Kannst du mich hören, Opa?« Dirk Christiansen lehnte sich über seinen Großvater. Dessen Gesicht sah relativ entspannt aus, wurde allerdings von der Sauerstoffmaske zur Hälfte verdeckt. »Wir sind's: Dirk und ...«

Hubert Christiansen grunzte und sorgte damit zunächst für Ruhe.

»Ich glaube, er will was sagen«, erklärte Wiebke.

»Und was soll ich machen?«, fragte ihr Bruder, dem die

Verunsicherung anzuhören war. »Etwa die Maske hochziehen?«

Sein Großvater gab die Antwort. In Form eines Nickens, das nur mit viel Fantasie als solches zu erahnen war.

»Zieh sie hoch«, flüsterte Wiebke. »Er will uns was sagen – das sieht man doch.«

Ihr Bruder wirkte immer noch unentschlossen. »Vielleicht rufen wir lieber 'ne Pflegerin. Die soll das erledigen.«

»Was soll man denn dabei falsch machen?« Wiebke schob ihn beiseite und umfasste vorsichtig die Kunststoffmaske. »Ich mach das, Opa.«

Mit jedem Zentimeter, den die Maske emporwanderte, nahm ein Zischen an Lautstärke zu.

»Kann man das nicht irgendwo abstellen?«, beschwerte sich Dirk Christiansen. »Das nervt!«

Nachdem sie die Maske vollständig entfernt hatte, hielt Wiebke die ihrem Bruder entgegen, bis der endlich mit spitzen Fingern danach langte. »Pack das Ding einfach auf den Nachttisch.« Sie beugte sich über ihren Großvater. »Jetzt kannst du reden, Opa. Was ist denn? Brauchst du irgendwas?«

Hubert Christiansen öffnete den Mund, seine Lippen zitterten.

Von hinten schob sich Matthias an seiner Schwester vorbei. »Was sagt er?«

»Ich kann nichts verstehen, sei still!«

Der alte Mann unternahm einen weiteren Anlauf, doch auch dabei kam kein artikulierter Laute zustande.

»Noch mal, Opa! Tief Luft holen und ...«

Das hatte Hubert Christiansen längst erledigt. Sein Brustkorb hob sich zum ersten Mal erkennbar, als sein Atem kurz darauf entwich, brachte er die Mitteilung an seine Enkelkinder überraschend laut zustande: »Verschwindet!«

39

»Mit den Kartons neben der Tür bin ich schon fertig. Die haben mit Sylt überhaupt nichts zu tun – außerdem alles uralter Krempel, der entsprechend stinkt.« Ole fuchtelte mit den Armen herum. Er hatte den Gemeinschaftsraum des Reviers zweckentfremdet und sich dort mittlerweile komplett ausgebreitet. Obwohl das gemeinsame Essen bereits drei Stunden her war, roch es dort immer noch nach Currywurst und Pommes. Unter anderem, weil Ole zwei Streifenkollegen, die ihm beim Transport der Kartons behilflich gewesen waren, zum nächtlichen Snack eingeladen hatte.

»Was ist mit denen da rechts?«, erkundigte sich Hannah und deutete auf ein paar weitere Kartons.

»Die hab ich da nur aufgestapelt und ansonsten noch nicht angefasst.« Ole zeigte zu zwei Tischen hinüber; dort stapelten sich Akten. »Ich nehme mir jeden einzeln vor und suche natürlich in erster Linie nach ...«

»... dem Vertrag«, vollendete Hannah mit frustrierter Stimme.

»Wie sieht's denn bei dir aus?«, wollte Ole wissen.

»Mit meinen drei Kartons bin ich fertig.« Hannah hatte ihre eigene staubige Suchaktion lieber im Büro erledigt, bevor man sich gegenseitig auf die Füße trat. »Auch alles nur alter Kram, für den sich wahrscheinlich niemand mehr interessiert.«

»Die hier sieht ziemlich neu aus.« Ole fischte eine Dokumentenmappe aus seinem aktuellen Karton und hielt sie hoch. »Mist!«

»Was ist denn?«, erkundigte sich Hannah.

Ole schien noch immer mit sich zu hadern. »Ich hab doch mit der letzten Sekretärin von Rubin geredet. Und bei dem ganzen Stress seit Montag hab ich Blödmann vergessen, dass die mir einen Namen und eine Adresse gegeben hat ...«

»Von seinem Nachfolger?«

»Er hat doch keinen – aber einen guten Freund, der noch praktiziert.« Ole hielt seiner Chefin die Mappe entgegen, auf der das Hamburg-Wappen und der Name des Notars zu lesen waren. »Ein gewisser Doktor Schulz. Rubins Sekretärin meinte, dass man schon seit Monaten alle Anfragen dorthin weiterleitet.«

»Dann sollten wir vielleicht mal mit diesem Doktor Schulz reden.«

»Wir?«

»Na gut, ich!«

Ole zeigte erneut auf die Kartons. »Wenn wir irgendwann ins Bett wollen, sollten wir erst mal damit ein bisschen Gas geben.«

Hannah nickte, hatte allerdings auch noch einen Kommentar parat: »Wenn du so lange bei der Kripo bist wie ich, dann lernst du irgendwann, dass Schlaf auch überbewertet wird.«

»Dann sollte ich lieber schnell ’ne reiche Frau kennenlernen?«, erwiderte Ole lachend. »Oder ich ...«

»Kümmer dich lieber um die Kartons«, unterbrach ihn Hannah. »Und glaub mir: Du bist nicht der Typ, der auf Dauer den Kronprinzen mimt und zu allem Ja und Amen sagt.«

»Sondern?«

Hannah war bereits auf dem Weg zur Tür. Sie blieb stehen, drehte sich um und lächelte gequält. »Darüber muss ich mal in Ruhe nachdenken. Und jetzt sieh zu, dass du dich an die Arbeit machst – schließlich willst du ins Bett.«

* * *

»Hast du ’ne Ahnung, was in Opa gefahren ist?« Wiebke Christiansen saß auf dem Beifahrersitz im Wagen ihres Bruders. Der hatte sie auf dem Weg zum Pflegeheim abgeholt und wollte sie aktuell nur vor ihrer Tür absetzen. Schließlich war es weit nach Mitternacht und kaum der richtige Moment, um die letzten beinahe drei Jahrzehnte aufzuarbeiten.

Trotzdem konnte sich Wiebke einen weiteren Kommentar nicht verkneifen: »Komisch drauf ist er ja schon seit Jahren, aber so hab ich ihn …«

»Der weiß, dass es mit ihm zu Ende geht«, unterbrach ihr Bruder sie. »Und an seinem Verhalten ist auch nichts neu – nur extremer als in den letzten Jahren.« Ein höhnisches Lachen erklang. »Kannst du dich an einen entspannten Tag zusammen mit Opa erinnern? Hast du irgendwann mal auf seinem Schoß gehockt und er hat dir über den Kopf gestreichelt?«

Wiebke schüttelte genau den, der Intensität nach aus voller Überzeugung. »Nö … dir?«

»Wohl nicht, ansonsten würd ich ja nicht fragen«, antwortete Dirk. »Oma war da anders. Sogar noch, als der Krebs sie von innen aufgefressen hat.«

»Das würde bedeuten, dass es nicht an uns liegt«, flüsterte seine Schwester. »Oder doch?«

»Unsere ganze Familie ist irgendwie … speziell«, erwiderte ihr Bruder nach kurzer Bedenkzeit. »Das gilt wahrscheinlich auch für uns.«

Wiebke lehnte sich zur Seite und verpasste ihm einen Kuss auf die Wange. »Sieh zu, dass du nach Hause kommst. Schätze, wir dürfen gleich morgen wieder im Pflegeheim antreten.«

»Du meinst, weil Opa …?«

»Wenn du mich fragst, ja. Er hat doch schon mehr tot als lebendig ausgesehen.«

Dirk Christiansen wartete geduldig, bis seine Schwester ausgestiegen war und neben seinem Ferrari stand. Als sie den Kopf durch die offene Seitenscheibe steckte, rutschte ihm ein Satz heraus, den er ursprünglich für sich behalten wollte: »Wenn Opa tatsächlich den Löffel abgibt und vorher sein Testament geändert hat, dann sind wir am Arsch, Schwesterherz.«

Wiebke war bereits im Rückwärtsgang, lehnte sich aber doch noch mal nach vorne. »Was meinst du damit?«

»Hab ich dir doch erklärt: Wir verwalten die Immobilien nur! Wenn die einen neuen Eigentümer bekommen – und das sind nach Opas Abgang nicht wir –, dann werden die Karten komplett neu gemischt.«

»Und du meinst, dabei könnten wir verlieren?«

»So sieht's aus!«

* * *

»Ich hab meine letzten drei Kartons im Schnelldurchgang erledigt«, erklärte Hannah, als sie in den Besprechungsraum zurückkehrte. Dort war Ole gerade damit beschäftigt, einen Karton zu verschließen.

»Das wäre auch mein letzter«, stöhnte er und lieferte so einen klaren Hinweis auf das Ergebnis seiner restlichen Suche. »Ganz ehrlich: Ich hab die Schnauze sowas von voll!«

»Dann haben wir also nur diesen zweiten Notar in Hamburg, der uns wahrscheinlich auch nicht weiterhelfen kann«, erklärte seine Chefin. »Wir müssen uns drauf einstellen, dass uns hier der Wind ab Montag von vorne ins Gesicht bläst.«

»Was meinst du denn damit?«

Hannah lachte verbittert. »Ich bin schon ein paar Tage länger dabei – vielleicht sogar zu lange.«

»Und was heißt das genau?«

»Das Einzige, was wir bisher vorweisen können, sind ein paar Verdächtige. Die Nummer Eins haben wir festgenommen, um ihn am selben Tag wieder auf freien Fuß setzen zu müssen. Und ansonsten ...« Hannah zeigte in die Runde, am Ende blieb ihr Blick an einem der Kartons haften. »... haben wir viel Staub aufgewirbelt und so gut wie nichts erreicht.«

»Meinst du, man zieht uns von dem Fall ab?« Ole flüsterte, als hätte er Angst vor unerwünschten Zuhörern. »Geht das so schnell?«

»Wahrscheinlich nicht«, antwortete Hannah nach kurzem Überlegen. »Aber warte ab: Wir haben jetzt schon den Welpenschutz verloren ...«

»... und dürfen uns nicht wundern, wenn wir in den nächsten Sommerferien ins Tierheim abgeschoben oder auf 'nem Rastplatz festgebunden werden. Scheißspiel!«

Hannah atmete schwer. »Ich fahre morgen früh nach Hamburg und versuche, diesen Doktor Schulz zu erreichen.«

»Und was soll ich machen?«

»Du machst Wochenende!« Hannah konnte sich ein Grinsen nicht verkneifen. »Kümmer du dich lieber um deine Bräute. Wer weiß: Vielleicht musst du doch die Notbremse ziehen und einen auf Kronprinz machen.«

»Zu Befehl, Chefin! Und falls du mich doch brauchst, kann ich jederzeit ...«

Hannah stoppte ihren Kollegen mit einer Handbewegung. »Montagmorgen um acht fängst du damit an, das Alibi von diesem Rolf Pätzold auseinanderzunehmen. Jede einzelne Minute! Ich will wissen, wann er in einen Plastikbecher gepinkelt hat und was dabei rausgekommen ist. Klar?«

»Dafür brauchen wir aber einen weiteren richterlichen Beschluss.«

»Dann solltest du lieber noch früher anfangen. Und jetzt sieh zu, dass du nach Hause kommst. Für dich ist Wochenende – das ist ein Befehl!«

40

Nach lediglich zwei oder drei Stunden Schlaf musste sich Hannah am nächsten Morgen einen sinnbildlichen Tritt in den Hintern verpassen. Zum Frühstück spülte sie nur schnell einen Becher Kaffee herunter, weil sie noch vor sieben auf der Straße sein wollte, um dem Stau-Wahnsinn auf den Autobahnen zu entkommen. Der war eine logische Konsequenz des Bettenwechsels in Dänemark und an den Küsten von Nord- und Ostsee. Ein kriechendes Spektakel, das sich in den Sommermonaten mit zuverlässiger Regelmäßigkeit an jedem Samstag wiederholt.

Und vielleicht wäre Hannahs Plan sogar aufgegangen – schließlich wollte sie gegen neun in Hamburg eintreffen. Doch ein Holländer, dessen Wohnwagen auf der A23 in Höhe Itzehoe einfach abgerissen war und seitdem auf der Autobahn querstand, hatte offensichtlich etwas dagegen. Es war also beinahe Mittag, als sie erneut die Handynummer von Doktor Schulz wählte, mittlerweile zum dritten Mal.

Der meldete sich immer noch mit einem Lachen, das Hannah erleichtert registrierte. »Wo sind Sie jetzt, Frau Lambert … falsch abgebogen?«

»Höhe Halstenbek-Krupunder. Wenn kein Krieg ausbricht oder ein UFO vom Himmel fällt, müsste ich in etwa zehn Minuten vor Ihrer Kanzlei in der Elbgaustraße stehen. Ist das immer noch okay für Sie?«

Die Antwort fiel relativ kurz aus: »Bis gleich!« Danach war das Gespräch beendet.

Auf der einen Seite atmete Hannah erleichtert aus, auf der anderen zweifelte sie schon am Sinn dieser stauverseuchten Odyssee, seitdem sie die Tür ihrer Zweizimmerwohnung in Hattstedt von außen abgeschlossen hatte. Doch was blieb ihr denn anderes übrig? Ole und sie hatten auf Sylt viel Staub aufgewirbelt. Der würde sich schnell legen und im Anschluss die Trümmer vorschneller Entscheidungen offenbaren. Vorzeichen, wie sie schlechter nicht sein konnten.

»Ihretwegen musste meine Frau heute alleine zur Lesung ihrer Autoren-Gruppe marschieren«, beschwerte sich Doktor Schulz lachend, während er die zwei Treppen zu seinem Büro emporstapfte. »Ist Ihnen das klar?«

Hannah wagte die Flucht nach vorne. »Klingt für mich so, als hätte ich eher ein Dankeschön verdient.«

Der Notar war vor seiner Bürotür angekommen und öffnete nacheinander drei Türschlösser. Zuletzt musste noch die Alarmanlage deaktiviert werden. Während er den Zahlencode eintippte, schirmte er das Eingabefeld mit der Hand ab. »Sicher ist sicher«, entschuldigte er sich. »Haben Sie eigentlich auch einen Dienstausweis?«

Hannah zog den aus der Tasche und hielt ihn bereitwillig hoch. »Vielleicht machen Sie sich lieber 'ne Kopie – falls Ihre Frau es genauer wissen will.«

Fünf Minuten später röchelte die Kaffeemaschine und vermeldete damit eine koffeinhaltige Stärkung. Doktor Schulz hatte in seinem Besprechungszimmer sämtliche Fenster aufgerissen, denn Hamburg ächzte Mitte August unter wüstenähnlichen Temperaturen.

»Jetzt verraten Sie mir doch bitte mal, was so wichtig ist und warum ich auf Magdalena Klein und ihre lyrischen

Ergüsse verzichten muss.« Das Gesicht des Notars verfinsterte sich eine Spur. »Und warum konnten wir das nicht am Telefon klären?«

Hannah bedankte sich mit einem Nicken für ihre Kaffeetasse, sogar ein kleiner Keks hatte neben dem Löffel Platz gefunden. Die Frage von Doktor Schulz hatte sie natürlich vorhergesehen, tat sich mit der Antwort allerdings ein wenig schwer. »Dann wissen Sie also noch nichts?«

»Was sollte ich denn wissen, junge Frau?« Doktor Schulz war vermutlich um die sechzig und konnte sich deshalb eine solche Anrede erlauben. »Nu mal nicht so schüchtern – mich bringt so schnell nichts aus der Fassung.«

Hannah wollte trotzdem auf Nummer sicher gehen: »Sie kennen Doktor Jakob Rubin?«

Schon diese erste Frage sorgte dafür, dass das Lächeln vor ihr erstarrte. »Natürlich kenne ich Jakob. Ich hab ihm einiges zu verdanken.« Der Notar schaute sich um. »Die erste Einrichtung hier – das ist über zwanzig Jahre her – hat er mir vorfinanziert.«

»Er wurde umgebracht.« Hannah hatte sich an die Worte von Doktor Schulz erinnert. Schließlich schätzte der sich selbst als relativ belastbar ein. »Er ist auf dem Autoreisezug nach Sylt erschossen worden.«

»Das war Jakob!« Der Mund von Doktor Schulz stand nach dieser ersten Reaktion offen. Seine zweite – das kam häufig vor – entbehrte jeglicher Logik: »Sind Sie sich sicher?«

»Natürlich!« Hannah überlegte, wie viel Zeit sie einem offensichtlich schockierten Mann lassen sollte und entschied sich, gleich nachzulegen: »Er war auf Sylt in eine ziemlich große Sache verwickelt.«

»Was heißt denn ›verwickelt‹?«, empörte sich Doktor Schulz sofort. »Glauben Sie mir: Ich lege für meinen Freund und Kollegen die Hand ins Feuer. Und egal, was Sie herausgefunden haben, es gibt keinen ehrlicheren Menschen – gab keinen«, korrigierte sich der Notar mit dünner Stimme.

»Wie lange kennen Sie Doktor Rubin schon?«

»Seit der Uni ... im Studium hab ich mein erstes Praktikum bei ihm absolviert. Danach haben wir uns nie wieder aus den Augen verloren.«

»Können Sie sich vorstellen, dass es auch ein paar Dinge gab, die Sie nicht über Ihren Freund und offensichtlichen Mentor wussten?«

Der Notar schüttelte energisch den Kopf. »Am besten erzählen Sie mir alles – ganz von vorne, wenn ich bitten darf.«

Hannah brauchte lediglich fünf Minuten, um beinahe sämtliche Hintergründe zu erläutern. Angefangen bei dem Aufstieg einer Sylter Immobilienverwaltung, dem Leben und Sterben zweier Ehepaare, die es mit der Treue nicht allzu ernst genommen hatten, bis hin zu vierzehn Kartons, in denen sie, zusammen mit Ole, auf die Spur nach Hamburg gestoßen war.

Als sie mit ihren Ausführungen fertig war, wirkte das Gesicht von Doktor Schulz überraschend entspannt. Auch seine erste Antwort fiel entsprechend aus: »Ich hatte mir schon gedacht, dass es damit was zu tun hat. Jetzt wird mir einiges klar ...«

»Was genau wird Ihnen klar?«, erkundigte sich Hannah. In ihrem Hinterkopf flammte ein Hoffnungsschimmer auf. »Wissen Sie etwas über die Vorkommnisse auf Sylt?«

Doktor Schulz gab ihr keine Antwort, sondern sprang regelrecht auf. Er verließ das Besprechungszimmer und kehrte kurz darauf mit einem Aktenordner in der Hand zurück. Der lag kaum auf dem Tisch, da schlug ihn der Notar schon auf. »Jakob – Entschuldigung ...«

»Ist schon okay«, sagte Hannah. »Ich weiß ja, wer gemeint ist.«

Diesen Hinweis nahm Doktor Schulz lächelnd zur Kenntnis. »Er war von Zeit zu Zeit hier, um bei uns einige Dokumente zu hinterlegen.«

»Sie meinen Jakob?«

»Ja, genau den meine ich.«

Hannah lehnte sich ein Stück nach vorne, konnte vom Inhalt des Ordners jedoch nur ein Deckblatt überfliegen; wohl so etwas wie ein Inhaltsverzeichnis.

Der Notar hatte ihren neugierigen Blick übersetzt und lieferte bereitwillig eine Erklärung: »Wussten Sie, dass Jakob bis zuletzt beinahe alles für diesen Hubert Christiansen erledigt hat? Einkäufe, Bankgeschäfte ... er hatte sogar Kontovollmacht.« Passend dazu fanden die Finger von Doktor Schulz eine der Trennseiten im Aktenordner. Dahinter verbarg sich ein Stapel mit Kontoauszügen.

»Sind das die von Christiansen?«, fragte Hannah zur Sicherheit.

»Vom ersten Januar bis heute. Nach den Jahren davor müsste ich suchen. Aber da war es ohnehin viel weniger – richtig Bewegung ist auf dem Konto erst seit ein paar Monaten.«

Hannah war bemüht, ihre Neugier zu zügeln. Vermutlich waren ihr spontan Stielaugen gewachsen, die sie mit einem unschuldigen Lächeln zu kaschieren versuchte.

Zu ihrer Überraschung klappte Doktor Schulz den Aktenordner zu, drehte ihn und schob ihn danach in ihre Richtung. Gerade so, als wolle er damit nichts mehr zu tun haben.

»Was soll das bedeuten?«, erkundigte sich Hannah erstaunt.

»Mein Freund Jakob hat mir diese Unterlagen lediglich zur Aufbewahrung überlassen. Eine private Bitte, die nichts mit meinem Beruf zu tun hatte. Und falls sein Tod tatsächlich mit Christiansen und diesen seltsamen Vorkommnissen auf Sylt zu tun hat, dann haben Sie von meiner Seite mit jeder Unterstützung zu rechnen.« Der Notar lächelte geheimnisvoll. »Inoffiziell, versteht sich.«

»Ich weiß gar nicht, was ich sagen soll«, stammelte Hannah. Sie zeigte mit Blicken auf den Ordner vor sich. »Darf ich kurz durchblättern, falls sich sofort Fragen ergeben?«

»Tun Sie sich keinen Zwang an.« Doktor Schulz erhob sich und war auf halbem Weg zur Tür. »Meine Damen kaufen jede Woche Kekse. Ich hoffe, davon finden sich noch ein paar mehr in der Küche. Noch einen Kaffee dazu?«

»Gerne.« Hannah war bereits mit dem Ordner beschäftigt. Hinter den Kontoauszügen waren diverse Barbelege abgeheftet, nichts Interessantes. Es folgten der Betreuungsvertrag mit dem Pflegeheim – allein dafür war jeden Monat eine Zahlung in schwindelerregender Höhe vonnöten – und ein paar weitere Verträge, wie sie irgendwann wohl beinahe jeder hat: Mobilfunk, Versicherungen und Festnetz-Telefon. Der letzte Reiter war nicht beschriftet. Als Hannah den umschlug, stockte ihr der Atem.

Zufällig kehrte Doktor Schulz gerade zurück, jedoch ohne eine weitere zuckerhaltige Attacke. »Keine Ahnung, wo die ganzen Kekse ständig bleiben.«

Hannah konnte es noch immer kaum fassen. Sie schaute zu dem Notar auf und brachte lediglich ein Stammeln zustande: »Wussten Sie, dass hier auch eine Kopie von Hubert Christiansens aktuellem Testament abgeheftet ist?«

Die Stirn von Doktor Schulz lag in Falten. Er schnappte sich den Aktenordner, drehte ihn und warf selbst einen Blick darauf. »Das hat ein Kollege auf Sylt verfasst – vor nicht mal sechs Monaten.« Er überlegte kurz, wohl, um eine Erklärung zu liefern. »Davon abgesehen habe ich diesen Ordner nicht regelmäßig durchgeblättert. Warum auch?«

Hannah starrte wie hypnotisiert auf das Testament, von dem sie aktuell nur die Kopie des Deckblatts sehen konnte.

Der Notar hatte ihren Blick enträtselt und quittierte den mit einem Lächeln. »Soll ich oder wollen Sie?«, fragte er.

»Machen Sie lieber«, erwiderte Hannah mit dünner Stimme. Nach all den Strapazen der letzten Tage und den Wirren um Verträge und Testamente wollte sie lieber einem anderen den Vortritt lassen. Doktor Schulz war schon im Begriff, umzublättern, da hielt sie ihn an der Hand fest und fuhr im Flüsterton fort: »Ich weiß nicht, was drinsteht. Aber ich wette, das wird die größte Überraschung von allen.«

41

Montagmorgen

Hannah hockte bereits seit kurz vor sieben hinter ihrem Schreibtisch. Der Ausflug von Samstag und die aus Hamburg mitgebrachten Neuigkeiten sorgten zumindest bei ihr für ein wenig Zuversicht und Arbeitseifer.

Ole platzte herein. Der hatte zuvor beinahe eine Stunde ununterbrochen telefoniert und war dementsprechend genervt. »Ein Wunder, dass ich bei Richter Deppenhauer nicht auch noch am Wochenende den Rasen mähen muss«, beschwerte er sich. Dazu wedelte er mit ein paar Seiten. »Aber wenigstens haben wir, was wir wollten: den Beschluss.«

»Und was bedeutet das genau?«, fragte Hannah. »Hast du schon mit der Praxis in Kiel telefoniert?«

Ole schleuderte ihr einen vernichtenden Blick entgegen. »Natürlich hab ich!« Er trottete kopfschüttelnd zu seinem Schreibtisch und fiel in den Stuhl dahinter. »Hast du 'ne Ahnung, was in so 'ner Praxis am Montagmorgen los ist?«

Hannah gab keine Antwort, sondern trommelte mit den Fingern auf ihrer Schreibtischplatte.

Also fuhr Ole fort: »Wir bekommen die Unterlagen zu Rolf Pätzold und seinem Check-up innerhalb der nächsten Stunde – haben die mir wenigstens versprochen. Wobei eventuelle Befunde geschwärzt werden, das ist normal. Es sei denn, die hätten direkt was mit dem Fall zu tun.«

»Wichtig ist nur, ob er wirklich da war«, fauchte Hannah quer über die Schreibtische. Danach entschuldigte sie sich mit einem kurzen Lächeln. »Was ist mit den Unterlagen von der Bundeswehr? Bekommen wir die …?«

»… auch so schnell wie möglich«, vollendete Ole. »Vertrau mir … ich hab alles im Griff.« Er verstummte kurz und setzte ein Gesicht von der Sorte ›Misstrauisch‹ auf. »Willst du mir jetzt endlich verraten, was Samstag bei dem Notar los war? Du tust ja gerade so, als wärst du auf ein Staatsgeheimnis gestoßen.«

Hannah schnappte sich eine der Mappen von ihrem Schreibtisch und marschierte zu Ole hinüber. »Schau da mal rein«, forderte sie ihn auf, nachdem die Mappe vor ihrem Kollegen lag. »Insbesondere die Zusammenfassung der Kontoauszüge …«

Ole überflog die erste Seite und hatte bereits einen Kommentar parat: »Donnerwetter! Das war seit Januar über 'ne halbe Million. Ich frage mich nur, wofür?«

»Das frage ich mich auch«, sagte Hannah. »Die Abhebungen sind jeweils auf Sylt erfolgt und ich weiß zufällig, dass nur Doktor Rubin Kontovollmacht hatte – der liebe Hubert Christiansen hat seine Bank schon seit zwei Jahren nicht mehr von innen gesehen.«

»Woher weißt du das denn alles?«, erkundigte sich Ole erstaunt.

»Hab telefoniert …«

»Mit wem?«

»Mein Gott!«, stieß Hannah genervt heraus. »Ich bin bei derselben Bank und ein Schulfreund von mir ist dort ein hohes Tier bei der Filialdirektion in Kiel. Zufrieden?«

»Hat dein Freund schon mal was vom Bankgeheimnis gehört?«

Hannah zeigte ungeduldig auf die Mappe. »Blätter mal um … es kommt noch viel besser.«

Ole tat wie befohlen. »Das ist Hubert Christiansens Testament«, murmelte er, während er dessen erste Seite überflog. »Ups … da werden ein paar andere aber große Augen machen.«

Hannah nickte energisch und fügte noch einen eigenen Kommentar hinzu. »Eine Sache steht fest: Von dem Testament hat niemand was gewusst. Und wenn …«

»… hätte es für den ganzen Wahnsinn von vornherein keinen Grund gegeben«, vollendete Ole. »Bin gespannt, wann die Bombe platzt.«

»Kurz nachdem der Christiansen mit dem Atmen aufgehört hat«, erwiderte Hannah bewusst kaltschnäuzig. Sie wollte noch fortfahren, doch Oles Computer hielt sie mit leisem Bimmeln davon ab.

»Das sind die Unterlagen aus Kiel«, jubelte der. Danach verfinsterte sich sein Gesicht allerdings. »Aber mal im Ernst: Bis jetzt spricht alles dafür, dass Rolf Pätzold ein narrensicheres Alibi hat. Wie wollen wir denn …?«

»Ein Alibi, das du Punkt für Punkt auseinandernimmst!«

»Auf jeden Fall haben die seine Versichertenkarte durchgezogen«, begann Ole, nachdem er die erste Bildschirmseite überflogen hatte. »Das passt schon mal.«

»Mit der kann auch jeder andere zum Arzt laufen«, erklärte Hannah. »Ich hatte mal 'ne Freundin – die war in 'ner schlimmen Phase – und ist mit meiner Karte zum Arzt. Den Rest hat die Beihilfe erledigt.«

»Das ist doch verboten!«, empörte sich Ole.

»Und was jetzt? Willst du mich anzeigen, weil ich mal 'ner Freundin aus der Patsche geholfen habe?«

Ole schüttelte den Kopf und widmete sich wieder exklusiv seinem Bildschirm.

»Ich lass dich lieber in Ruhe arbeiten«, sagte Hannah. »Ich hab sowieso noch was vor.«

Während seine Chefin durch die Bürotür verschwand,

prüfte Ole weitere Details. Das Bundeswehrkrankenhaus in Hamburg hatte zumindest das Stammblatt von Rolf Pätzold geschickt, auf dem relevante Personendaten verzeichnet waren: Blutgruppe, Körpergröße, Gewicht ... alles stimmte mit den Angaben überein, die bei einem Check-up vor rund anderthalb Wochen aufgenommen wurden. Das roch nach einer Sackgasse.

Ole lehnte sich zurück, verschränkte die Hände hinterm Kopf und gähnte herzhaft. Auch wenn er es gewagt hatte, von einem anderen Ergebnis zu träumen – die Tatsachen waren niederschmetternd: Rolf Pätzold kam als Täter zumindest für den Mord an Doktor Rubin kaum mehr infrage und eine Alternative war weit und breit nicht in Sicht. Vielleicht hatte seine Chefin recht: Nicht mehr lange, dann würde ihnen der Wind von vorne ins Gesicht blasen.

* * *

Hannah hatte sich in den Besprechungsraum verkrümelt, um in Ruhe telefonieren zu können. Das erste Gespräch glich dem vielzitierten Gang nach Canossa. Mit dem Unterschied, dass Hannah kein König und Gerd Hoffmann, als Chef der Landespolizei, längst noch kein Papst war. Doch ansonsten kam dieses Telefonat schon recht nahe an einen Bitt- und Bußgang heran, der beinahe tausend Jahre zurückliegt.

»Hoffmann!«, erklang es nach endlosem Klingeln.

In diesem Moment hätte Hannah sogar die grauhaarige Sekretärin vorgezogen, denn ihr Oberboss klang nach schlechter Laune. »Ich wollte mich mal melden und dir einen Zwischenstand geben«, begann sie viel zu unterwürfig und ärgerte sich gleich. Dementsprechend fuhr sie deutlich energischer fort: »Wir haben es mit zwei Morden zu tun und ...«

»Dein sagenhafter Zwischenstand liegt hier schon auf meinem Schreibtisch«, unterbrach Gerd Hoffmann sie. Wenigstens mit einem halben Lachen, es dürfte also nicht gleich auf einen Rauswurf hinauslaufen. »Ich weiß natürlich nicht alles, aber du solltest in den nächsten Tagen möglichst nicht den falschen Leuten auf die Füße treten.«

»Der Fall ist ziemlich kompliziert. Ich wollte ...«

»Der Fall ist mir erst mal piepegal«, fuhr Hoffmann erneut dazwischen. »Mir geht es um dich, Krümel. Wenn du so weitermachst, dann reicht schon sehr bald nicht mal mehr meine schützende Hand. Dieser Christiansen ist einer vom alten Sylter-Geldadel. Und ich hab hier bereits ein Schreiben von seinem Staranwalt aus Hamburg.«

»Unerfreulich?«

»Nein – natürlich nicht!« Erneut folgte ein Lachen, das nichts mit Begeisterung zu tun hatte. »Du marschierest in ein Pflegeheim, setzt einem Multimillionär kräftig zu und erwartest wahrscheinlich noch ein Dankeschön dafür.«

»Willst du mich aus der Schusslinie räumen?«, erkundigte sich Hannah, weil nichts mehr folgte.

»Ich will zunächst gar nichts – doch: Pass auf dich auf und zieh wenigstens für ein paar Tage den Kopf ein. Wenn du ermittelst, dann fliegst du dabei möglichst unter dem Radar. Verstanden?«

»Und falls ich ...?«

»Dann müssen wir beide mit den Konsequenzen leben!« Gerd Hoffmann klang bereits nach Abschied und seine letzte Frage war wohl nur alter Sympathie geschuldet. »Brauchst du sonst noch irgendwas?«

Hannah wollte sich schon verabschieden, schließlich war alles gesagt, als ihr doch noch eine Frage einfiel: »Du hast von einem Staranwalt aus Hamburg gesprochen – ist das zufälligerweise ein gewisser Doktor Hartmann?«

»Moment!« Papier raschelte. Dazu ein Knurren, das dem eines hungrigen Löwen glich. »Ich hab's«, ging es weiter, nachdem das Rascheln verstummt war. »Du hast recht: Das Schreiben ist von einem Doktor Hartmann. Und der verbittet sich übrigens weitere Besuche im Pflegeheim. Ansonsten droht er mit juristischen Konsequenzen – hilft dir das?«

In Hannahs Kopf überschlugen sich die Gedanken. Die Tatsache, dass sich Hubert Christiansen und Rolf Pätzold einen Anwalt teilten, bestätigte einige Vermutungen der letzten Tage.

»Bist du noch dran, Krümel?«

»Du hast mir sehr geholfen«, bedankte sich Hannah brav. »Und vertrau mir: Ich bekomme die Sache hin und liefere dir schon sehr bald einen, der für beide Morde verantwortlich ist.«

Nachdem dieses Telefonat beendet war, saß Hannah noch eine Weile regungslos am Tisch im Besprechungsraum. Sie rief sich ihren geplanten Neuanfang in Erinnerung. Insbesondere, welche Probleme sie vorab im Zusammenhang damit gewittert hatte. Doch es war ganz anders gekommen: Nicht ihre Mutter, Felix oder alte Abrechnungen mit einer Insel namens Sylt sorgten für Ungemach – es war ihr aktueller Fall. Einer von der Sorte, vor denen es Mordermittlern besonders graute.

Und auch das Gespräch mit Gerd Hoffmann ließ sie Revue passieren. ›Unter dem Radar fliegen‹, hatte der ihr geraten. Sie konnte sich ein Lachen nicht verkneifen. So redete nur jemand, dessen Dienstmarke sich nicht mal mehr an die Tage auf der Straße erinnerte. Und weil die Kluft zwischen Theorie und Praxis wohl nirgendwo größer war als bei der Polizeiarbeit, wischte Hannah schon wieder über ihr Handy.

›Unter dem Radar fliegen‹, wiederholte sie ein weiteres Mal in Gedanken, als es zum ersten Mal tutete. Niemals!

Solche Flüge durften andere gerne veranstalten.

Aber ohne sie!

42

Matthias Pätzold nahm Hannahs Anruf bereits nach dem zweiten Klingeln an. Nachdem die Begrüßung in aller Kürze abgewickelt war, kam sie gleich zur Sache: »Sie waren sich vor ein paar Tagen doch so sicher, dass Ihr Bruder etwas mit dem Mord an Doktor Rubin zu tun hat. Gab's dafür noch weitere Gründe – abgesehen von einem nicht allzu herzlichen Verhältnis zwischen Ihnen und Ihrem Bruder?«

»Er fragt mich schon seit Monaten kaum noch nach Geld«, erwiderte Matthias Pätzold nach kurzem Überlegen. »Und wenn, dann ist er nicht mal wütend, wenn ich Nein sage. Außerdem kommt er plötzlich mit 'nem neuen Auto angefahren und meint, er hätte Glück beim Pokern gehabt. Ich weiß zufällig, dass er – wenn er tatsächlich mal Glück hatte – es nie geschafft hat, an den Gewinnen festzuhalten. Einen oder zwei Abende später hat ihn die Glückssträhne immer verlassen.«

Hannah überlegte, wie viel sie ihrem Gesprächspartner verraten sollte. Doch vorerst hatte sie ein paar weitere Fragen. »Wissen Sie, wie er das Auto bezahlt hat?«

»Bar!«, erwiderte Matthias Pätzold wie aus der Pistole geschossen. »Der Händler ist ein guter Bekannter. Wir kennen uns vom Squash.«

»Wissen Sie zufällig auch, ob Ihr Bruder über gesundheitliche Beschwerden klagt. Ich rede von welchen, die einen

Arztbesuch notwendig machen würden – vielleicht einen gründlichen Check-up.«

»Keine Ahnung.« Matthias Pätzold lachte verbittert. »Sie haben es ja selbst gesagt: Unser Verhältnis ist nicht besonders herzlich. Und wenn ich überhaupt mal was erfahre, dann höchstens von meiner Großmutter.«

»Nehmen wir mal an, Ihr Bruder würde plötzlich über eine größere Menge Bargeld verfügen: Können Sie sich vorstellen, wo er das Geld versteckt?«

Diese Frage sorgte einen Moment lang für Schweigen. Hannah wollte schon fortfahren, als ihr Matthias Pätzold zuvorkam: »Er und seine Samy verkriechen sich manchmal übers Wochenende unten in Hörnum ... wenn meine Großmutter die beiden mal wieder zu sehr nervt.«

»Und wo genau?«

»Unsere Familie hat dort 'ne kleine Ferienwohnung – die konnte ich vor Rolfs Spielsucht und seinen Schulden retten. Und wenn die mal ein paar Tage frei ist, machen sich die beiden gerne darin breit und hinterlassen für die Putzfrau jedes Mal ein Chaos.«

»Wie lange wissen Sie das von Ihrem Bruder und seinem Verhältnis mit dem Hausmädchen eigentlich schon?«

»Schon länger. Aber Sie nehmen es mir hoffentlich nicht übel, dass ich mit solchen Dingen nicht hausieren gehe. Gerade dann nicht, wenn man an die Geschichte meiner Familie denkt.«

»Sie meinen, ein gewöhnliches Hausmädchen passt da nicht?«

»Das hat damit nichts zu tun«, erwiderte Matthias Pätzold mit grenzwertiger Stimme. Er nahm einen tiefen Atemzug und klang danach wieder deutlich freundlicher. »Glauben Sie mir: Sie hätten auch irgendwann genug davon, wenn sich die Leute hinter Ihrem Rücken das Maul zerreißen.«

Auf jeden Fall hatte Hannah genug von diesem Thema.

Das machte ihre nächste Frage deutlich: »Wussten Sie auch, dass Ihr Bruder ein – zumindest, auf den ersten Blick – wasserdichtes Alibi für den Mord an Doktor Rubin hat?«

»Sind Sie sich da sicher?«

»Leider ja.«

Hannah überlegte, ob sie ihren Wissensvorsprung in Sachen Testament aufgeben und ihrem Gesprächspartner etwas darüber verraten sollte. Doch sie entschied sich fürs Gegenteil. »Können Sie mir die Adresse von der Ferienwohnung in Hörnum aufs Handy schicken?«

»Natürlich! Wollen Sie Ihre Kollegen hinschicken, damit die sich dort umsehen?«

»Wenn ich einen Richter finde, der mir noch einen weiteren Durchsuchungsbeschluss unterzeichnet, ja.«

»Und wenn nicht?«

Hannah schwieg, das war sicherlich Antwort genug.

Am anderen Ende der Leitung nahm Matthias Pätzold mit einem weiteren kräftigen Atemzug offensichtlich für einen Vorschlag Anlauf: »Wie wäre es denn, wenn ich mich dort umsehe – jetzt gleich?«

»Dann haben Sie also einen Schlüssel?«

»Stellen Sie sich mal vor, ich hätte keinen«, erwiderte Matthias Pätzold lachend. »Falls Sie Ja sagen, wäre es kein Problem.«

»Und was ist mit Ihrem Bruder? Ich meine: Falls er zufällig vorbeikommt?«

»Der muss jeden Montagmorgen mit meiner Großmutter einkaufen gehen.« Ein weiteres Lachen erklang. »Seine einzige Aufgabe, die dauert mindestens bis Mittag.«

* * *

»Ich benötige die medizinischen Unterlagen von Oberleutnant Rolf Pätzold«, wiederholte Ole, nachdem man ihn zum dritten Mal weitergestellt hatte. »Und bevor Sie fragen: Ihnen liegt ein richterlicher Beschluss vor – schon seit über 'ner Stunde!«

»Ich kann Ihnen aber nicht versprechen, dass die Unterlagen komplett sind«, protestierte eine junge Frau. Die hatte sich als Feldwebel und aktuell Dienstgrad-Älteste im Geschäftszimmer geoutet. »Wenn Sie tatsächlich alles haben wollen, kann das Tage dauern, wahrscheinlich länger.«

Ole versuchte es mit versöhnlicher Stimme. »Können Sie mir nicht einfach alles schicken, was Sie haben. Vielleicht hilft mir das ja schon weiter.« Er machte eine Pause und fuhr noch freundlicher fort: »Falls ich mehr brauche, wende ich mich einfach vertrauensvoll an Sie. Was halten Sie davon?«

»Ich schaffe es aber nicht, irgendwelche Befunde zu schwärzen«, erklärte die Soldatin aus dem Geschäftszimmer. Das sprach dafür, dass ihr der richterliche Beschluss vorlag. »Ist sowieso nichts Dramatisches dabei. Kann ich Ihnen das so rüberschicken, wie es ist?«

»Selbstverständlich können Sie«, erwiderte Ole übertrieben höflich. »Und machen Sie sich keine Sorgen: Bei mir ist es in besten Händen.«

Eine Minute später meldete sich Oles Postfach mit dem üblichen Klingelton. Doch auch diese Informationen vom Bundeswehrkrankenhaus in Koblenz, die seitenweise aus seinem Drucker rauschten, sorgten nur für neue Frustration. Kurz darauf hätte Ole den ganzen Papierstapel am liebsten genommen und ihn aus dem Fenster geworfen. Natürlich wäre es theoretisch noch möglich, dass Rolf Pätzold sich an einem Freitagmorgen vor anderthalb Wochen nicht persönlich in Kiel zum Check-up eingefunden hatte. Aber alle Fakten sprachen dagegen. Diese alberne Suche wurde ohnehin nur von Hoffnung angetrieben und die hatte zumindest er längst aufgegeben.

»Und?« Hannah platzte herein. Ihr Gesicht machte klar,

dass sie noch nicht aufgegeben hatte und auf eine erlösende Nachricht hoffte. »Sag mir, dass der liebe Rolf nicht beim Arzt, sondern auf seinem privaten Schützenfest war.«

Ole schnappte sich den ganzen Papierstapel, den er gerade eben noch aus dem Fenster werfen wollte und hielt ihn seiner Chefin entgegen. »Sogar die Blutgruppe stimmt überein. Und falls wir es auf eine DNA-Analyse ankommen lassen, dauert die mit Sicherheit Wochen. Es gibt nichts, was Zweifel an seinem Alibi zulässt. Schau selbst rein, wenn du willst.«

Hannah schüttelte den Kopf, trottete zu ihrem Schreibtisch hinüber und ließ sich auf dessen Kante nieder. Ihr Fazit klang erbärmlich: »Ich weiß auch nicht mehr weiter …«

Ole schaute empört auf. »Wer sind Sie und was haben Sie mit meiner Chefin gemacht?«

Die lachte verzweifelt. »Deine sagenhafte Chefin hat bald reichlich Zeit für ihr verkorkstes Privatleben.«

»Dich schmeißt doch keiner raus, nur, weil du einen Fall verbockt hast. Das ist nicht mal erlaubt – dafür musst du einen vorsätzlich erschießen oder …«

»Darum geht's doch gar nicht!«, unterbrach Hannah. »Aber wer sich auf einem Chefposten blamiert, darf sich hinterher nicht wundern, wenn er in zweiter oder dritter Reihe ermitteln darf.«

»Und das wäre natürlich nichts für dich, weil du es mit Menschen grundsätzlich nicht so hast«, schlussfolgerte Ole. Er wollte gerade fortfahren, doch plötzlich gehörte seine Aufmerksamkeit wieder der Akte vom Bundeswehrkrankenhaus.

Hannah hatte den Braten gerochen. »Was gibt's denn?«

»Moment!« Ole blätterte immer hektischer in seinen ausgedruckten Mails herum. »Der Pätzold wurde in Afghanistan angeschossen. Genauer gesagt: nahe Kundus, auf Patrouillenfahrt.«

»Und?« Hannah hatte sich bereits von ihrer Schreibtischkante hochgestemmt und war im Anmarsch. »Wenn ich ihn mir heute so ansehe, ist es fast schade, dass er nur mit 'ner Verletzung davongekommen ist.«

»Durchschuss in der rechten Schulter«, las Ole laut vor. Sein Kopf fuhr zum Monitor herum, seine Finger waren mit der Maus beschäftigt, bis er das gewünschte Ergebnis vor Augen hatte. »Hier ist das Röntgenbild von damals aus dem Bundeswehrkrankenhaus in Koblenz. Darauf ist die Verletzung deutlich zu erkennen!«

»Jetzt sag schon, was das zu bedeuten hat«, beschwerte sich seine Chefin. »Der Kerl wurde angeschossen – na und? Wie soll uns das heute noch helfen?«

Ole gab keine Antwort, sondern deutete hektisch auf seinen Bildschirm, als ein zweites Röntgenbild darauf zu sehen war. Dieses zweite war anderthalb Wochen alt und es zeigte beinahe den kompletten Oberkörper, einschließlich der Schultern.

Hannah hatte Oles Schreibtisch umrundet und starrte danach ebenfalls auf dessen Monitor. »Sicher, dass das der Oberkörper von Rolf Pätzold ist?«

Ole tippte auf den Namen oben rechts. »Ganz sicher!«

»Die Wunde ist aber gut verheilt«, stellte seine Chefin nach weiterem Betrachten fest. Irgendwann berührte ihre Nase beinahe den Bildschirm.

»Für meinen Geschmack zu gut«, flüsterte Ole. »Der Mann auf dem Röntgenbild wurde niemals angeschossen. Zumindest nicht in die Schulter.«

Hannah richtete sich wieder auf und schaute zu ihrem Kollegen hinunter. »Ich glaube, unser Kriegsheld hat uns was zu erklären.«

»Wollen wir ihn sofort wieder festnehmen?«, fragte Ole grinsend.

Hannah schüttelte den Kopf. »Wir warten! Ich hab das

Gefühl, wir könnten noch ein bisschen mehr Munition gebrauchen.«

»Und wer soll uns die liefern?«

»Sei nicht so neugierig und mach dich lieber an die Arbeit. Wenn der Pätzold das nächste Mal vor meinem Schreibtisch hockt, will ich ihm mit Tatsachen das Grinsen austreiben.«

* * *

»Opa will gar keinen Besuch mehr«, erklärte Dirk Christiansen frustriert. »Hat die Heimleiterin gesagt – nicht mal seine Familie will er sehen.«

»Von welcher Familie redest du?«, erkundigte sich seine Schwester mit gequältem Lächeln. Sie hatte es an diesem Vormittag nicht mal in ihre Boutique geschafft. Vielleicht auch besser so, denn eine Frau, die noch in Jogginghose und Schlabberpulli durch ihre Penthouse-Wohnung lief, dürfte sich dort vermutlich geschäftsschädigend auswirken.

»Eins sag ich dir: Wenn Opa tatsächlich sein Testament geändert hat, dann ...«

»Was dann?«, fragte Wiebke, weil es nicht weiterging. »Glaubst du, es hilft, wenn du hinterher auch noch den letzten Schmutz über unsere Familie hervorholst, in dem sich andere genüsslich wälzen können?«

Dirk Christiansen fuhr mit Grabesstimme fort: »Seit dem Abi kümmere ich mich um seine beschissenen Häuser, Wohnungen und Grundstücke ...«

»... nur um ihn kümmerst du dich nicht«, vollendete seine Schwester. Ihre Miene machte klar, dass sie sich an den vorangegangenen Abend im Pflegeheim erinnerte; ein offensichtlich zutiefst verbitterter alter Mann hatte seine beiden Enkel mit einem einzigen Wort vertrieben. »Vielleicht wollte Opa einfach nur ...«

»Mir ist völlig egal, was er wollte!«, fauchte Dirk Christiansen wütend dazwischen. »Er hält uns seit Jahren mit Versprechungen hin und überlässt anderen die Sorgen. Weißt du, wie viel Arbeit es ist, wenn man so viele Einheiten verwaltet?«

»Vielleicht hättest du deinen Halbbruder lieber nicht rauswerfen sollen«, erwiderte seine Schwester unterkühlt. »Damit hat der ganze Mist nämlich angefangen.«

»Ich habe keinen Halbbruder!«

»Doch, hast du!« Wiebke Christiansens Gesicht machte klar, dass sich jedes Diskutieren nicht lohnte. »Das ist und bleibt so – egal, ob es dir gefällt oder nicht.«

»Ein Scheißgefühl«, flüsterte ihr Bruder nach längerem Schweigen. »Du glaubst gar nicht, wie mir diese Abhängigkeit von Opa zum Hals raushängt.«

»Die haben wir uns selbst eingebrockt.«

»Stimmt, aber das ändert nichts an den Tatsachen. Und was die Pätzold-Sippe angeht: Mit denen teile ich nicht mal das Schwarze unterm Nagel.«

* * *

»Sie hatten recht!« Anderthalb Stunden nach dem ersten Telefonat erhielt Hannah einen Anruf von Matthias Pätzold. »Ich bin hier in der Wohnung. In einem Kleiderschrank hab ich 'ne Menge Geld gefunden. Kaum richtig versteckt, unter der Bodenplatte. Und die Wohnung hier hat mein feiner Herr Bruder übrigens gleich für die nächsten drei Monate blockiert.«

»Sicherlich, damit ihm niemand in die Quere kommt.« Hannah überlegte kurz. »Wie viel Geld haben Sie gefunden?«

»Kann ich nicht sagen. Sind reichlich große Scheine dabei. Soll ich zählen?«

»Auf keinen Fall! Ist da noch irgendwas?«

»Ne Pappschachtel. Und ich verstehe zwar nichts davon, aber für mich sieht das wie Munition aus.«

»Bloß nichts anfassen!«, brüllte Hannah beinahe. »Wie lange brauchen Sie, um sich zu verdrücken?«

»Höchstens ein paar Minuten«, erklang es nach kurzem Zögern. »Wieso fragen Sie?«

»Ich alarmierte meine Kollegen auf Sylt. Am besten wischen Sie alles ab, was Sie angefasst haben und machen sich aus dem Staub.«

»Viertelstunde«, erklärte Matthias Pätzold. »Und, Frau Lambert ...?«

»Ja?«

»Sorgen Sie bitte dafür, dass Rolf zur Rechenschaft gezogen wird, ja.«

»Worauf Sie sich verlassen können!«

43

»Verraten Sie mir bitte, was das soll?« Doktor Hartmann hatte sich am späten Nachmittag sogar noch vor seinem Mandanten im Revier in Niebüll eingefunden. Der Staranwalt aus Hamburg sah nicht nur wütend aus, er klang auch genauso. »Wenn das wieder so eine Luftnummer wie beim letzten Mal wird, dann lernen Sie mich hinterher kennen, Frau Lambert.«

»Ihr Mandant ist gleich da«, erklärte Hannah. Sie tat völlig unbeeindruckt, auch wenn es tief in ihr brodelte.

Ole, der hinter seinem Schreibtisch zumindest für den Anwalt nicht zu sehen war, schickte dem einen Gruß in Form eines ausgestreckten Mittelfingers.

»Meine Sylter Kollegen haben Rolf Pätzold schon vor zwei Stunden vorläufig festgenommen und sind mit ihm auf dem Weg hierher. Dürfte nicht mehr lange dauern ...«

»Das beantwortet meine Frage aber nicht«, knurrte Doktor Hartmann. »Mich würden Ihre sagenhaften neuen Erkenntnisse interessieren, aufgrund derer Sie meinen Mandanten erneut vorführen lassen.«

Hannah wollte schon antworten, dem Anwalt mit aller Genugtuung zumindest einen winzigen Brocken hinwerfen, da klopfte es bereits gegen die Tür.

Rolf Pätzold wurde von zwei Uniformierten hereingeführt. »Den haben die Kollegen von der Kripo vorne bei uns abgegeben«, erklärte einer davon. »Sollen die Handschellen dranbleiben?«

Hannah nickte und schob mit nachdenklicher Miene ein paar Unterlagen auf ihrem Schreibtisch hin und her. Sie wollte möglichst beherrscht rüberkommen, keinesfalls hektisch oder nervös.

»Was soll denn der Mist?«, beschwerte sich Rolf Pätzold, nachdem er auf einem Stuhl saß. Dabei funkelte er nicht nur Hannah, sondern auch seinen Anwalt wütend an. »Darf die Alte das – einfach so?«

»Die Alte sorgt gleich dafür, dass Sie noch ein weiteres Problem haben«, begann Hannah seelenruhig. »Entweder Sie halten sich zurück oder ich werde ungemütlich.«

Auch Doktor Hartmann versuchte, seinen Mandanten zu beruhigen. Danach galt sein wesentliches Interesse allerdings erneut Hannah. Und er klang bei seinen nächsten Worten sogar ein wenig versöhnlicher. »Dann fangen Sie bitte an. Ich habe heute Abend noch einen Termin in Hamburg und würde den nur ungern verschieben oder absagen.«

Hannah hatte beschlossen, häppchenweise vorzugehen. Zuerst nahm sie zwei Kopien von Hubert Christiansens Kontoauszügen und platzierte die brav vor Doktor Hartmann und dessen Mandanten.

Der musste sich weit nach vorne beugen, schließlich waren seine Hände mit Handschellen auf dem Rücken gefesselt.

»Vielleicht erkläre ich es kurz«, sagte Hannah und nahm dabei ganz bewusst Doktor Hartmann mit Blicken ins Visier. »Von diesem Konto wurden allein seit Jahresbeginn über fünfhunderttausend Euro abgehoben. Bargeld, das …«

»Und was hab ich damit zu tun?«, fragte Rolf Pätzold wütend dazwischen.

»Das würde mich übrigens auch interessieren.« Sein Anwalt klang wesentlich beherrschter, obwohl von dem die weit größere Gefahr ausging. »Seien Sie mir nicht böse, Frau Lambert: Ich hoffe für Sie, dass das hier nicht die nächste Blamage wird.«

Hannah wendete sich Rolf Pätzold zu. »Sie bestreiten also, von Hubert Christiansen größere Mengen Bargeld erhalten und das in einer Ferienwohnung Ihrer Familie in Hörnum versteckt zu haben?«

»Mein Mandant verweigert nach wie vor jede Aussage«, erklärte dessen Anwalt. »Und ich würde gerne wissen, wie Sie darauf kommen, dass er …«

Hannah schaffte es, Doktor Hartmann mit einer Handbewegung auszubremsen. Kurz zuvor hatte sie eine weitere Seite aus der Mappe vor sich gezogen. Die stammte aus einem der vierzehn Kartons und hatte nach ihrem Besuch in Hamburg plötzlich an Bedeutung gewonnen. Sie schob die Seite zentimeterweise über ihren Schreibtisch, bis sie direkt vor dem Anwalt lag.

»Und was ist das wieder?«, wollte der sofort wissen.

»Diese Liste stammt von Doktor Rubin«, erklärte Hannah bereitwillig. »In der ersten Spalte finden Sie die genauen Daten – die stimmen übrigens mit den Kontoauszügen überein – und dahinter die jeweiligen Beträge.«

Doktor Hartmann überflog die Seite in aller Seelenruhe ein weiteres Mal und hob danach den Kopf, um ein arrogantes Lächeln zu präsentieren. »Verraten Sie mir jetzt auch noch, inwiefern Sie diese Liste mit meinem Mandanten in Verbindung bringen?«

Hannah tippte auf der Seite herum. »Haben Sie in der letzten Spalte die Kürzel gesehen? Bei jedem der größeren Beträge?«

Der Form halber lehnte sich der Anwalt ein weiteres Mal nach vorne und las sogar laut vor: »*RP* …« Ein Teil der Selbstsicherheit hatte sich plötzlich verflüchtigt. Doch eine Kapitulation war weit und breit nicht in Sicht. »... das könnte alles bedeuten.«

»Oder es steht für Rolf Pätzold«, fügte Hannah grinsend hinzu. Sie winkte ab. »Momentan spielt das auch keine Rolle«, schob sie zur Überraschung aller Anwesenden hinterher. In erster Linie war sie damit beschäftigt, ihren Triumph zu feiern. Denn als sie das Geld und die Wohnung in Hörnum erwähnt hatte, blitzte in Rolf Pätzolds Augen zum ersten Mal Panik auf. Nur für einen kurzen Moment, aber der reichte ihr als Vorgeschmack.

Sie wollte den Fisch, den sie an der Angel hatte, keineswegs wieder vom Haken lassen. »Neben dem Geld, von dem Sie nichts wissen wollen, haben meine Kollegen übrigens auch eine Munitionsschachtel gefunden. Oberstes Regal – für Präzisions-Gewehre.«

»Gibt es auch irgendeinen Hinweis darauf, dass diese Munition Herrn Pätzold gehört?«, erkundigte sich dessen Anwalt mit gequältem Lächeln. Er nahm die Antwort gleich vorweg: »Wenn das so wäre, dann wüsste ich es wohl schon.«

»Das war längst noch nicht alles«, hielt Hannah gegen.

»Muss ich Sie etwa an das Alibi meines Mandanten erinnern?«

»Müssen sie nicht!«

»Dann fahren Sie am besten fort«, sagte Doktor Hartmann genervt. Seine Stimme senkte sich um mindestens eine Oktave. »Hoffentlich bin ich nicht nur wegen dieser Kontoauszüge und einer Munitionsschachtel von Hamburg hierher gefahren.«

»Keine Angst: Sind sie nicht!« Hannah gab Ole einen Fingerzeig. Dessen Monitor war deutlich größer und er drehte ihn, bis darauf zwei Röntgenaufnahmen zu sehen waren. Nebeneinander und dadurch relativ klein.

»Was ist das?«, wollte der Anwalt sofort wissen.

»Ihr Mandant wurde bei einem Einsatz in Afghanistan angeschossen«, erklärte Hannah bereitwillig. »An der Schulter, ein Durchschuss, der ihn jedoch ein Stück von seinem rechten Schlüsselbein gekostet hat.«

Doktor Hartmann warf einen skeptischen Blick zur Seite und fand dort Rolf Pätzold, dessen hauptsächliches Interesse dem Fußboden und seinen Schuhen darauf galt.

Oles Einsatz. Dafür war er extra aufgestanden, hatte seinen Schreibtisch umrundet und einen Kugelschreiber zum Zeigestock degradiert. »Hier sehen Sie eine Röntgenaufnahme der Schulter, die aus dem Bundeswehrkrankenhaus in Koblenz stammt. Und hier ...«, er zeigte auf die zweite, die nach einem Mausklick in voller Größe auf dem Monitor zu sehen war, »... haben wir eine zweite Aufnahme, die vor rund anderthalb Wochen entstanden ist.«

»Als Ihr ach so feiner Herr Mandant angeblich in Kiel zum Check-up war«, fügte Hannah mit einiger Genugtuung in der Stimme hinzu. »Und falls uns Herr Pätzold dafür keine einleuchtende Erklärung liefern kann, fürchte ich, dass es schlecht für ihn aussieht. Zumindest hat er ab sofort kein Alibi mehr vorzuweisen und meine Kollegen in Hörnum werden mit hundertprozentiger Sicherheit haufenweise Fingerabdrücke von ihm finden.«

Doktor Hartmann wollte schon etwas erwidern, doch Hannah schnitt ihm mit ihrer eigenen Fortsetzung das Wort ab. »Eine Sache ist klar: Ihr sagenhafter Mandant wusste, dass wir ihm mit einem DNA-Test über kurz oder lang auf die Schliche kommen. Und was das bedeutet, muss ich hoffentlich nicht erklären ...«

Offensichtlich doch, denn der Rechtsanwalt zuckte mit den Schultern.

»Herr Pätzold hatte vor, sich aus dem Staub zu machen. Hat wohl geglaubt, sein falsches Alibi würde ihm genug Zeit dafür verschaffen.«

Doktor Hartmann war anzusehen, dass er plötzlich seine Felle davonschwimmen sah. »Und was jetzt?«, erkundigte er sich mit ungewohnt dünner Stimme.

Hannah lieferte grinsend ihren Vorschlag: »Sollten Sie – wenn Sie Ihren Mandanten nicht alleinlassen wollen – vielleicht doch lieber Ihren Termin für heute Abend absagen.«

44

»Jedes Staubkorn, Leute! Und ich will, dass jeder Quadratmillimeter genau unter die Lupe genommen wird.« Hannah tobte am nächsten Morgen wie ein Derwisch in der kleinen Ferienwohnung in Hörnum. Ihre Kollegen von der Spurensicherung hatten sich mit dem Befehlston wohl abgefunden und hantierten immer energischer mit ihren Utensilien. »Jeden Millimeter, ich will jeden ...« Sie verstummte.

Einer der Beamten, die schon seit einer halben Stunde im Keller der Ferienanlage nach Beweisen suchten, hatte kurz zuvor den Raum betreten. Der Mann trug Gummihandschuhe, seine Finger umfassten ganz vorsichtig ein Scharfschützengewehr. Und auch eine Erklärung ließ nicht lange auf sich warten: »Haben wir unten im Heizungsraum gefunden, zwischen alten Rohren und anderem Müll – ziemlich gut versteckt.«

»Das ist ein ›G22‹«, erklärte Ole nach kurzer Sichtprüfung routiniert.

»Woher weißt du das denn?«, fragte Hannah.

»Mein Gott ... so was weiß man eben.«

»Woher?«, drängte seine Chefin weiter.

Ole lehnte sich in ihre Richtung. »Ich war auch mal Schüler ... hab damals gerne Kriegsspiele gedaddelt. Außerdem: Für mich gehört sowas zur Allgemeinbildung.«

»Du suchst dir am besten so schnell wie möglich 'ne andere Dienststelle«, zischte Hannah zurück. Wobei ihr

Grinsen diesen Vorschlag als Scherz entlarvt. Sie zeigte auf das Gewehr. »Einpacken und an die Kriminaltechnik. Spätestens morgen will ich wissen, ob Doktor Rubin damit erschossen wurde.«

»Wenn du die Amazone mimst, bekomm ich richtig Angst«, sagte Ole, als er kurz darauf mit seiner Chefin vor der Tür der Ferienanlage stand. »Ziehst du dir abends 'ne Kutte an und holst die Peitsche raus?«

»Normalerweise nicht. Aber wenn du drauf stehst, mache ich für dich gerne mal 'ne Ausnahme. Aber nur die Geschichte mit der Peitsche – mehr nicht!«

Ole schüttelte energisch den Kopf. Er drehte sich im Kreis und fing mit Blicken den Leuchtturm von Hörnum ein. Ein Punkt, auf dessen Höhe die Insel Sylt exakt einen Kilometer breit ist. »Hier unten ist man viel zu selten. Für mich ist das eine der schönsten Ecken, weil überall Wasser ist. Was meinst du?«

»Das Gewehr, die Munition und das Geld reichen auf jeden Fall für einen Haftbefehl«, stellte Hannah mit mechanischer Stimme fest, um diese Schwärmerei im Keim zu ersticken. »Kümmerst du dich darum?«

»Logisch! Was willst du denn ma...?«

»Ich hab noch was vor. Bleibst du hier und behältst unsere Kollegen im Auge?«

»Verrätst du mir auch, was du vorhast?«

»Bin verabredet.«

»Mit wem?«

Hannah gab keine Antwort und ließ Ole einfach stehen.

Der schaute seiner Chefin noch eine Weile hinterher und genoss dabei den Wind, der heute zur Abwechslung ein bisschen wärmer daherkam.

»Geht dir gerade einer ab oder warum grinst du so?«, erkundigte sich ein Kollege der Spurensicherung, den Ole zuvor gar nicht bemerkt hatte. Und er fand auch keine Gelegenheit, um zu reagieren, denn der grauhaarige Mittfünfziger fuhr gleich fort: »Euren Job möcht ich haben … da ist jeder Tag wie Urlaub.«

Ole schaute nach links und dann nach rechts. Die Nordsee hatte beinahe ihren mittäglichen Höchststand erreicht. Manch ein Unerfahrener hätte Angst bekommen können, plötzlich im Wasser zu stehen. »Dann musst du wohl dafür sorgen, dass hier mehr Leute umgebracht werden.«

Auch der Kollege verzichtete auf einen Kommentar und marschierte einfach davon.

Ole blieb mit sich und seinen Gedanken allein zurück. Was den aktuellen Fall betraf, machte sich zum ersten Mal Zufriedenheit in ihm breit. Ein gutes Gefühl, nachdem er sich gedanklich schon mit einer neuen Chefin oder einem neuen Chef auseinandergesetzt hatte …

* * *

»Er wünscht keinen Besuch!« Diesen Satz wiederholte die Heimleiterin bereits zum dritten Mal. Die hatte es geschafft, Hannah direkt vor der Tür zu Hubert Christiansens Zimmer abzufangen. »Diese Anweisung gilt sogar für seine Familie – also bestimmt auch für Sie.«

Hannah ließ ihren Dienstausweis in der Jackentasche verschwinden. Auch dieses ansonsten reichlich erprobte Utensil hatte nicht für den gewünschten Effekt gesorgt.

»Darf ich Sie bitten, zu gehen?«, legte die Heimleiterin nach. »Ich glaube, man sollte den Wunsch eines Sterbenden respektieren. Finden Sie nicht?«

»Wie schlimm steht es denn um ihn?«, erkundigte sich Hannah flüsternd. Schließlich stand sie direkt vor der Tür von Hubert Christiansen.

»Ich denke, es geht höchstens noch um Stunden. Ganz ehrlich: Es könnte auch jede Minute vorbei sein.«

»Und warum will er nicht wenigstens seine Familie bei sich haben?« Hannah glaubte, die Antwort zu kennen. Doch sie wollte eine weitere Variante hören und die lieferte ihr die Heimleiterin bereitwillig:

»Die ganze Familie ist doch irgendwie ... seltsam. An solchen Leuten sieht man, wie Geld den Charakter verdirbt.«

»Wissen Sie da auch irgendwas Genaueres? Sie kennen doch alle hier und wissen am meisten über die Leute.« Hannah wollte mit dieser Bemerkung Sympathie wecken, um auf einem Umweg möglicherweise doch noch an ihr Ziel zu gelangen. Ein schäbiger Trick, aber manchmal war ihr jedes Mittel recht.

»Ich weiß doch nur das, was alle anderen auch wissen«, erwiderte die Heimleiterin lächelnd. »Und der alte Christiansen würde wohl schon seit Jahren am liebsten vergessen, dass er überhaupt eine Familie hat – glaube ich wenigstens.«

Hannah zeigte mit Blicken zur Tür. »Ich brauche nur fünf Minuten mit ihm«, flüsterte sie. »Und vertrauen Sie mir: Ich werde es niemandem verraten.«

Im Gesicht der Heimleiterin war ein innerlicher Disput abzulesen. Am Ende schüttelte sie den Kopf und nickte gleichzeitig. »Er bekommt sowieso nicht mehr viel mit. Von mir aus gehen Sie rein – aber wenn möglich bitte wirklich nicht länger als fünf Minuten, ja.«

»Natürlich nicht und ... danke!«

Hannah hatte die Tür beinahe lautlos geöffnet und sofort wieder hinter sich geschlossen. In Hubert Christiansens Zimmer herrschte Zwielicht. Die Jalousien waren heruntergelassen, um die Mittagssonne auszusperren. Sämtliche Fenster waren verriegelt, die Luft stickig. Hannah glaubte, bereits den Hauch des Todes zu wittern.

Doch es kam anders. Hubert Christiansen bewegte sich ein Stück und schaffte es sogar, zur Hälfte auf die Seite zu rollen. Seine Augen wirkten beinahe wach.

»Ich wollte mich verabschieden«, begann Hannah. Sie mühte sich um ein halbwegs ehrliches Lächeln, scheiterte jedoch an dieser Herausforderung. »Und vielleicht ein Dankeschön loswerden.«

Der alte Mann vor ihr trug eine Sauerstoffmaske. Mit dem Reden, insbesondere Protesten gegen diesen Besuch, dürfte es also schwierig werden.

»Sie fragen sich, wofür?«, übersetzte Hannah seinen skeptischen Blick. »Ich kenne Ihr Testament und würde sagen, das war die erste gute Tat in Ihrem Leben.«

Unter der Sauerstoffmaske verzog sich ein Gesicht. Mit viel Fantasie war ein hämisches Grinsen auszumachen.

Hannah hatte sich einen Stuhl herbeigezogen und neben dem Bett niedergelassen.

Hubert Christiansens Finger tasteten die Bettdecke ab; sicherlich auf der Suche nach dem Klingelknopf, mit dessen Hilfe er eine ungebetene Besucherin so schnell wie möglich wieder loswerden wollte.

Doch Hannah schnappte sich das Teil kurzerhand, hielt es lächelnd hoch und platzierte es in einiger Entfernung auf dem Nachttisch. »Den brauchen Sie nicht – hören Sie mir lieber gut zu!«

Vor ihr schlossen sich zwei Augen, aber das bekam wohl keiner mit seinen Ohren hin. Also fuhr sie einfach fort: »Ich erzähle Ihnen mal, wie es wirklich war.« Diese Einleitung verhieß vom Ton her beinahe eine Märchengeschichte, es ging also deutlich nüchterner weiter: »Sie haben aus Wut auf Ihre ganze Familie seit Jahren nur noch um sich geschlagen. Haben einen Flugzeugabsturz inszeniert, Ihre Enkel damit zu Waisen gemacht und sich einen Dreck darum geschert, was aus denen wird.«

Hubert Christiansen öffnete die Augen und starrte zur Decke.

Hannah meinte, darin einen feuchten Schimmer zu erkennen, war sich jedoch nicht sicher. Aber sie war mit ihrer Abrechnung ja auch längst noch nicht fertig. »Sie haben Ihren Enkel Dirk für Ihre Pläne missbraucht und als der sich geweigert hat, Ihre abscheuliche Gangart einzuschlagen, ist Ihnen Ihr Pseudo-Enkel Rolf eingefallen. Eine Marionette, die bereit war, für Geld alles zu tun.« Hannah spürte ein Kratzen im Hals. Neben ihr auf dem Nachttisch stand eine original verschlossene Wasserflasche. Sie öffnete den Verschluss, nahm einen großen Schluck und ließ die Flasche offen neben sich stehen. »Ich habe lange Zeit überlegt, welche Rolle Doktor Rubin gespielt hat und ich glaube, ich weiß jetzt, was er vorhatte.«

Hannah erhob sich ein Stück und lehnte sich über Hubert Christiansen. Zwischen ihr Gesicht und das eines alten Mannes hätten danach keine zwei Hände mehr gepasst. »Er wollte für Gerechtigkeit sorgen, als er herausgefunden hat, wofür all das Geld, das er in Ihrem Namen abgehoben hat, gedacht war«, erklärte sie flüsternd. »Sieht so aus, als hätte er sogar seinen eigenen Mörder bezahlt. Und weil er auch Ihr neues Testament kannte und es – im Gegensatz zu Ihnen – gut mit all den Enkeln meinte, musste er sterben. Ansonsten wäre Doktor Rubin als Einziger in der Lage gewesen, Ihren hübschen Racheplan vielleicht noch zu vereiteln, indem er Ihnen von Gerichts wegen die Zurechnungsfähigkeit hätte absprechen lassen. Er hat darüber nachgedacht – zumindest haben meine Kollegen in seiner Villa handschriftliche Notizen dazu gefunden.«

Hannah fiel zurück auf ihren Stuhl. »Und alles nur, weil Sie Angst vor diesem zweiten Vertrag hatten, von dem ich bis heute nicht weiß, was genau drinsteht – nur, dass es sich wohl um eine Generalabrechnung handelt. Und davon abgesehen hätte dieser Vertrag die Eigentumsverhältnisse rückwirkend neu geregelt. Und Sie können schließlich nur vererben, was Ihnen von Rechts wegen gehört.« Plötzlich stand Hannah erneut auf ihren Füßen und lehnte sich weit nach vorne, um einem alten Mann direkt in die Augen blicken zu können. »Ist das alles so, wie ich es gesagt habe?«

Keine Reaktion. Lediglich der feuchte Schimmer hatte an Intensität zugenommen. Aber das konnte letztendlich auch an allem liegen. Zum Beispiel an der trockenen Luft im Raum, die mit jedem Atemzug stickiger wurde.

Als Hubert Christiansen den Kopf zur Seite drehte, um Hannahs durchdringenden Blicken zu entkommen, nutzte sie die Gelegenheit und lehnte sich noch weiter nach vorne. Danach berührten ihre Lippen beinahe ein Ohr, aus dem graue Haare in Büscheln herausragten.

»Tun Sie sich einen letzten Gefallen«, flüsterte sie. »Probieren Sie es ein einziges Mal in Ihrem Leben mit der Wahrheit. Oder wollen Sie hier liegen und sterben, ohne jemals die Erfahrung gemacht zu haben?«

Hubert Christiansen drehte den Kopf zurück. Aus dem feuchten Schimmer waren Tränen geworden, die seitlich über seine Wangen herunterliefen.

»Nur einmal die Wahrheit«, erneuerte Hannah ihre Aufforderung. »Ganz ehrlich: Sind Sie für den Tod von Doktor Rubin und Margarete Bruhn verantwortlich?« Sie wartete einen Moment, glaubte, ansatzweise ein Nicken zu erkennen. »Und was ist mit dem Flugzeugabsturz? Haben Sie Ihren Sohn, Ihre Schwiegertochter und ein weiteres Ehepaar geopfert, bloß, weil Ihnen deren lockerer Lebensstil nicht gefiel?«

Der Blick eines alten Mannes wurde härter. Es machte den Anschein, als würde er durch die Augen neue Energie schöpfen, um ein weiteres Nicken zustande zu bringen. Eines, das deutlich energischer ausfiel.

Hannah sackte auf den Stuhl zurück. Jetzt, nachdem sie die langersehnte Bestätigung hatte, kam ihr alles noch sinnloser vor. Nicht mal einen halben Meter von ihr entfernt lag ein alter Mann, dem Tode weit näher als dem Leben. Und niemand wäre mehr in der Lage, den für seine widerlichen Machenschaften zur Verantwortung zu ziehen. Sie wollte noch etwas sagen, aber ihr fiel nichts mehr ein. Außerdem fühlte sich ihre Zunge wie gelähmt an.

Hubert Christiansen bekam es plötzlich mit einem Hustenanfall zu tun. Im Inneren der Plastikmaske sammelten sich kleine Tropfen, die mit Blut durchsetzt waren.

Für Hannah so etwas wie ein Startsignal. Sie drückte auf den Alarmknopf, um eine Pflegerin herbeizurufen. Kurz darauf stand sie neben dem Bett und schaute auf den alten Mann hinunter, dessen Husten zunehmend blechern klang. Sie wühlte erneut in ihrem Kopf, um irgendeinen Kommentar zum Abschied herauszubringen. Wenigstens eine Phrase. Doch da war nichts. Nicht mal ein einziges Wort.

Die Heimleiterin höchstpersönlich kam hereingestürmt und schenkte Hannah einen wütenden Blick. »Ist er …?«

»Noch nicht! Aber Sie hatten recht: Dauert nicht mehr lange.«

45

»Und, alles gut?« Ole hatte sich vor der Ferienanlage im Schatten niedergelassen. Er widmete sich gerade in aller Ruhe einem Fischbrötchen, während die Kollegen der Spurensicherung einen Karton nach dem anderen aus dem Haus schleppten, um sie in einen Transporter zu verfrachten. Hannah war eben erst zurückgekehrt und hatte sich wortlos neben ihn gesetzt. Und weil sie offensichtlich nicht vorhatte, eine Unterhaltung zu beginnen, versuchte es Ole mit einer weiteren Frage: »Willst du mir jetzt verraten, wo du warst?«

Hannah schüttelte den Kopf, zeigte nach links und schnappte sich das halbe Fischbrötchen aus der Hand ihres Kollegen, als der ihrem Fingerzeig neugierig folgte.

»He ... das hatte ich mir extra aufgespart!«

Hannah hatte bereits abgebissen und war danach ohnehin nicht mehr imstande zu antworten.

»Jetzt sag schon, wo warst du?« Ole klang halb wütend, halb belustigt. »Okay, ich rate: bei Hubert Christiansen?«

»Was sollte ich denn bei dem wollen?«, erkundigte sich Hannah mit halbvollem Mund. »Ihn nach 'nem Date fragen?«

»Ich hab immer noch Kohldampf! Ich hol mir noch ein Brötchen. Schaffst du auch noch eins?«

Hannah nickte nur, weil sie erneut nicht zum Sprechen imstande war.

Als Ole dann mit Nachschub zurückkehrte, lieferte sie ihr Pseudo-Geständnis. »Du hast recht: Ich war beim alten Christiansen – wollte wissen, ob wir mit unserer Geschichte richtig liegen.« Hannah und ihr Kollege hatten auf dem Weg nach Sylt an ihrer Variante gebastelt und die hatte ein sterbender Mann nickend beinahe allumfassend bestätigt.

»Wie geht's ihm?«, wollte Ole wissen.

»Ihn festzunehmen, lohnt sich auf jeden Fall nicht mehr«, erklärte Hannah hörbar geknickt. »Das ist ziemlich frustrierend, aber ich tröste mich damit, dass er seine Strafe bekommt.«

»Inwiefern?«

Hannah schaute zur Seite, ihr Gesicht verfinsterte sich. »Wenn du irgendwann vor deinem letzten Atemzug stehst, möchtest du dann ganz allein sein ... so verbittert wie der alte Christiansen?«

»Auf keinen Fall!« Ole lachte, was irgendwie nicht passen wollte. »Wenn in unserer Familie jemand abtritt, dann passt die ganze Meute, die sich verabschieden will, nicht mal in das Krankenzimmer. Ernsthaft: Wir müssen so was schichtweise abwickeln.«

Hannah fiel in sein Lachen mit ein. »Hoffentlich wissen deine Leute, wie gut sie's haben.«

»Wie war das denn bei deinem Vater?« Ole hatte die Frage kaum gestellt, da bereute er sie schon. »Wir müssen nicht darüber reden«, schob er übereilt hinterher.

»Als er seinen letzten Atemzug getan hat, hab ich an seinem Bett gesessen und seine Hand gehalten«, flüsterte Hannah nach längerem Schweigen. Ihre Augen glänzten feucht, doch sie schaffte es, eventuelle Tränen im Zaum zu halten. »Ganz ehrlich: Das war der schlimmste Moment in meinem Leben. Aber ich bin froh, dass ich in seinen letzten Stunden für ihn da sein konnte.«

»Wo war denn deine Mutter?«

»Zuhause … hatte es mit einem Nervenzusammenbruch zu tun.«

»Es gibt eben Leute, die das nicht fertigbringen«, flüsterte Ole nach kurzem Überlegen.

»Und die meisten davon bereuen es für den Rest ihres Lebens.« Hannah hatte sich ihr zweites Fischbrötchen geschnappt und stand bereits auf den Füßen. Sie schickte ihrem Kollegen einen aufmunternden Blick. »Komm!«

»Wohin?« Ole war ebenfalls aufgestanden und trottete seiner Chefin hinterher. Im Laufen wollte er von seinem Fischbrötchen abbeißen, was für lautes Fluchen sorgte: »Mist! Jetzt ist mir die Hälfte von den Zwiebeln runtergefallen.«

Die beiden marschierten hintereinander in Richtung Leuchtturm und mussten ein paar weitere Häuser passieren, bis sie das rot-weiße Bauwerk beinahe direkt vor sich hatten. Bis zum Strand waren es von hier aus höchstens fünfzig Meter.

»Willst du raufklettern und dich runterstürzen?«, fragte Ole. Wobei ein Lachen seine Vermutung zum Witz degradierte.

Hannah hatte sich am Rand einer spärlich bewachsenen Düne direkt im Sand niedergelassen. Sie klopfte mit der flachen Hand auf den Platz neben sich, bis Ole sich ebenfalls in den Sand plumpsen ließ.

Er schaute zur Seite, sah ein wenig skeptisch aus.

Hannah zeigte den Leuchtturm von Hörnum empor. »Da oben – etwa dort, wo der weiße Ring anfängt – war mal Deutschlands kleinste Schule untergebracht; mit höchstens vier oder fünf Schülern. Ich weiß nicht mehr genau, von wann bis wann – solche Sachen hat mir mein Vater erzählt, wenn wir früher abends hier gesessen und uns zusammen den Sonnenuntergang angeschaut haben.«

»Da krabbelt irgendwas mein Hosenbein hoch!«, kreischte Ole plötzlich. Kurz darauf lag der Rest von seinem Fischbrötchen im Sand und er sprang darin herum, bis sich die Geißel offensichtlich wieder nach unten verabschiedet hatte.

Als er fertig war und keuchend vor seiner Chefin stand, brachte er wenigstens ein entschuldigendes Lächeln zustande. »Sorry, wollte deine schönen Erinnerungen nicht unterbrechen.«

»Ist schon gut«, sagte Hannah. »Eigentlich wollte ich mit dir auch nur besprechen, wie's weitergeht.«

»Was jetzt kommt, kenn ich von meinen beiden letzten Dienststellen«, erwiderte Ole mit frustrierter Stimme. »Der übliche Kleinkram: Beweisstücke katalogisieren, Zeugenaussagen aufnehmen und alles Punkt für Punkt notieren ...«

»... damit wenigstens Rolf Pätzold nicht ungeschoren davonkommt«, vollendete Hannah nickend. »Schätze, die Beweise reichen bald, um für ein Urteil zu sorgen – auch ohne Geständnis.«

»Mit, wäre es trotzdem schöner«, fügte Ole grinsend hinzu. »Ich kann den Kerl nicht ausstehen und möchte sehen, wie er jammernd zu Kreuze kriecht.«

»Dann sollten wir lieber anfangen und fleißig Nägel sammeln«, sagte Hannah. Sie stemmte sich aus dem Sand hoch. »Hast du für einen Haftbefehl gesorgt?«

»Oh, Mist! Ich hab die ganze Zeit ...«

»Lass gut sein, ich mach das schon.« Hannahs Augen wanderten erneut den Leuchtturm empor. Ihr Gesicht sprach für schmerzhafte Erinnerungen, doch sie schaffte es, die mit einem heftigen Atemzug zu vertreiben. Danach stand sie direkt vor Ole und schaute lächelnd zu ihm hinauf. »Ich weiß, es klingt pervers: Ich liebe diese Routine. Das ist die wirkliche Polizeiarbeit – rumlaufen und Leute erschrecken kann jeder. Du musst es dir wie ein Puzzle vorstellen: Wir sammeln Teil für Teil, fügen die aneinander und irgendwann kennen wir das komplette Bild. Im Idealfall wandert deshalb einer lebenslang hinter Gitter.«

»Klingt in erster Linie nach viel Arbeit«, fügte Ole ein wenig verzweifelt hinzu. »Ich glaube, so genau will ich es vorher gar nicht wissen.«

Auf dem Weg zurück zur Apartmentanlage klingelte Hannahs Handy. Sie fischte es aus der Tasche. »Sylter Vorwahl«, murmelte sie nach einem Blick aufs Display.

»Deine Mutter?«

»Nope!« Hannah meldete sich ein wenig zu energisch: »Lambert!«

Das Gespräch dauerte keine dreißig Sekunden. Als es beendet war, blieb sie mitten auf dem Weg zwischen Leuchtturm und Strandstraße stehen.

»Was ist denn?«, wollte Ole wissen.

»Er hat's hinter sich«, erklärte Hannah, nachdem sie noch eine ganze Weile geschwiegen hatte.

»Wer? Der Christiansen?«

Hannah nickte. »Die Heimleiterin hat doch noch einen Rettungswagen gerufen, paar Minuten nachdem ich bei ihm weg bin.«

»Und?«

»Die haben nur noch seinen Tod festgestellt. In seiner Patientenverfügung steht, dass er nicht reanimiert werden will; daran müssen die sich halten.«

Ole stand neben seiner Chefin und folgte ihrem Blick. Der klebte schon wieder am Leuchtturm von Hörnum, der im Sonnenlicht erstrahlte. »Ist bei dir alles in Ordnung?«, erkundigte er sich flüsternd. »Du hast doch hoffentlich nichts mit Christiansens Tod zu tun?«

»Da musste keiner mehr nachhelfen«, erwiderte Hannah lachend. »Und selbst wenn das der Fall gewesen wäre: Ich überlasse solche Sachen lieber der Justiz oder einer noch höheren Instanz ...«

Ole schaute sie fragend an.

»Dem Leben, du Dummkopf! Sieht man doch: Jeder bekommt irgendwann seine gerechte Strafe.«

»Na hoffentlich!« Ole stapfte im nächsten Augenblick vorweg. Er warf noch einen Blick über die Schulter. »Lass uns mit der wirklichen Arbeit anfangen. Wer weiß: Vielleicht werde ich durch dich sogar noch zum Puzzle-Fan.«

46

Zwei Wochen später

»Nicht schon wieder der«, beschwerte sich Ole an diesem Morgen. Er hatte gerade erst seinen Schreibtisch erreicht und dort eine Notiz von Hannah vorgefunden. Zu der drehte er sich um und stöhnte genervt. »Ich kann diesen Rolf Pätzold und seinen Anwalt nicht mehr sehen. Außerdem: Wir haben eine blitzsaubere Kette von Indizien zusammengetragen – die reicht, um jeden Richter zu überzeugen.«

»Heute wird es anders«, erklärte Hannah seelenruhig.

»Und wieso? Willst du den Pätzold foltern, bis er endlich mit seiner Version der Wahrheit rausrückt?«

Das Telefon klingelte und verhinderte eine unmittelbare Antwort. Ole langte zum Hörer und horchte hinein. »Ist okay ... bringt ihn rein.« Nach dem Auflegen informierte er seine Chefin: »Die Kollegen aus Neumünster haben deinen Freund vorne abgeliefert. Der ist schon auf dem Weg.«

Passend dazu klopfte es an der Tür. Und wie schon einige Male zuvor in den letzten zwei Wochen brachten zwei Uniformierte Rolf Pätzold herein. Der saß kurz darauf mit hängenden Schultern vor Hannahs Schreibtisch.

»Wo ist denn Ihr toller Anwalt geblieben?«, erkundigte die sich mit ketzerischem Unterton. Und weil sie keine Antwort bekam, legte sie gleich nach: »Lassen Sie mich raten: Der hat das Mandat niedergelegt, weil keiner für seinen nächsten Vorschuss aufkommen wollte. Richtig?«

Rolf Pätzold hob den Kopf. Sein Blick war eine Mischung aus Gleichgültigkeit und Wut. »Sie wissen doch sowieso, was Sache ist.«

»Und Sie haben ab sofort Anspruch auf einen Pflichtverteidiger. Sollen wir einen rufen?«

Weil Hannah keine Antwort bekam, ließ sie sich mit ihren nächsten Worten bewusst Zeit. Als sie fortfuhr, klang sie wie eine Nachrichtensprecherin. »Haben Sie schon gehört: Morgen wird das Testament von Hubert Christiansen eröffnet.«

»Und?« Rolf Pätzold versuchte zwar, gleichgültig zu klingen, doch sein Gesicht verhieß das Gegenteil. Klar war: Er machte sich unverändert Hoffnungen auf ein stattliches Erbe.

»Wenn Sie auch für seinen Tod verantwortlich wären, dann würde Ihr Erbanspruch verfallen. Aber so ...«

»Ich weiß!« Rolf Pätzold machte sich nicht die Mühe, seine Genugtuung zu verbergen. »Und ihr müsst mir erst mal nachweisen, dass ich was mit den beiden Morden zu tun hab.«

»Was wir haben, reicht längst«, steuerte Ole von weiter hinten bei. Der hatte sich nicht mal die Mühe gemacht, für diese erneute Vernehmung aufzustehen. »Der Staatsanwalt wetzt schon die Messer – das läuft auf lebenslänglich hinaus. Hundertprozentig!«

Hannah hatte die Pause genutzt, um eine Mappe aufzuschlagen und die auf ihrem Schreibtisch auszubreiten. Ihre Stimme strotzte vor aufgesetzter Fröhlichkeit. »Wissen Sie was: Sie dürfen als erster einen Blick hineinwerfen – vor allen anderen.«

»Was ist das?« Rolf Pätzold lehnte sich weit nach vorne, um das vermeintliche Angebot mit gerümpfter Nase zu inspizieren.

Hannah ließ ihm eine Weile Zeit. »Soll ich umblättern?«, bot sie überfreundlich an. Das war kaum nötig, denn bereits die erste Seite reichte aus, um den Inhalt eines Testamentes ausreichend zu verdeutlichen.

Ihr Gegenüber hob den Kopf. Von der zuvor selbstsicheren Fassade waren kaum noch Überreste zu erkennen. »Das ist doch 'ne Fälschung?«

»Ist es nicht!«, erwiderte Hannah mit triumphierender Stimme. »Ich gebe Ihnen mein Wort drauf: Dieses Testament wird morgen verlesen. Und wenn Sie unter Umständen wegen guter Führung nach fünfzehn oder zwanzig Jahren auf freien Fuß kommen, dann erwartet Sie ein Leben auf Staatskosten – im besten Fall.«

Rolf Pätzold wollte antworten, aber Hannah kam ihm zuvor. Diesen Todesstoß hatte sie innerlich hundert Mal geprobt und nun war der richtige Moment dafür gekommen: »Ich habe gestern übrigens mit Samy gesprochen.« Sie schaute zu Ole hinüber. Der wusste genau, was jetzt folgen würde und lehnte sich als Zuschauer entspannt zurück. »Ihre zukünftige Frau und Mutter Ihres ungeborenen Kindes wird wohl in ihr Heimatland zurückkehren. Natürlich erst, nachdem das Kind geboren ist – wird übrigens ein Mädchen.«

Rolf Pätzold war anzusehen, dass er sich unmittelbar vor dem Einknicken befand. Sinnbildlich stand er einen Schritt vor dem Abgrund der Wahrheit, und Hannah direkt dahinter, um ihm einen herzhaften Stoß zu verpassen. Mit Worten: »Und falls Sie sich wundern, dass Ihre Samy Sie noch nicht im Gefängnis besucht hat – die will mit einem Mörder nichts zu tun haben. Und auf Ihren Bruder Matthias oder Ihre Großmutter brauchen Sie auch nicht mehr zu hoffen. Denen haben Sie mit Ihren Taten für alle Zeit das Herz gebrochen.«

Nach dieser letzten Feststellung herrschte lange Zeit Schweigen. Ole hatte sich irgendwann erhoben, um für eine koffeinhaltige Erfrischung namens Kaffee zu sorgen. Zum ersten Mal hatte er auch einen Becher für Rolf Pätzold dabei, als er aus der Teeküche zurückkehrte.

Der nahm einen Schluck daraus und schaute im nächsten Moment Hannah durchdringend an. »Können wir uns auf einen Deal einigen?«

»Wie sollte der denn aussehen?«, erwiderte sie mit seltsamem Lachen. »Wir bringen Sie auch ohne Geständnis hinter Gitter. Ich warte täglich auf das Ergebnis vom DNA-Abgleich. Danach steht fest, dass Sie nicht in Kiel bei diesen Check-up waren. Ansonsten haben wir genug gesammelt, damit uns jeder Staatsanwalt aus der Hand frisst.«

»Vielleicht können wir ihm die Sicherheitsverwahrung ersparen«, schlug Ole vor. »Sollte das Gericht die besondere Schwere der Schuld feststellen, kommt er vermutlich nie wieder auf freien Fuß.«

»Aber dafür will ich alles wissen!«, fauchte Hannah quer über ihren Schreibtisch. »Und ich rede nur dann mit dem Staatsanwalt, wenn ich das Gefühl habe, dass Ihre Geschichte wenigstens für klare Verhältnisse sorgt. Insbesondere, was die Rolle der weiteren Beteiligten angeht.«

»Der alte Christiansen hat mir versprochen, dass ich den größten Anteil bekomme«, erklärte Rolf Pätzold, nachdem erneut lange Schweigen herrschte. »Mein Bruder sollte nichts kriegen und die anderen ...«

»Moment!« Ole raste zu seinem Schreibtisch hinüber. »Wenn das ein richtiges Geständnis wird, dann wollen wir das gleich mit Bild und Ton festhalten. Es sei denn, Sie wollen alles zweimal erzählen.«

Während ihr Kollege noch mit allerlei technischem Equipment beschäftigt war, nutzte Hannah die Gelegenheit für ihr finales Statement. Dafür lehnte sie sich weit nach vorne. Ihre Stimme klang wie das Zischen einer Schlange. »Alles nur für Geld? Zwei Menschen sind tot – für nichts und wieder nichts.«

»Ich bin gleich soweit!«, jubelte Ole. Er hatte einige Kabel entwirrt und bereits ein Stativ aufgestellt, auf dem die Videokamera Platz finden sollte. »Noch jemand Kaffee dazu?«

Rolf Pätzold schüttelte den Kopf.

Hannah übernahm die Antwort: »Wenn er fertig ist, brauchen wir vermutlich alle was Stärkeres …«

47

Am nächsten Morgen standen Hannah und Ole vor dem Amtsgericht in Niebüll. Ein unansehnlicher, kastenförmiger Bau mit dem zweifelhaften Charme der frühen Siebziger.

»Das glaubt man gar nicht: Ich bin sogar ein bisschen nervös.« Hannah lachte und klang dabei in der Tat wie ein albernes Mädchen. »Und das nur, weil hier und heute ein Testament eröffnet wird«, fuhr sie mit schwärmerischer Stimme fort. Die passte in keiner Weise zu einem solchen Anlass.

»Wie hast du das eigentlich wieder so schnell hinbekommen?«, erkundigte sich Ole mit schrägem Blick. »Dauert so was normalerweise nicht viel länger?«

Hannah gab ihm keine Antwort, sondern lächelte nur schelmisch.

Ole wollte offensichtlich nicht aufgeben und musterte seine Chefin skeptisch. Doch plötzlich kam er mit einem ganz anderen Thema daher: »Sag mal: Hast du heute Lippenstift drauf?«

»Das geht dich gar nichts an!« Hannah zeigte aufgeregt nach vorne. »Die Ersten kommen raus.« Ein Wunder, dass sie nicht vor Freude hüpfte.

Tatsächlich war in einiger Entfernung Matthias Pätzold zu sehen. Der hakte gerade seine Großmutter unter und ging mit ihr zusammen den gepflasterten Weg entlang. In den Gesichtern der beiden war kaum etwas abzulesen.

Kurz darauf wurden Hände geschüttelt. Ein Knistern lag in der Luft, und das lag nicht daran, dass der August selbst Niebüll mit hochsommerlichen Temperaturen verwöhnte.

»Er hat alles der Deutschen Krebshilfe vermacht«, erklärte Matthias Pätzold. Dabei klang er nicht mal sonderlich verbittert.

»Tatsächlich?« Hannah musste wenigstens Erstaunen heucheln. »Nichts für die Enkel?«

Matthias Pätzold schüttelte energisch den Kopf. »Sein Testament war eine Abrechnung mit allem und jedem. Jetzt kommt das Geld kranken Menschen und der Forschung zugute – vielleicht ist es auch besser so.«

Hannah wollte gerade antworten, als sich ein Stück entfernt erneut die Tür des Amtsgerichtes öffnete. Dirk Christiansen stürmte mit hochrotem Kopf heraus. Seine Schwester Wiebke folgte ihm mit ein wenig Sicherheitsabstand.

»Er ist bei der Verlesung völlig durchgedreht«, erklärte Matthias Pätzold bereitwillig. »Sein Anwalt will das Testament anfechten. Enkel haben – vorausgesetzt, deren Eltern sind tot – auch Anspruch auf einen Pflichtteil. Ist das so?«

Hannah nickte. »Aber darauf wird er lange warten müssen. Schließlich ist er noch Bestandteil unserer Ermittlungen und auf jeden Fall in die ganze Sache verwickelt.«

»Wo wir gerade beim Thema sind ...«, Matthias Pätzold lehnte sich nach vorne und flüsterte nur, »... können wir uns kurz unter vier Augen unterhalten? Mir ist da nämlich heute Morgen was zu Ohren gekommen.«

Hannah gab Ole ein Zeichen. Der hakte bereitwillig die Großmutter unter und zog sie mit sanfter Gewalt nach vorne. Als die beiden außer Hörweite waren, fuhr der Enkel fort: »Stimmt es, dass Rolf gestern Abend endlich gestanden hat?«

»Hat ja auch lange genug gedauert«, erwiderte Hannah völlig unbeeindruckt. »Wir hatten das Geld, die Liste dazu,

Munition, ein Gewehr … und Ihr lieber Herr Bruder wollte trotzdem die ganze Zeit nicht einlenken.«

Matthias Pätzold warf einen Blick in die Runde. Ein Stück entfernt hatte sich Ole mit dessen Großmutter auf einer Bank niedergelassen. Dahinter, neben einem Ferrari, diskutierten Dirk Christiansen und seine Schwester deutlich sichtbar. Ein Wunder, dass noch keine Fäuste flogen. »Wie haben Sie es denn angestellt? Ich meine: Das mit dem Geständnis?«

»Für Ihren Bruder war schon gestern Abend Testamentsverkündung«, erklärte Hannah grinsend.

»Dann wussten Sie also, was uns hier erwartet?«

»Ich hatte einen kleinen Vorsprung – durch Zufall.«

Matthias Pätzold holte tief Luft. »Ich kann mir schon vorstellen, wie Rolf reagiert hat, als ihm klar wurde, dass alles umsonst gewesen ist.«

»Das hat ihm schon hart zugesetzt«, fügte Hannah mit gleichgültiger Stimme hinzu. »Eingeknickt ist er aber erst, als ich ihm eröffnet habe, dass seine Samy nach der Geburt ihrer Tochter in ihre Heimat zurückkehren will. Ich glaube, das war der Punkt, an dem er …«

»… aufgegeben hat«, vollendete Matthias Pätzold. »Wie geht es weiter mit ihm?«

Hannah schaute erstaunt zu dem Mann auf. »Wie schon? Er hat beide Morde gestanden – blieb ihm ja auch nichts anderes mehr übrig. Dafür erwartet ihn Lebenslänglich.«

»Und wie geht es bei Ihnen weiter?«, erkundigte sich Matthias Pätzold, weil offensichtlich alles gesagt war.

»Ich fürchte, mit Mord und Totschlag«, sagte Hannah, als sie dem Mann die Hand schüttelte. »Nur mal so am Rande: Wenn Sie einen Antrag auf Feststellung der Vaterschaft stellen, wäre es möglich, dass Ihnen ebenfalls ein Pflichtteil zusteht. Wird zwar schwierig, weil die meisten der Beteiligten tot sind, aber …«

»Für mich ist die Sache hier und heute beendet«, unterbrach Matthias Pätzold sie relativ energisch. »Ich hab keine Lust mehr, einem Schinken hinterherzuhecheln, der für nichts als schmerzhafte Erinnerungen und Ärger sorgt. Können Sie das verstehen?«

»Kann ich!« Hannah setzte bereits den ersten Schritt nach vorne. »Ich könnte auch bei der Deutschen Krebshilfe anrufen und denen einen Hinweis geben, wer für die Verwaltung all der neuen Immobilien bestens geeignet wäre.«

»Würden Sie das wirklich tun?«

»Sie sind der Einzige, der von Anfang an mit offenen Karten gespielt hat.« Hannah brachte sogar ein Lächeln zustande. »Ich finde, Sie haben es sich verdient.«

»Was hat er gesagt?« Nachdem Matthias Pätzold und seine Großmutter sich verabschiedet hatten, schob sich Ole an die Seite seiner Chefin. »Ist er zufrieden?«

»Sieht so aus.« Hannah schaute dem Porsche hinterher, bis der hinter der nächsten Ecke verschwunden war. »Wobei das nicht die entscheidende Rolle spielt …«

»Sondern?«

Hannah holte tief Luft. Das deutete auf eine längere Erklärung. »Zwei Menschen sind tot und wir haben die Verantwortlichen ausfindig gemacht. Nur darum geht es in unserem Job. An solchen Erfolgen müssen wir uns aufrichten, ansonsten weiß man irgendwann nicht mehr, wofür man sich all die Nächte um die Ohren schlägt.«

Ole schaute auf seine Uhr. »Gleich Mittag … wollen wir irgendwo zusammen was einwerfen? Feiern?«

»Ich hab noch was vor.«

»Ohne den weltbesten Kollegen?«

Hannahs Gesicht verzog sich zu einem Grinsen. »Du wirst es kaum glauben: Ich will nach Sylt rüber.«

»Und dort triffst du dich mit jemanden«, mutmaßte Ole. Er fuhr mit geheimnisvoller Stimme fort: »Deshalb der Lippenstift – verstehe.«

»Bestimmt nicht das, was du denkst! Aber du hast schon ein bisschen recht: Ich treffe mich mit einem Mann.«

»Mit deinem Freund, diesem Stefan aus der Rechtsmedizin?«

Hannah schüttelte den Kopf. »Der ist gestern mit seiner neuen Flamme nach Kreta geflogen. Wäre mir zu dieser Jahreszeit viel zu heiß.«

»Dann triffst du dich bestimmt mit ...?«

»Lass mich in Ruhe, ich verrate es dir sowieso nicht!«

»Und was soll ich mit dem angebrochenen Tag anstellen?«

»Vielleicht Überstunden abbummeln?«, schlug Hannah vor. »Du musst auch mal durchatmen – der nächste Fall kommt früh genug. Außerdem ...« Sie verlor den Kampf gegen ein hämisches Grinsen. »... du hast deine ganzen Bräute 'ne Weile vernachlässigt.«

Ole warf erneut einen Blick auf seine Uhr. »Nicole – die aus dem Pflegeheim – hat heute Frühschicht. Wenn du mich auf die Insel mitnimmst, kann ich ihr noch pünktlich zum Feierabend die Schultern massieren.«

»Bitte keine Einzelheiten!« Hannah steuerte bereits auf ihren Dienstwagen zu. »Und wenn du mit Nicole fertig bist, darfst du sie mal daran erinnern, dass wir noch ihre schriftliche Aussage benötigen.«

Epilog

Hannah hatte Ole direkt vor dem Pflegeheim abgesetzt und sich danach eilig aus dem Staub gemacht. Der Mann, mit dem sie verabredet war, hippelte bereits aufgeregt vor seiner Haustür herum.

»Sieht so aus, als hättest du ihm was verraten?«, beschwerte sich Hannah mit künstlicher Empörung bei ihrer Mutter.

Die hielt Felix am Arm fest, konnte ihn allerdings kaum noch bändigen. Und sie hatte ausnahmsweise sogar ein Lächeln für ihre Tochter parat. »Ich weiß gar nicht, wie lange es her ist. Vielleicht solltet ihr zwei häufiger mal was zusammen unternehmen – ohne mich!«

Hannahs Augenbrauen wanderten nach oben. »Meintest du gestern nicht, dass mir die Routine fehlt, um allein mit ihm umzugehen?«

»Das war gestern«, erwiderte Gertrud Lambert völlig unbekümmert. »Weißt du schon, wo ihr hinwollt?«

Hannah nickte. Felix hatte sich gerade erst von seiner Großmutter losgerissen und flog ihr förmlich in die Arme. »Wir landen dort, wo's am schönsten ist«, erklärte sie und hob die Hand zum Abschied.

»Kann ich mit euch beiden wenigstens zum Abendessen rechnen?«

Hannah nickte erneut und schaute zu Felix hinunter. Der befand sich bereits in seiner eigenen Welt, die in erster

Linie mit seiner Lieblingsbeschäftigung zu tun hatte: Autofahren.

Eine Viertelstunde später parkte sie ihren BMW nahe der Kurpromenade in Westerland. In Sichtweite lag die ›Villa Kunterbunt‹, ein riesiger Kinderspielplatz, der nach Pippi Langstrumpfs Zuhause benannt ist.

Dort amüsierte sich Felix beinahe anderthalb Stunden, bis es die ersten Streitereien mit ein paar anderen Kindern gab. Und bevor die womöglich blutig endeten, zog Hannah es vor, ihren Sohn einzusammeln und sich zusammen mit dem zu verkrümeln.

Aktuell saßen die zwei auf einer Bank direkt an der Promenade und vertilgten Waffeln. Wobei das im Fall von Felix nicht ganz stimmte, denn der hatte viel mehr Spaß daran, kleine Stückchen von seiner abzureißen und damit die Möwen zu füttern.

Zwei ältere Damen blieben stehen und beäugten dieses kreischende Spektakel kopfschüttelnd. Eine der beiden fühlte sich offensichtlich zu einem Kommentar genötigt, der sich an Hannah richtete: »Sie haben wohl zu viel Geld!«

Die zweite Frau zeigte direkt auf Felix. »Wissen Sie, dass das fünfhundert Euro kostet – kann auch leicht mehr werden.«

Hannah hatte schon versucht, ihren Sohn mit sanften Worten vom Füttern abzuhalten. Doch sie wusste, wie schnell der zumachte und wollte diesen herrlichen Nachmittag nicht mit Streit vergiften.

Sie versuchte es mit einer Erklärung: »Mein Sohn ist … nicht ganz Herr seiner Sinne.« Lediglich ein anderer Ausdruck für ›geistig beschränkt‹ musste sich Hannah eingestehen. »Nur noch die halbe Waffe, dann hat er sowieso keine Munition mehr. Können Sie damit leben – ausnahmsweise? Er hat so viel Spaß daran.«

Die beiden alten Damen gaben keine Antwort, sondern gingen kopfschüttelnd weiter. Ein Stück entfernt blieben sie neben einer offensichtlich Gleichgesinnten stehen, die spontan ihr Handy zückte.

Worauf das hinauslief, war Hannah längst klar. Sie fasste Felix sanft am Arm, als der gerade das nächste Stück in Richtung zweier Möwen schleudern wollte, die sich aktuell noch lautstark um das letzte stritten. Ausgerechnet in diesem Moment landete eine weitere riesige Silbermöwe – diese Tiere bringen es im ausgewachsenen Zustand auf über anderthalb Meter Spannweite – neben ihren zwei Artgenossen.

Felix juchzte vor Begeisterung. Riss seine Hand los und schleuderte das nächste Stück in Richtung der neu hinzugekommenen Möwe. Die schnappte gleich danach und flog davon, bevor ein gefiederter Widersacher ihr die Beute abspenstig machen konnte.

Aus dem Augenwinkel beobachtete Hannah die drei älteren Damen. Mittlerweile gestikulierte das Trio aufgeregt. Dieses Gehabe nahm noch zu, als der herbeigerufene Streifenwagen eintraf.

Hannah drehte sich bewusst in die andere Richtung und hielt Felix an beiden Armen gleichzeitig fest. Ein Friedensangebot, das den zwei blutjungen Uniformierten galt, die sich mit langen Schritten der Bank näherten.

Der erste, ein hagerer Schönling, unter dessen Hemd sich die Brustmuskeln abzeichneten, begann schon aus einiger Entfernung. »Können Sie nicht lesen, junge Frau?«

Hannah tat überrascht und zeigte auf sich selbst. »Wer? Ich?«

Der zweite Uniformierte bestätigte diese Frage mit eifrigem Nicken. Er deutete die Kurpromenade entlang und lieferte auch eine Erklärung: »Steht doch alle paar Meter: Möwen füttern verboten!«

»Hab ich nicht gesehen«, erwiderte Hannah. Sie hielt Felix immer noch an den Armen fest; der protestierte mittlerweile mit wütendem Grunzen. Nicht mehr lange, dann würde das Ganze in ein nicht genauer artikuliertes Fluchen ausarten.

»Geht es Ihrem Sohn gut?«, erkundigte sich der erste Uniformierte und klang dabei wenigstens halbwegs besorgt.

Hannah nickte nur. Auf eine Erklärung wollte sie möglichst verzichten.

»Die drei Damen da hinten sagen, dass sie Ihnen erklärt hätten, was Sache ist.« Er zückte einen Block. Ausgerechnet in diesem Moment riss sich Felix erneut los und schleuderte den kompletten Rest seiner Waffel – beinahe die Hälfte – in Richtung der Möwen. Zeitgleich fanden sich zwei weitere Artgenossen ein, die sich an einer lautstarken Auseinandersetzung wohl beteiligen wollten.

»Das kostet fünfhundert Euro«, erklärte der zweite Streifenbeamte. »Und nur ausnahmsweise – normalerweise wären es sogar tausend.« Er setzte einen Schritt nach vorne und blieb direkt vor der Bank stehen. »Darf ich um Ihren Ausweis bitten? Andernfalls müssen wir Sie und Ihren Sohn mit aufs Revier nehmen – zur Feststellung der Personalien.«

Hannah erhob sich zur Hälfte, zupfte an der hinteren Tasche ihrer Jeans und hielt dem Uniformierten kommentarlos eine kleine Plastikhülle entgegen.

Der klappte das Teil auf und stutzte. Verständlicherweise.

»Was ist denn?«, erkundigte sich sein Kollege. Der signalisierte unverändert Schreibbereitschaft und wollte die Sache wohl einfach nur so schnell wie möglich hinter sich bringen.

»Hannah Lambert, Hauptkommissarin«, las der zweite Mann in Uniform laut vor.

»Hätten Sie das nicht gleich sagen können?«, beschwerte sich dessen Kollege, während er Block und Stift nacheinander in seinen Taschen verschwinden ließ. Trotzdem zeigte er zu den Möwen hinüber. »Die Vorschriften gelten übrigens auch für uns.«

Hannah lehnte sich zur Seite, um ebenfalls einen Blick auf die Möwen werfen zu können. »Dieser Versuch ist Teil einer aktuellen Ermittlung«, murmelte sie demonstrativ gelassen. »Und jetzt wäre es nett, wenn ihr beiseite geht. Ansonsten müssen wir nämlich noch mal von vorne anfangen – mit der nächsten Waffel!«

Die beiden Uniformierten verzichteten auf einen weiteren Kommentar. Aus dem Augenwinkel verfolgte Hannah die Diskussionen zwischen ihren Kollegen und den drei alten Damen, die mit miesepetrigen Gesichtern kurz darauf das Weite suchten.

Felix hypnotisierte derweil den Rest von Hannahs Waffel. Doch die stopfte sich das verbliebene Viertel gleich komplett in den Mund und war anschließend kaum mehr zu verstehen. »Das kannst du vergessen, Freundchen!« Sie schluckte herunter und strich ihrem Sohn lächelnd über den Kopf. Der war zwar ein bisschen beleidigt, aber genoss die Zuwendung sichtlich. »Beim nächsten Mal setzen wir uns nach drinnen, da kannst du wenigstens keinen Schaden anrichten. Oder wir hocken uns irgendwo an den Strand, wo uns niemand beim Füttern zusehen kann.«

Felix schaute sie fragend an. Den Sinn von Worten konnte er nicht nachvollziehen, nur deren Tonfall. Er schmiegte sich an ihre Seite und schloss die Augen. Als ihr Arm sich um seine Schultern legte, liefen ihr bereits Tränen herunter.

Dieses Mal hielt niemand an. Ein Ehepaar, das durch Hannahs Schluchzen auf eine mittlerweile Rotz und Wasser heulende Mutter aufmerksam wurde, erhöhte sogar das Tempo. Der Mann schaute sich noch zweimal um und schüttelte unaufhörlich den Kopf. Konnte es wohl gar nicht glauben.

»So ist das Leben«, erklärte Hannah ihrem Sohn flüsternd, während sie ihm den Kopf kraulte. »Und ich kann dich trösten, mein Schatz: Ich verstehe es auch nicht.«

– Ende –

Danke

… an alle, die bis hierhin durchgehalten haben. Zum Abschluss möchte ich Euch auf eine kleine Reise entführen. Diese beginnt in einer Aula … (da würde ich mich jetzt übrigens auch fragen, ob der Herzberg 'nen kompletten Vogel hat. Zumindest dann, wenn diese Frage noch nicht eindeutig beantwortet ist)

Aber bleiben wir doch ruhig mal in dieser Aula. Sämtliche Schulklassen haben sich an diesem Tag versammelt. Ebenso das komplette Kollegium, angeführt von der Musiklehrerin Gabriele Meier-Löwenstein (bis heute fragt sich jeder, wem die alte Jungfer ihren Doppelnamen zu verdanken hat) und auch die stolzen Eltern haben sich zahlreich eingefunden.

Der kleine Kevin – ein Musterschüler aus der fünften Klasse – betritt das Podium. Er öffnet einen Koffer, holt mit zitternden Fingern seine Geige daraus hervor und beginnt zu spielen. Nun kann ich natürlich nicht beurteilen, ob er gut spielt oder schlecht. Ob er seine Musiklehrerin stolz macht oder ihr gar Schande bereitet. Sagen kann ich allerdings, dass der kleine Junge fiedelt, als ginge es um sein nacktes Leben.

Irgendwann ist er fertig. Schweißgebadet!

Er steht mit zitternden Knien auf dem Podium und schaut auf die Menschenmenge hinunter.

Und was passiert?

Nichts!

Es gibt keinen Applaus, nicht mal Buhrufe, keine – und sei es eine noch so kleine – Reaktion.

Jetzt fragt Ihr Euch zu Recht, was der komische Herzberg eigentlich will.

Ganz einfach: Ich bin Kevin … zumindest fühle ich mich wie dieser kleine Junge (auch, wenn ich meine Geige gegen eine Tastatur eingetauscht habe). Aktuell liegt mein Rezensionsschnitt bei ca. 600:1 … bedeutet, dass auf sechshundert gekaufte oder geliehene (und hoffentlich zum Teil auch gelesene) Bücher eine Rezension kommt. Natürlich habe ich volles Verständnis dafür, dass man auch etwas Besseres mit seiner Zeit anfangen kann. Und ich gebe ganz ehrlich zu, dass auch ich nicht jedes gelesene Buch rezensiere. Meistens, weil mir die erforderliche Ehrlichkeit schwerfällt. Trotzdem möge sich jeder vorstellen, wie sich der kleine Kevin/Thomas wohl fühlen mag, wenn er seine Geige zurück in den Koffer legt.

Und deshalb möchte ich Euch um eine ehrliche Rezension in Eurem jeweiligen E-Book-Shop bitten. Vielleicht erfordert diese Tat eine Minute Aufwand, aber sie hilft nicht nur mir, sondern auch anderen Lesern. Danke!

Falls es jemandem an Kreativität mangelt, habe ich hier ein paar Vorschläge:

(1 Stern)

- Das ist doch der größte Mist, den ich je gelesen habe
- Ey, Alder … Gruntschulniwoho
- hatte die Hose in Größe 42 bestellt und 38 bekommen. Frechheit!

(2 Sterne)

- wollte eigentlich ein anderes Buch laden. War gar nicht sooo schlecht
- Krimis sind nicht so meins
- habe mich durch das Buch gequält und erst am Ende festgestellt, dass es gar nicht von Rosamunde P… ist

(3 Sterne)

- kann man lesen, muss man aber nicht
- nicht spannend, nicht lesenswert, aber man muss ja irgendwas schreiben
- eigentlich dreht sich das ganze Buch nur um Sylt und Krimi … bei dem Titel hatte ich was anderes erwartet

(4 Sterne)

- schon klasse, aber leider zu kurz (das höre ich immer, aber nicht von Leserinnen)
- hab das Buch durch Zufall gelesen (weil kostenlos), vielleicht kaufe ich auch eins
- wurde von A… aufgefordert, hier irgendwas zu schreiben … bin noch gar nicht fertig mit dem Buch

(5 Sterne)

- einmal Herzog, immer Herzog (die Rechtschreibhilfe auf Handys korrigiert meinen Namen immer falsch)
- pünktlich geliefert, guter Service, sehr gut verpackt (das ist bei eBooks ja fast selbstverständlich, oder?)
- ich will ein Kind von dir, Herzberg! Meine Maße sind 90–60–90, ich bin 25 und komme aus … Sorry Leute, muss weg!

Hierzu sei vielleicht noch erwähnt, dass ich alle vorangegangenen Kommentare (natürlich bis auf den letzten) bereits erlebt habe.

Wer in Zukunft nichts versäumen möchte, der kann gerne auf eine der folgenden Möglichkeiten zurückgreifen:

- Auf meiner Homepage (ThomasHerzberg.de) findet ihr einen Newsletter-Service
- Ihr könnt mir also auch gerne eine Mail an thomasherzberg@online.de schicken, dann füge ich euch manuell hinzu. Und keine Angst: Ihr bekommt nur eine Nachricht, wenn ich wirklich etwas zu erzählen habe (so … alle 2 Monate)
- Oder ihr wechselt auf mein A…-Profil und klickt dort unter dem Titelbild oben links auf »Folgen«. Dann bekommt ihr (ich muss betonen: irgendwann) eine Nachricht, dass der Herzberg was Neues veröffentlicht hat.

Zu guter Letzt möchte ich noch einigen Personen besonders danken:

- meinen Testleserinnen und Testlesern
- Chris Gilcher, für seine Arbeit am Cover
- meinen Freunden und meiner Familie

Das war's auch schon von mir. Ich bedanke mich ganz herzlich für eure Zeit und hoffe, dass ich euch ein bisschen unterhalten konnte. Vielleicht auf ein Wiederlesen …

Euer Thomas